LA DANSE DES FAUVES

Catherine Delors

LA DANSE DES FAUVES

Roman

Éditions Jeanne & Juliette

De la même auteure

Gabrielle ou les infortunes de la vertu, Éditions Héloïse d'Ormesson, 2022 ; éditions Pocket, 2023

Blanche et la bonne étoile, Éditions Héloïse d'Ormesson, 2023 ; éditions Pocket 2024

ISBN : 978-2-4944-7323-2
Les Éditions Jeanne & Juliette bénéficient pour la diffusion
et la commercialisation d'un partenariat
avec la Société Nouvelle Éditions Anne Carrière.
Cet ouvrage a été proposé à l'éditeur par l'Agence Editio Dialog (Lille)

www.editionsjeanneetjuliette.com

À Margaret

Tout homme a une bête féroce à l'intérieur, peu savent comment l'enchaîner ; la plupart la lâchent, quand la terreur et la loi ne les retiennent pas.

Frédéric II, roi de Prusse, à Voltaire, 1760

LIVRE I

La promesse

Chapitre 1

Saint-Flour, province d'Auvergne, le 24 décembre 1780

La douleur dans la cuisse remontait jusqu'à l'aine, mais Yolande Raynal savait qu'elle ne devait pas bouger. Le moindre mouvement, le simple déplacement de son poids d'un côté à l'autre aviveraient encore la douleur. Elle se tenait immobile depuis bientôt une heure, les genoux nus sur le gravier de la cour, les bas roulés jusqu'aux chevilles, les jupes étalées autour d'elle comme une flaque d'encre. Et il commençait à neiger. *Le vieux Noël qui plume ses oies*, comme on disait dans le haut pays. Grelottant dans sa robe de laine, elle soupirait après son manteau. La brève journée touchait à sa fin et la jeune fille contemplait les rectangles jaunes des croisées qui perçaient les murs. Elle entendit le gémissement d'une porte derrière elle et se prit à espérer la fin du châtiment. Non, c'était seulement la servante, du même âge qu'elle, qui se dirigeait vers le puits dans un coin de la cour. La poulie grinçait, la petite souillon ahanait en remontant le seau, sans un regard pour Yolande, dont les épaules se couvraient de flocons tout près d'elle. Les domestiques avaient pris l'habitude de l'ignorer, ils savaient que ce n'était pas une demoiselle comme les autres, c'était pour cela qu'on la punissait sans cesse.

Yolande pensait à la cathédrale toute proche, avec ses massives tours carrées, bâties de la même pierre sombre que la maison Raynal. D'aussi loin qu'elle se souvînt, elle s'y rendait à chaque

Noël, s'arrêtant pour admirer la crèche où le Divin Enfant, grandeur nature, ses bras roses écartés en un geste improbable, bénissait les fidèles depuis sa mangeoire garnie de paille. Ce jour-là, pour la première fois, elle serait privée de la messe de minuit et du festin qui suivrait. Elle était née un 25 décembre, un heureux présage, disait-on, elle aurait seize ans le lendemain.

Enfin la grande porte du vestibule s'ouvrit et maman lui fit signe. Yolande, s'appuyant sur la margelle du puits, se releva gauchement, dépliant ses genoux raidis, le souffle coupé par l'intensité de la douleur.

Tout avait commencé quand Bernard, plus jeune de treize mois, s'était faufilé derrière leur petite sœur et avait tiré sur ses tresses noires de façon si brutale que Marianne était tombée à la renverse. Yolande s'était précipitée pour le gifler de toutes ses forces, un geste qu'elle n'avait jamais osé auparavant. La joue encore rougie, il avait couru se plaindre à maman. Yolande avait tenté de se justifier, mais c'était elle qui avait dû demander pardon à genoux à son frère.

— Non, avait dit maman de sa voix dolente, ce pauvre Bernard n'aurait jamais fait tomber Marianne ! Pas à dessein, en tout cas. Et quand bien même il lui aurait tiré les cheveux, tu devrais savoir que les garçons aiment à taquiner leurs sœurs, sans y entendre malice. Tu resteras d'abord une heure en pénitence dans la cour, méchante !

Maman, les lèvres pincées, saisit Yolande par le bras pour la tirer vers la maison et lui donna une tape à travers ses jupes.

— Ton père vaque encore à ses affaires, mais, dès qu'il aura fini, je devrai lui parler. Tu es en train de devenir incorrigible, gâtée comme tu l'es. Qu'allons-nous faire de toi, ma pauvre fille ?

Maman rapportait sans faute toutes les transgressions de Yolande qui avaient pu échapper à l'attention de père. Lui se faisait une règle de punir avec la dernière rigueur toutes les infractions de leur aînée, et la liste en était longue : le regarder avec insolence quand il lui adressait la parole, ou au contraire détourner le regard d'un air sournois, manquer d'appétit, se montrer trop gourmande, renverser un verre d'eau quand Bernard l'avait subrepticement poussée, consacrer plus de temps à la lecture qu'à la couture, lever les yeux de son missel à la cathédrale, ne pas suffisamment serrer ses tresses. Puisqu'elle était incapable de donner le bon exemple à Bernard et Marianne par une conduite irréprochable, disait-il, la sévérité de son châtiment servait au moins de salutaire avertissement aux cadets.

Le supplice avait toujours lieu juste avant souper. Yolande, appelée dans le cabinet de travail de maître Raynal, s'agenouillait devant une chaise, la tête et la poitrine posées sur le siège, les jupes troussées par-dessus la taille, et, fesses découvertes, agrippait le dossier à deux mains. Son père se saisissait alors du nerf de bœuf qu'il gardait suspendu à un bouton de tiroir de son bureau. Quand il estimait la correction suffisante, il envoyait sa fille en pénitence dans sa chambre, où les servantes avaient l'ordre de ne rien lui donner à boire ou à manger. Ravalant ses larmes, les jambes flageolantes, elle attendait l'arrivée de Marianne, qui lui apportait en cachette un bout de pain dérobé à table et la réconfortait de son mieux.

En passant devant la porte de la cuisine, Yolande s'arrêta, les yeux clos, pour humer le fumet de l'oie, farcie de truffes et de châtaignes, qui rôtissait à la broche pour le dîner de Noël. Elle était rongée d'angoisse à l'idée du châtiment imminent et préférait attendre la convocation de père dans la chaleur du cantou, assise sur l'un des bancs placés à l'intérieur de l'énorme cheminée, plutôt que dans la solitude glacée de sa chambre.

Pendant le restant de ses jours, elle s'interrogerait sur cet instant qui avait décidé de son sort et de celui de Marianne. Tout eût été tellement facile si elle n'était pas entrée à la cuisine. Elle aurait reçu sa correction comme de droit, et, deux semaines plus tard, les deux jeunes filles auraient regagné ensemble le couvent de la Visitation de Saint-Flour, bâti sur un promontoire de pierre noire hors des remparts de la ville.

Le destin des sœurs était tracé depuis leur plus tendre enfance : elles allaient encore passer un an ou deux ensemble en pension, avant d'être séparées de façon irrévocable le jour où Marianne se marierait dans la chapelle aux fresques vivement colorées pour suivre l'époux que père lui aurait choisi. Yolande, elle, resterait à la Visitation pour y prononcer ses vœux. L'idée de cette rupture lui arrachait des larmes, mais elle n'enviait à Marianne ni sa dot de cinquante mille livres, ni sa joliesse. Les cheveux de Yolande, sa seule beauté, ne lui avaient jamais inspiré la moindre vanité, car elle les savait depuis toujours destinés à être sacrifiés le jour où elle prendrait le voile. La vie au convent, dans sa simplicité, son uniformité, sa tranquillité, lui seyait parfaitement, et lui semblait bien plus rassurante que la perspective d'être livrée à un inconnu, un homme qui pourrait se révéler aussi cruel que père.

Certes, les disputes mesquines entre religieuses n'étaient pas rares, et il se murmurait que la mère supérieure se montrait parfois trop autoritaire. Le couvent n'en restait pas moins un havre de paix. Élève studieuse, dévote, faisant montre d'une gravité inhabituelle pour son âge, Yolande était souvent donnée en exemple à ses compagnes dans la classe des grandes. Marianne, à quatorze ans, n'avait jamais quitté la division des minimes, celle des plus jeunes : elle n'avait appris à lire qu'à grand-peine, après que son aînée lui avait longtemps fait ânonner l'alphabet, et son écriture demeurait tremblée et puérile. En fait, la seule occasion où Yolande eût été réprimandée était quand on l'avait surprise à préparer au crayon à mine les devoirs de sa cadette, de sorte que celle-ci n'eût plus qu'à les retracer à l'encre.

Yolande vénérait la mémoire bénie de Jeanne-Françoise de Chantal, fondatrice de l'ordre de la Visitation, en l'honneur de laquelle elle avait déjà choisi son nom en religion. Bientôt, les cheveux à ras sous sa guimpe, elle serait devenue sœur Jeanne-Françoise. Cependant, rien de tout cela ne devait arriver, parce qu'elle s'était laissé tenter par le confort, la douce chaleur de la cuisine. Une lâcheté qu'elle ne devait jamais se pardonner.

Elle poussa la porte et aperçut son frère et sa sœur. Tenant un grand bol contre son ample poitrine, la cuisinière battait vigoureusement des œufs dans de la farine. Yolande alla s'asseoir sur l'un des bancs du cantou. Les jupes relevées sur les cuisses, elle entreprit d'extraire délicatement le gravier encore incrusté dans ses genoux, où il avait laissé de profondes empreintes violacées et de minces coupures rouges. Marianne courut se blottir contre elle.

— Pauvre grande sœur ! tu as été punie à cause de moi.

Toute menue, elle semblait fragile comme du verre. Avec ses cheveux sombres, sa petite taille, son minois doux et fin, elle tenait de maman, bien plus que Yolande, blonde, grande, sans grâce. Après s'être penchée pour déposer un léger baiser sur les genoux meurtris de sa sœur, Marianne remonta avec mille précautions les bas noirs et prit les jarretières pour les rattacher.

— Ce n'est pas ta faute, petite chérie, murmura Yolande.

Elle surprit le regard de Bernard fouillant ses jupes, qu'elle se hâta de laisser retomber. Alors qu'elle avait cessé de grandir depuis plusieurs années, lui l'avait dépassée, son cou en particulier s'était étrangement allongé, sa lèvre supérieure s'était hérissée d'épais poils sombres, des relents infects émanaient des replis de son corps. Sa voix était devenue profonde, presque une voix d'homme maintenant.

— Voyons, Yolande, dit-il en lui faisant un clin d'œil, ne fais pas la prude. Je suis ton frère, n'est-ce pas ?

Il ricanait, l'œil allumé.

— On a mal à ses pauvres petits genoux, hein ? Ce n'est que le début de tes festivités de Noël, note bien. Père ne va pas se contenter de te fouetter à l'ordinaire ce soir.

Marianne s'agrippa au bras de Yolande en gémissant.

— Ne te tracasse pas pour elle, idiote, reprit Bernard. Grande sœur aime ça. À chaque fois que père la fait appeler, je ne m'éloigne pas trop. Au début, on n'entend que la musique du nerf de bœuf qui claque sur ses tendres fesses : elle se tient coite pour savourer le vif picotement de ces premiers cinglons. Puis, coup après coup, la peau doit lui cuire un peu, car la petite friponne commence à glapir sous les baisers ardents de monsieur du Fouet. Je parie que tu tortilles le croupion de plaisir à ce moment-là, n'est-ce pas, Yolande ? Hélas, les choses se gâtent quand la dose devient plus forte, et bientôt elle se met à braire comme un âne. Tous les domestiques savent alors que le postérieur de mademoiselle Yolande reçoit son dû, ils doivent en rire comme des bossus.

Elle s'était doutée que Bernard écoutait à la porte, ce qui rendait le supplice d'autant plus humiliant. Et il avait sans doute raison quant aux domestiques : tous devaient se moquer d'elle. La cuisinière et la souillon avaient d'ailleurs levé les yeux, elles suivaient la conversation.

— Sais-tu, grande sœur chérie, dit-il en singeant la voix haut perchée de Marianne, que je tiens le compte de tes corrections ?

Il s'esclaffa.

— Eh oui ! je note tout, la date, le motif et les circonstances de la punition, le nombre de coups. Je m'amuse à parcourir le récit de tes mésaventures à chaque fois que j'ouvre mon cahier pour le mettre à jour. Mais le châtiment de ce soir aura l'honneur d'une nouvelle page, car il devrait être d'une sévérité exceptionnelle.

— C'est vrai, grande sœur ? murmura Marianne.

— Bien sûr que c'est vrai, reprit Bernard sur son ton habituel. Quelle cruche ! Si tu ne me crois pas, demande-lui de trousser sa chemise ce soir.

Bernard vint s'asseoir sur le banc, de l'autre côté de Yolande, et lui chuchota à l'oreille :

— Tu viendras dans ma chambre après souper, afin que je puisse faire dans mon cahier un croquis de tes fesses fraîchement étrillées. Si tu t'esquives, je raconterai demain à maman que tu m'as de nouveau giflé, et père te régalera d'une autre correction, encore plus forte.

Frissonnant de colère et de dégoût, Yolande était résolue à ne jamais mettre les pieds dans la chambre de son frère. Il lui faudrait endurer deux semaines de cette odieuse persécution jusqu'au retour à la Visitation.

Bernard repartit vers la table pour humer les tartes qui refroidissaient dans leur croûte dorée. Yolande se força à sourire à Marianne.

— Ne l'écoute pas, mon trésor. Je suis sûre que père ne sera pas plus sévère qu'à l'accoutumée. Et tu sais bien que j'ai l'habitude.

La cuisinière avait versé la pâte dans un moule en forme de couronne, qu'elle glissa dans le four à pain à côté de l'âtre. Marianne se leva à son tour pour lécher le bol, ainsi qu'elle aimait à le faire. Yolande restait assise sur le banc du cantou, reposant ses genoux endoloris, attisant le feu avec le tisonnier. C'était la seconde erreur qui devait sceller son destin et celui de sa sœur ce soir-là : elle n'aurait jamais dû laisser Marianne s'approcher de leur frère, enhardi par son impunité triomphante.

Elle piquait toujours les bûches, enfonçant la pointe de fer dans les braises rougeoyantes, songeant aux épreuves qui l'attendaient durant les jours suivants, quand elle sursauta en entendant le choc de la faïence se brisant sur le sol de pierre, le bruit sourd d'un corps qui tombait, le cri aigu de Marianne. Un éclair de colère, tout blanc, l'éblouit un instant. Tisonnier en main, elle s'élança vers son cadet. Sans y réfléchir, elle leva le bras, visant les yeux, mais il recula prestement, n'évitant le coup que d'un pouce. La petite souillon poussa un hurlement.

Yolande était assise sur son lit, plongée dans les ténèbres de sa chambre où elle s'était enfuie. Elle entendait, à travers la porte, la voix de ses parents dans l'escalier. Celle de père résonnait, grondante, furieuse :

— Cela ne peut plus durer ! Il s'en est fallu de peu qu'elle aveugle Bernard ; elle voulait le tuer, tu le sais, n'est-ce pas ? Je ne peux même pas la corriger, je crois que je la fouetterais à mort. Je ne veux plus de cette harpie chez moi, m'entends-tu ?

Retenant son souffle, Yolande reconnut les accents traînants, plaintifs, indistincts, de maman. Puis de nouveau la voix de père :

— Non, Adélaïde, pas la Visitation ! C'en est fini du couvent. Je ne dépenserai plus un liard pour cette garce.

Yolande se sentit défaillir. Elle se souvint des prises de voile auxquelles elle avait assisté : la novice, dépouillée de sa couronne de roses et de ses atours de mariée, prosternée devant l'autel, recouverte d'un drap funéraire pour signifier sa renonciation ultime au monde, chantant d'une voix tremblante le verset *C'est ici que j'ai choisi ma demeure, et que je l'établis pour toujours*. Cela n'arriverait donc jamais. Où serait désormais sa demeure ?

La voix de maman, toujours brouillée, s'était faite suppliante.

— Non ! s'écria père, si je n'en suis pas débarrassé dès demain, je m'en vais requérir une lettre de cachet pour la faire enfermer en maison de correction. À toi de choisir. Tu n'as qu'à l'expédier chez ta sœur, à Paris. Mais, crois-moi, elle aussi ne tardera pas à la mettre à la porte. Elle finira au bordel, c'est tout ce qu'elle mérite !

Yolande sentit son menton trembler. Elle ignorait ce qu'était un bordel, mais devinait qu'un père n'aurait pas dû souhaiter y envoyer sa fille. Maman hoquetait.

— Assez, Adélaïde ! Paris est loin, personne n'en saura rien. Si on te demande ce qu'elle est devenue, tu n'auras qu'à dire qu'elle est morte. Quoi qu'il en soit, j'interdis qu'on prononce désormais son nom sous mon toit. Est-ce clair ? Je ne veux plus jamais entendre parler de ce monstre ! Jamais !

Yolande restait assise sur le lit dans l'obscurité, frissonnant de froid et de chagrin. Elle se leva quand maman parut, un quart d'heure plus tard, une chandelle à la main.

— Mon Dieu, Yolande... Quelle nouvelle atrocité as-tu commise ! Ton père ne peut plus te garder. Et il te défend aussi de retourner à la Visitation. Il te renie.

— J'ai entendu. Vous allez donc m'envoyer à Paris ?

— Tu préfères la maison de correction, peut-être ?

— Je vais voyager seule ?

— Tu devras être très prudente. Espérons que le col de La Fageole ne sera pas trop enneigé. Tu changeras de diligence à Clermont et, après, les routes deviendront plus faciles. Une fois arrivée, tu prendras un fiacre pour aller tout droit chez ta tante Sophie, rue des Lombards. Elle m'écrira pour me dire que tu es bien arrivée.

— Et moi, ne pourrai-je vous écrire ? Ni à Marianne ?

— Ton père l'interdit. Il ouvre mes lettres, donc n'essaie pas d'y glisser un mot. Il en serait furieux et m'interdirait toute correspondance avec Sophie. Il lit aussi celles que je lui envoie, c'est lui qui les cachette. Ne t'attends pas à y trouver ne serait-ce qu'une ligne pour toi, je n'y puis rien. Tu n'écriras pas non plus à Marianne au couvent. Tu ne fais plus partie de la famille, ton père en a décidé ainsi. Je viendrai te chercher pour le départ de la diligence.

Yolande sentait à nouveau monter sa colère, mêlée de mépris. Une fois seule, elle se déshabilla pour se glisser entre les draps glacés. Fixant à la lueur de la bougie les fleurs peintes sur les poutres, elle pensait au couvent où elle ne retournerait plus, à la petite sœur qu'elle allait abandonner pour toujours, aux dangers du long voyage solitaire, à l'accueil incertain de cette tante inconnue, au sort qui l'attendait à Paris. Elle mesurait toute la cruauté de son exil. Elle entendit le brouhaha qui marquait le retour de la messe et, plus tard, les pas de la famille qui montait se coucher après le festin. Marianne, en pleurs, se jeta à son cou, puis se mit au lit et se serra contre elle, ses pieds minuscules cherchant la chaleur de ceux de sa grande sœur.

— Tu vas partir pour toujours. Je ne te reverrai plus... c'est fini...

Elles n'avaient jamais été séparées depuis que Marianne avait eu l'âge de rejoindre Yolande à la Visitation. Là-bas, même si elles étaient dans des classes différentes, elles s'asseyaient ensemble à la chapelle, elles mangeaient côte à côte au réfectoire, écoutant en silence l'une des religieuses lire des passages des Écritures ou de la vie des saints. Elles dormaient dans des lits voisins, si proches que, derrière leurs rideaux blancs, elles pouvaient échanger quelques mots chuchotés dès qu'elles entendaient les ronflements sonores de sœur Agathe, la surveillante de nuit.

— Ne pleure pas, mon trésor, murmura Yolande, nous nous retrouverons un jour, j'en suis sûre. Tu seras en sûreté à la Visitation. En revanche, ici, à la maison, il faudra que tu fasses très, très attention.

— J'aurai si peur la nuit, sans toi. La Bête...

Yolande soupira. La cuisinière leur avait maintes fois conté, quand elles étaient petites, l'histoire du fauve qui avait dévoré plus d'une centaine de jeunes bergers et bergères en Auvergne et en Gévaudan. Les sœurs avaient grandi, mais la cadette en était encore terrifiée. Bernard s'amusait de ses frayeurs : il faisait mine de se jeter sur elle, roulant des yeux, grognant, les bras levés, les doigts recroquevillés en pattes griffues, tandis qu'elle se mettait à hurler.

— Marianne, je te l'ai souvent dit, la Bête a été abattue il y a des années, elle ne peut te faire aucun mal. Mais promets-moi une chose : tu fermeras la porte de la chambre à double tour, et tu n'ouvriras pas à Bernard, quoi qu'il te raconte.

Sans Yolande, qu'adviendrait-il de la naïve Marianne, un brin de fille qui attendait encore ses premières règles ? Une proie toute désignée pour leur frère, qui continuerait à grandir, à s'alourdir, à empester davantage. Jusque-là, il n'avait lorgné que sa sœur aînée, mais si, après son départ, il tournait ses attentions vers la cadette ?

— N'oublie pas, je t'en supplie, ma chérie, en souvenir de moi, insista Yolande. Tu fermeras toujours ta porte à clé, et tu ne lui ouvriras pas, n'est-ce pas ?

Les jeunes filles demeurèrent enlacées. Marianne s'assoupit vite, épuisée par les larmes ; Yolande, tenaillée par la faim et le chagrin, ne pouvait trouver le sommeil.

La cadette s'éveilla en sursaut quand la porte s'ouvrit. Elle se mit sangloter, mais maman, dès que la petite malle de son aînée fut prête, abrégea les adieux. Dans la rue, plongée dans une nuit sans lune, sans étoiles, le carrosse de maître Raynal attendait déjà, de gros flocons dansant paresseusement dans le halo jaune des lanternes. Durant le bref trajet, mère et fille n'échangèrent pas un mot. Au relais de poste, place du Faubourg, sur l'autre rive de l'Ander, la diligence de Clermont attendait, les lourds chevaux déjà attelés. Madame Raynal recommanda Yolande au cocher en lui glissant un écu d'argent. Elle remit à sa fille cinq louis d'or et de la menue monnaie.

— Surtout, ne parle à personne durant le voyage, homme ou femme, jeune ou vieux. Il y a beaucoup de filous à l'affût d'innocentes jeunes filles dans les voitures publiques et les auberges le long du chemin. Ne pose de questions qu'au postillon. Ne dis à personne où ta tante habite, ni pourquoi tu t'y rends, ni que c'est ton premier voyage à Paris.

Elle sortit une lettre de sa poche :

— Elle est pour ta tante.

Elle repoussa sa fille qui, en pleurs, essayait de l'embrasser une dernière fois.

— Nous ne nous reverrons plus. Je prierai pour le salut de ton âme.

Ainsi Yolande Raynal, le jour de ses seize ans, fut-elle chassée de la maison paternelle et du monde sans pitié de l'enfance.

CHAPITRE 2

Pour son premier dimanche à Paris, Yolande avait assisté à la grand-messe en l'église paroissiale de Saint-Merri avec sa tante, qui avait payé pour deux chaises. Ces dames rejoignirent ensuite l'oncle Tardieu rue des Lombards, au quatrième étage d'une maison dont le rez-de-chaussée était occupé par la boutique d'un droguiste, et tous trois partirent se promener aux Tuileries, dont l'hiver avait dépouillé les marronniers.

Yolande admirait la broderie des buis entrelacés, crispés de givre, et les proportions majestueuses du château, délaissé depuis cinquante ans par la famille royale. Tante Sophie expliqua que seule la reine y passait la nuit de temps à autre, quand elle venait assister aux bals et aux spectacles de Paris, dans un appartement qu'elle s'était fait aménager tout exprès. La bise brûlait les joues de Yolande, froissait la surface terne des bassins sous un dôme d'épais nuages gris. À Saint-Flour, elle avait seulement deviné au loin les rives de l'Ander depuis les fenêtres de la maison Raynal, et elle découvrait avec curiosité les eaux de la Seine, lentes, opaques, boueuses.

Elle se remémorait le couvent, emmitouflé de molleton blanc sous le ciel bleu vif qui suit les tempêtes de neige. Surtout, elle se languissait de Marianne, qui allait bientôt y retourner, seule pour la première fois. La nuit, chez les Tardieu, quand Yolande se retournait sur son grabat à la recherche du sommeil, elle songeait à la haute chambre qu'elle avait partagée avec sa sœur, au dortoir où elles s'étaient assoupies côte à côte derrière leurs rideaux blancs. Finie, toute cette tendresse.

L'oncle avait offert le bras à son épouse tandis qu'ils déambulaient dans les allées de gravier. Tante Sophie, d'un an plus âgée que maman, à laquelle elle ressemblait beaucoup, en moins jolie peut-être, s'était montrée ébahie de l'arrivée de cette nièce tombée chez elle sans crier gare. La surprise passée, elle l'avait néanmoins accueillie affectueusement. La bonne avait dû laisser à la nouvelle venue la minuscule pièce triangulaire, une sorte de placard aveugle, sans cheminée, qui lui avait servi de chambre, pour aller coucher sur une paillasse à même le plancher de la cuisine. Aucun des enfants des Tardieu n'avait survécu à la petite enfance, sinon le logis aurait été bien exigu. Il n'y faisait pas chaud et Yolande posait sa robe et son manteau par-dessus la mince couverture de laine avant de se pelotonner, grelottante, entre les draps humides.

Personne rue des Lombards ne mentionnait le fouet, un accessoire qui, au reste, semblait absent du foyer. Cependant, l'oncle, dès que tante Sophie avait le dos tourné, glissait la main sous le fichu de Yolande pour lui pincer les seins. Elle supposait qu'il en faisait autant à la petite bonne. C'était bien là la méchanceté, la lâcheté des hommes, toujours prêts, comme père, comme Bernard, à humilier une fille sans défense. Le placard de Yolande n'avait ni verrou, ni serrure, ni clé. Épouvantée à l'idée d'une visite nocturne de l'oncle, elle poussait contre la porte sa malle, qui, dans la journée, faute de place, était rangée sous son grabat.

Elle n'avait soufflé mot de la chose, mais si sa tante s'en apercevait ? Si, comme père l'avait prédit, elle jetait Yolande à la rue ? Quel nouveau désastre, pire encore, allait s'ensuivre ? Malgré la beauté des Tuileries, elle se sentait envahie d'un sinistre pressentiment.

Soudain, monsieur Tardieu s'arrêta, le visage fendu d'un large sourire. Un couple se dirigeait vers eux. L'homme, jeune, de haute taille, bien bâti, portait un manteau vert foncé et des bottes en cuir de deux tons. Des cheveux noirs, raides, lui tombaient sur les épaules sans être attachés. Une dame était à son bras, plus âgée que lui, poudrée à frimas, élégante en mantelet de velours grenat garni de zibeline et manchon assorti. Ces messieurs se découvrirent, on échangea les salutations d'usage. L'oncle Tardieu fit un geste en direction de Yolande.

— Permettez-moi de vous présenter notre nièce, mademoiselle Raynal. Son père est notaire royal à Saint-Flour. Elle vient d'arriver du couvent de la Visitation pour passer quelque temps chez nous. Yolande, voici madame Tournay et son fils, un confrère chirurgien.

La dame inclina la tête. L'homme, l'air grave, fit un léger salut :

— Mademoiselle.

Elle se sentit rougir en faisant la révérence en silence. Elle n'était pas encore habituée à ce que des inconnus, surtout des hommes, s'adressent à elle. Le regard de monsieur Tournay, d'un bleu de glace, ne la quittait pas, passant en revue chaque détail de sa mise. Le noir : l'austère robe de laine, l'épais manteau d'hiver. Le blanc : le fichu qui lui cachait la gorge jusqu'au menton, la petite coiffe qui peinait à couvrir la masse débordante de ses cheveux de lin.

Elle sursauta au battement d'ailes d'un pigeon qui s'envolait de la tête d'une statue, une femme de marbre, entièrement nue. L'indécence de l'effigie, qui ne semblait choquer personne d'autre, la gênait autant que l'insistance froide du regard de l'étranger.

Les yeux de madame Tournay, d'un bleu plus soutenu et chaleureux que ceux de son fils, s'étaient aussi posés sur Yolande. Le visage allongé et les traits réguliers du jeune homme se retrouvaient chez sa mère, dont la beauté s'était conservée jusque dans l'âge mûr. Après quelques remarques sur la fraîcheur du vent et le risque de neige, ils prirent congé.

— Ah, ça n'est pas le premier venu, Tournay ! dit l'oncle à Yolande. Un véritable artiste, il n'a pas son pareil pour réduire une fracture ou suturer une plaie. Il a remporté le prix de l'Académie royale. Il y a même été élu, il en est le plus jeune membre, et le restera pendant un moment. Bon, avant d'aller au collège de chirurgie, il avait fait ses études à Louis-le-Grand, là où les nobles et les riches envoient leurs garçons. Ça aide.

Yolande se tenait à l'écart de la silhouette bedonnante de l'oncle, qui s'était remis en marche, son épouse à son bras.

— T'ai-je dit, Sophie, qu'il vient d'être nommé à l'Hôtel-Dieu, comme adjoint de Naudier, le chirurgien en chef ? C'est lui qui lui succédera à coup sûr. Non que Tournay ait besoin d'argent, il est chirurgien par goût. Sa demeure de famille, quai des Balcons, dans l'île Saint-Louis, vaut une fortune.

— C'est l'un de mes quartiers préférés, si paisible, et on peut y profiter du voisinage de la Seine.

— Un peu trop paisible à mon goût. L'île est une petite société fermée où tout le monde se connaît et se surveille, où les bourgeois prennent de haut le reste des Parisiens. La famille de Tournay est parmi les plus anciennes là-bas. Et il a d'autres maisons un peu partout en ville, qui sont louées et lui rapportent gros. De plus, sa mère, paraît-il, possède un manoir, presque un petit château, du côté de Versailles, avec une vingtaine de métairies. Et figure-toi qu'elle n'a pas d'autre enfant !

Tante Sophie se retourna pour suivre du regard le couple qui s'éloignait.

— Doux Jésus, je ne le savais pas si riche. Et quelle prestance ! Il ne manque à ses avantages personnels qu'un air un peu plus avenant. Il n'est pas marié, je crois ?

— Ne va pas te mettre des idées en tête. Vasseur essaye depuis un an de lui jeter l'une ou l'autre de ses filles à la figure, et ça n'a rien donné. Pas étonnant : elles ne sont pas vilaines, mais je serais fort surpris qu'elles aient plus de vingt mille livres pièce. Crois-moi, Tournay n'épousera pas à moins de cinquante mille.

Monsieur Tardieu s'esclaffa :

— Même s'il prenait les deux donzelles à la fois, ça ne ferait pas le compte !

Yolande restait pensive. Marianne avait assez de dot pour tenter l'exigeant monsieur Tournay. Que penserait-elle de lui ? Le trouverait-elle bel homme, comme leur tante ? Yolande, ne s'étant jamais souciée des attraits masculins, était incapable de se former une opinion sur la question. Et, malgré la froideur de ses manières, ferait-il un bon mari ? Elle s'empressa de balayer toutes ces sottises, qui ne lui seraient jamais venues à l'esprit quelques jours plus tôt à Saint-Flour. Maître Raynal ne permettrait jamais à sa fille de rencontrer son futur époux, et il ne la donnerait pas à un homme dont il ne savait rien.

En revenant des Tuileries, les Tardieu passèrent devant les tours en poivrière du Grand Châtelet, aux étroites fenêtres à barreaux. La forteresse, avait expliqué l'oncle Tardieu, abritait le tribunal criminel, ainsi que les plus immondes cachots de Paris. La Morgue était là aussi, où les corps repêchés dans la Seine ou trouvés dans la rue attendaient, parfois en vain, d'être réclamés. Juste à côté, la Grande Boucherie, l'abattoir principal de Paris, vomissait son sang dans les ruisseaux des rues voisines, emplissant le quartier d'une pénétrante odeur de mort fraîche.

Un peu plus loin, disait tante Sophie alors qu'ils remontaient la rue de la Savonnerie, se trouvait le pilori des Halles, petit bâtiment octogonal à étage et toit pointu.

— Il est trop délabré, dit l'oncle, il n'est plus en usage, c'est dommage. Outre le spectacle du pilori lui-même, qui durait plusieurs heures, on y amenait les condamnés pour qu'ils fassent amende honorable, à genoux sur le pavé, pieds nus et en chemise. Tout ça divertissait gratis les gens du quartier, et les moqueries du peuple agrémentaient la punition des malfaiteurs. Le bourreau se servait aussi du bâtiment pour remiser ses outils et les cadavres des criminels frais exécutés. Ah ! je me souviens du temps où, jeune chirurgien, j'y venais avec des confrères pour lui en acheter. Ce n'était pas donné, mais ça nous évitait d'aller sauter le mur des cimetières pour en déterrer.

L'oncle hocha la tête d'un air mélancolique.

— Tout ça, tu vois, c'est fini. À présent, les condamnés au carcan, liés au cul de la charrette du bourreau, sont traînés jusqu'en place de Grève. Ils y sont attachés à un poteau par un collier de fer, au lieu d'être perchés au pilori. Ils sont moins en vue, et c'est moins commode pour les dessinateurs qui viennent les croquer sur le vif. Et les amendes honorables se font au portail nord de Notre-Dame. Que veux-tu, ma fille, c'est un bout du vieux Paris qui s'en va.

Il faisait sombre dès l'après-midi chez les Tardieu. Le logis donnait sur une cour étroite, couleur de suie, à l'haleine de soupe aux choux. Il comportait, outre le placard de Yolande, une cuisine, une salle mesquine, meublée de quatre chaises et d'une table sans nappe, sur laquelle ouvrait la « grande » chambre où couchaient l'oncle et la tante. Contrairement aux époux Raynal, ils partageaient le même lit. Rien n'évoquait les vastes appartements de la belle demeure de Saint-Flour, où les vitraux des croisées jetaient des taches jaunes et rouges sur les verdures virées au bleu des tapisseries d'Aubusson.

Parfois, lorsque le vent tournait, on sentait la puanteur du cimetière des Saints-Innocents tout proche. Yolande se taisait, mais tante Sophie fronçait le nez.

— Grâce au ciel, il vient de fermer, mais il faudra attendre des années avant de pouvoir le vider. Cet énorme charnier en plein cœur de Paris, ces miasmes infects qui empuantissent l'air... C'est pour ça que la lame de mes couteaux noircit tout de suite. Ton oncle dit que les plaies suppurent davantage par ici qu'ailleurs.

Yolande avait compris qu'elle n'habitait pas le quartier le plus recherché de la capitale. La pratique de monsieur Tardieu, qui semblait consister principalement en des saignées à douze sous, devait être d'un revenu modeste.

Le dimanche suivant, les Tardieu eurent la surprise de retrouver monsieur Tournay aux Tuileries. Il était seul, et revint sur ses pas pour les accompagner dans leur promenade. Après avoir conversé un moment avec l'oncle de choses chirurgicales, il s'adressa à Yolande.

— Que pensez-vous de Paris, mademoiselle ?

Stupéfaite, elle s'arrêta net, donnant aux Tardieu un peu d'avance. Monsieur Tournay attendait tranquillement la réponse, les yeux posés sur elle. Elle s'efforça de reprendre ses esprits.

— Je suis désolée, monsieur, vous devez me trouver bien sotte.

L'ombre d'un sourire flottait sur les lèvres du jeune chirurgien, ce qui lui donnait un air moins glaçant.

— Je vous trouve surtout bien timide. Personne ne vous prendra pour une effrontée de Parisienne. Alors, mademoiselle, que pensez-vous de notre bonne ville ?

Elle remarqua alors sa voix, sonore, grave, plutôt imposante.

— Je ne sais comment exprimer mon étonnement. Avant de venir à Paris, je n'avais jamais quitté Saint-Flour, où je suis née.

— J'ai ouï dire que c'est une belle cité. La promenade des remparts est, paraît-il, d'un intérêt remarquable.

— Je n'y suis jamais allée, monsieur. Mon père y mène ma mère après la grand-messe du dimanche, mais ma sœur et moi ne les accompagnons pas. Il a des notions assez strictes : il dit que la place d'une jeune fille est chez ses parents ou au couvent, et non à se pavaner dehors. Lorsque ma petite sœur et moi sommes à la maison, notre seule sortie est d'assister en famille aux offices à la cathédrale.

— La vie à Paris doit être une expérience nouvelle pour vous.

Yolande réprima un sourire en imaginant l'indignation de père : elle, dans un lieu public, conversant sur un pied de familiarité avec un homme qu'elle connaissait à peine. Elle se demanda quelle punition extraordinaire un tel outrage lui aurait value.

— Oui, complètement nouvelle. Me promener dans les rues, aller dans les boutiques, les marchés, aux Halles avec ma tante, prendre l'air dans un jardin comme celui-ci, voir toutes sortes de gens... Les jeunes filles ont tant de liberté ici.

Un coup de vent détacha une longue boucle de cheveux blonds qui vint lui cingler le visage. Sa tante l'avait persuadée de dénouer ses tresses pour se laisser coiffer à la mode de Paris, et voilà ce qui arrivait ! Rougissante, elle attrapa prestement la mèche rebelle et la replaça sous sa coiffe.

— Pour répondre à votre question, monsieur, je suis stupéfaite du vacarme de Paris, de la foule dans les rues, de la variété des magasins. Toutes ces choses superbes qu'on voit aux devantures ! Et, autour de nous, ce château, ces bassins, cette perspective ! C'est un endroit magnifique, peut-être trop pour que je puisse encore l'apprécier à sa juste valeur. Cela doit vous être si familier que vous ne pouvez vous figurer mes impressions.

— Ainsi donc, vous parlez ! dit-il d'un ton amusé. Je suis né à Paris, j'y ai grandi, j'y ai fait mes études, et pourtant je vous comprends. Comme vous, je sens le pouls de la ville, son énergie, sa beauté, je ne m'en lasse pas. Je crois que vous vous y plairez. Combien de temps allez-vous rester parmi nous ?

Elle baissa le front.

— Aucune date n'a été fixée pour mon retour en Auvergne. Je vais sans doute vous paraître ingrate envers mon oncle et ma tante, mais j'ai du chagrin d'être séparée de ma petite sœur. C'est la première fois, et je me fais bien du souci pour elle.

— Vous pourriez lui écrire pour lui conter vos impressions de Paris.

Les larmes venaient aux yeux de Yolande. Monsieur Tournay la regarda d'un air radouci.

— Je vous ai fait de la peine, pardonnez-moi. Comment puis-je me racheter ? Voulez-vous que je vous parle de mes endroits préférés ?

Elle acquiesça en silence. Il montra au loin la statue équestre de feu Louis XV, dominant de ses ors la splendide place du même nom, et au-delà, la grande promenade des Champs-Élysées. Il lui parla de l'île Saint-Louis, agréable et tranquille, où sa famille habitait depuis deux siècles, de la Cité, avec Notre-Dame, l'église mère de Paris, et l'Hôtel-Dieu, où il s'honorait d'être chirurgien. Il narra l'histoire de sainte Geneviève, protectrice de la ville, et évoqua les grandes reines, qui, bien que nées à l'étranger, avaient aimé et embelli Paris. On devait les Tuileries elles-mêmes, disait-il, à Catherine de Médicis, la Florentine qui avait gouverné le royaume pendant les tueries des guerres de religion, et le Luxembourg à une autre régente, Marie de Médicis. Les femmes aussi avaient fait Paris.

— Personne ne m'avait parlé de cela, monsieur. Pourtant, au milieu de cette grandeur, je suis étonnée de la saleté de certains quartiers.

— Oh ! Paris est sale, et l'a toujours été. Ce n'est pas pour rien que les Romains l'appelaient *Lutetia*, la fangeuse. Et c'est pour cela que nous avons une couleur nommée *boue de Paris*. De grands travaux sont néanmoins prévus, la ville deviendra plus saine, plus aérée. On parle de démolir toutes les maisons construites sur les ponts. Dans quelques années, peut-être aurons-nous du mal à reconnaître notre Paris. En attendant, vous apprendrez à l'aimer.

Ils avaient pris du retard sur les Tardieu, qui les attendaient au bord du grand bassin devant le château.

Yolande commençait à s'habituer aux hordes de piétons, de carrosses, de charrettes, de cavaliers qui galopaient à toute heure à travers la ville. Elle savait qu'il lui fallait se réfugier dans l'entrée des magasins à l'approche d'attelages lancés au grand trot. Comme elle gagnait en assurance et se familiarisait avec le quartier des Halles, tante Sophie, qui n'aimait pas monter les escaliers raides de son logis plus que de besoin, l'envoyait désormais acheter les provisions du ménage dans les boutiques et les marchés. Il semblait à Yolande que le commis du fruitier lui souriait timidement derrière les piles de choux et de betteraves, et la servait avant les autres clientes. C'était un blondinet tout frisé, joli garçon malgré ses joues légèrement marquées de petite vérole, mais il ne supportait en rien la comparaison avec monsieur Tournay. L'idée qu'elle commençait à se faire de la beauté virile était calquée sur l'image du jeune chirurgien.

Dans la rue, elle avait appris à baisser les yeux devant les hommes. Malgré cela, malgré la modestie de sa mise et la timidité de son maintien, des inconnus s'approchaient parfois pour lui susurrer à l'oreille des mots qu'elle n'avait jamais entendus, des ivrognes lui lançaient des insultes d'une voix pâteuse. La seule chose à faire était de les ignorer et s'éloigner d'un pas vif. Des chanteurs, orgue portatif à l'épaule, braillaient à pleins poumons des refrains obscènes qui se mêlaient au tapage des voitures, aux cris des porteurs d'eau, des poissardes, des marchands de ferraille, de vieux chapeaux, de peaux de lapins. C'était cela, la vie dans une grande ville.

Les Tardieu rencontrèrent à nouveau monsieur Tournay aux Tuileries le dimanche suivant. De retour rue des Lombards, Yolande alla à la cuisine écumer le pot-au-feu, que la bonne avait laissé mijoter sur un trépied au milieu des braises de la cheminée. Tout en versant soigneusement la graisse dans un bocal, elle tendait l'oreille : les Tardieu discutaient dans la salle, la porte entrouverte.

— Qu'est-ce qu'il peut bien nous vouloir ? demandait tante Sophie. Tu ne lui as jamais parlé de la fortune de Raynal, au moins ?

— Bien sûr que non ! Le vieux grigou ne donnera pas un liard de son magot mal acquis à Yolande. Pas après l'avoir chassée comme un chien. Pourtant, Dieu sait que sans elle...

— Ne remuons pas ces histoires, Simon, tout cela appartient au passé. Si ce n'est pas une question d'argent, Tournay doit avoir des desseins sur la vertu de Yolande.

— Sornettes ! Il a toutes les femmes qu'il veut. Il paraît qu'il entretient discrètement une coquine ou deux, loin des regards de sa mère. Et en matière de proie, il peut certainement trouver mieux que cette pauvre Yolande. Sans être franchement laide, elle est insignifiante. Je parie que, toute nue, elle a l'air d'un moineau déplumé. Elle a un teint de cadavre, et Dieu sait d'où elle tient cette tignasse couleur d'étoupe, même pas un de ces beaux blonds dorés. À croire qu'elle n'a ni cils ni sourcils, tant ils sont si pâles. C'est vrai qu'elle a les yeux d'un vert peu commun, mais ce n'est pas avec ça qu'elle aguichera un homme.

Yolande n'avait jamais eu la moindre illusion sur ses attraits, qui du reste ne lui importaient guère, mais son oncle avait oublié, dans cet inventaire mortifiant, ses petits seins ronds et fermes, qu'il semblait trouver à son goût.

— Pour l'amour du ciel ! soupira tante Sophie. Elle a la grâce timide d'une vierge. C'est peut-être ce qui a attiré l'attention de Tournay.

— Oh ! je suis sûr qu'il ne dédaigne pas les pucelles. Il doit s'en offrir une de temps en temps, pour changer. Mais il est riche, lui, il peut se la procurer chez une maquerelle au bordel, sans histoires, sans se donner la peine d'aller déshonorer la nièce d'un confrère.

— Je m'en méfie quand même. Et si je l'invitais à dîner un de ces dimanches, sans sa mère, pour lui tirer les vers du nez ?

Yolande frémit un instant à l'idée de ce que monsieur Tournay, qui vivait dans une belle demeure, penserait du logis des Tardieu. Les propos de l'oncle la rassurèrent :

— Tu le prends pour un benêt ? Il ne mettra jamais les pieds ici, ça reviendrait à admettre qu'il a des vues sur Yolande.

— Bon, alors attendons. Peut-être que je m'inquiète en vain et qu'il ne sera pas aux Tuileries dimanche prochain. Cependant, si nous le voyons de nouveau, nous laisserons les jeunes gens passer devant. Je veux m'assurer qu'il ne se permette pas de privautés.

Grâce aux propos crus de l'oncle quand il était un peu gris à souper, Yolande avait compris ce qu'étaient les maquerelles. Et d'après lui, monsieur Tournay avait recours à leurs services !

Quant au bordel, elle savait désormais qu'il s'agissait d'un endroit où des femmes, appelées *putains*, étaient réunies pour servir aux désirs lubriques des hommes. C'était donc à cela que son père la croyait destinée.

Bravant le froid, le jeune chirurgien continuait de retrouver sans faute les Tardieu aux Tuileries le dimanche. Par tous les temps, même une fois ou deux quand les buis étaient saupoudrés de neige. Ce devait être un homme d'habitude. Yolande se souvenait des propos de l'oncle : elle n'avait ni fortune, ni beauté, rien qui pût tenter monsieur Tournay, tandis qu'il avait des femmes à foison. Ses attentions, sa conversation, pour agréables qu'elles fussent, ne tiraient pas à conséquence. Tante Sophie n'avait d'ailleurs pas lieu de s'inquiéter : il ne se permettait pas de privautés, il n'offrait même pas le bras à Yolande, ce dont elle était fort aise.

Parfois, elle se surprenait à examiner avec une certaine appréhension ses larges épaules carrées, ses mains massives, toujours élégamment gantées, songeant que, s'il lui en prenait envie, il pourrait l'envoyer rouler à dix pas de là d'un simple coup de patte. Elle se reprochait aussitôt ces idées : il ne donnait aucun signe de brutalité et, pour un homme, ne semblait pas particulièrement méchant.

Il se contentait de marcher à ses côtés en causant avec elle tandis que, sa timidité un moment oubliée, elle lui confiait combien Marianne et le couvent lui manquaient, elle lui contait ses impressions de Paris. Il l'appelait, sans que tante Sophie soulevât d'objection, *mademoiselle Yolande*, et elle s'était accoutumée à cette familiarité au point de la trouver presque plaisante. Pourtant, elle n'aimait pas son nom de baptême, qu'elle trouvait suranné et disgracieux, et qu'elle était la seule à porter dans la famille. Elle était fort curieuse d'apprendre celui de monsieur Tournay, mais il eût été de la dernière insolence de s'en enquérir.

Quand il lui demanda si son oncle et sa tante l'avaient déjà emmenée à l'Opéra, elle resta un instant embarrassée. En matière de divertissements, les Tardieu s'en tenaient aux promenades aux Tuileries, gratuites, et qui ne requéraient pas la dépense d'un fiacre. Monsieur Tournay devait bien s'en douter.

— À l'Opéra ? Non, monsieur. Nous menons une vie très retirée.

— Mais vous aimez la musique ?

— Beaucoup. Les religieuses disaient que j'avais la plus jolie voix de la chorale à la Visitation. J'y ai aussi appris à jouer du clavecin. Assez mal, je le crains. De toute façon, il n'y a pas d'instrument chez ma tante. Faute de pratique, je vais bien vite oublier le peu que j'ai appris.

— Ce serait dommage. Ma mère a un excellent pianoforte d'Érard. Cet instrument a, je crois, une tessiture plus étendue que le clavecin. Elle pourrait vous inviter, ainsi que votre tante, à prendre le thé et serait ravie de vous le faire essayer.

Yolande frissonna. Madame Tournay elle-même était déjà bien assez impressionnante, mais, pis encore, son fils pourrait être présent, témoin et juge des prouesses musicales de Yolande.

— Oh non, par pitié ! Ne suggérez pas une pareille idée à madame votre mère, elle aurait une piètre opinion de mon talent.

Il la regardait fixement, d'un air qu'elle n'aurait su définir, à la fois amusé et un peu contrarié.

— Dois-je comprendre, mademoiselle Yolande, que vous avez peur de ma mère au point de refuser de prendre le thé avec elle ? Je vous croyais plus brave que cela.

— Je ne pense pas manquer de courage en général, mais jamais je ne me produirais devant madame Tournay. Je dois avouer que je la trouve plutôt intimidante.

Résolue à reprendre le dessus, elle le regarda droit dans les yeux.

— Et vous, monsieur, avez-vous peur de votre mère ? Ma tante dit que c'est le cas de beaucoup d'hommes.

Il éclata d'un rire franc, la première fois que cela lui arrivait devant elle.

— Voilà qui m'apprendra ! Comme je me suis attiré votre impertinente question, je vais tâcher d'y répondre. Si j'avais peur de ma mère, je me garderais évidemment de l'admettre, mais je suis fils unique, ce qui me laisse à penser que je suis son préféré.

Il redevint grave.

— Bien que ses manières puissent paraître quelque peu hautaines au premier abord, il n'y a pas plus généreux qu'elle. Dans ses terres, à La Danerie, elle dote les filles les plus pauvres, deux ou trois cents livres qui leur permettent d'épouser un gars du pays, au lieu de chercher bonne ou mauvaise fortune à Paris. Les réserves de ses cuisines sont toujours ouvertes aux nécessiteux, et le médecin a l'instruction de lui envoyer sa note quand il visite ses patients qui n'ont pas les moyens de le payer. Un jour, quand vous aurez appris à la connaître, vous découvrirez que c'est la bonté même.

Yolande, sans mettre en doute les mérites de madame Tournay, espérait de tout cœur qu'un tel jour n'arriverait jamais. Elle s'abstint de répondre.

— Pour en revenir à l'Opéra, poursuivit-il, puisque vous aimez tant la musique, quelqu'un pourrait vous y emmener plus tôt que vous ne le pensez. Avec votre tante, s'entend.

Le ton sérieux de monsieur Tournay, la manière dont il la dévisageait laissaient à penser qu'il pourrait être le *quelqu'un* en question. Elle en fut un instant troublée, mais se reprit aussitôt : un homme tel que lui pouvait faire meilleur usage de ses heures de loisir dans les bras de ses maîtresses, qu'elle se figurait jolies, élégantes, vives, spirituelles, de vraies Parisiennes.

— Cela me semble fort improbable, monsieur. Et je suis sûre que ma tante n'accepterait pas.

Il détourna le regard vers la Seine et la conversation sur la chorale du couvent.

Les rencontres avec monsieur Tournay étaient devenues les grandes joies de la vie de Yolande. Son cœur s'arrêtait toujours le temps d'un battement quand elle reconnaissait au loin sa haute silhouette, mais à présent la couleur lui montait aux joues quand elle l'imaginait étreignant ses maîtresses.

Cela datait du jour où elle avait découvert, parmi les ouvrages médicaux écornés qui remplissaient une petite étagère dans la salle des Tardieu, les quatre volumes du *Tableau de l'amour conjugal*, ouvrage écrit par un certain docteur Venette à la fin du siècle précédent. Elle avait discrètement emporté le premier tome dans son placard. À la lueur tremblotante d'une chandelle qui semblait prêter vie aux images, elle avait examiné, bouche bée, les planches anatomiques figurant en grand détail le membre viril, dans tous ses états, avec une légende indiquant les termes techniques. Le texte n'était pas moins explicite et décrivait sans ambages la manière dont les hommes, et même les femmes, trouvaient plaisir aux relations charnelles. Sa niaiserie s'était envolée.

À Saint-Flour, au voisinage de Bernard, elle avait parfois été effleurée par de telles notions, mais s'était empressée de les chasser de son esprit, car elles ne présentaient aucun intérêt pour une fille vouée à la chasteté perpétuelle du cloître. Aussi s'était-elle tenue à l'écart des babillages des écolières plus délurées à la Visitation. Marianne, pour sa part, n'avait semblé se douter de rien, et Yolande, ne souhaitant pas troubler l'innocence de sa petite sœur, n'avait jamais évoqué ces choses avec elle.

À Paris, les illustrations du livre se révélaient cruellement pertinentes. Yolande n'en ressentait que plus de honte, de colère, de révolte, de dégoût envers les hommes, qui dissimulaient de pareilles horreurs dans leur culotte. Tous : père, Bernard, l'oncle Tardieu, le jeune commis du fruitier, les inconnus qu'elle croisait dans la rue. L'individu qu'elle avait surpris à pisser au bas de l'escalier des Tardieu, qui l'avait dévisagée avec effronterie en se reboutonnant posément.

Et monsieur Tournay aussi. L'image qu'elle se faisait de lui avec ses femmes avait pris une réalité crue, bien plus effarante que le simple mot de *maîtresse* avait évoqué jusque-là. L'idée qu'il achèterait à une maquerelle la virginité d'une pauvre fille comme elle, pour lui faire les choses affreuses dont parlait le docteur Venette, semblait à Yolande le comble de la méchanceté. Pourtant, il n'avait pas l'air vicieux. L'oncle Tardieu devait lui attribuer la dépravation de ses propres goûts.

La nuit, quand, à la recherche du sommeil, elle se retournait sur son grabat, les mots de père la hantaient : elle finirait au bordel. Tôt ou tard, tante Sophie surprendrait son mari en train de pincer les seins de leur nièce. Peut-être même essaierait-il un jour de l'embrasser. Elle se débattrait, elle ne pourrait retenir un cri, et tout serait découvert. Aussitôt chassée, elle se retrouverait assise sur sa petite malle au milieu de la rue des Lombards, perdue dans l'immensité de Paris, une proie facile pour la première maquerelle qui passerait par là. Et elle serait vendue à un homme tel que monsieur Tournay, ou à quelqu'un de bien pire, vieux, sale, laid, grossier, répugnant.

Son embarras s'était aggravé quand elle avait rencontré dans la rue, lors des défilés du carnaval, des hommes portant des saucisses accrochées au-devant de leur culotte, les brandissant fièrement en direction de la populace qui beuglait son hilarité. Ils allaient se coller, à la joie de la foule, à d'autres individus en chemise débraillée, maculée de moutarde au derrière, pour gesticuler des simulacres d'accouplement. Au grand soulagement de Yolande, qui n'avait jamais rien imaginé de si ordurier, ces obscènes réjouissances prirent fin le mercredi des cendres. Le carême, temps de pénitence et de prière, commençait.

Rien de cela n'affectait les rencontres des Tardieu avec monsieur Tournay. Un beau dimanche de mars, avant de prendre congé devant le château des Tuileries, il s'adressa à tante Sophie.

— Ma mère serait extrêmement honorée si vous acceptiez, madame, ainsi que mademoiselle Yolande et votre époux, de partager notre dîner dimanche prochain.

Les Tardieu échangèrent un regard stupéfait, et l'invitation fut promptement acceptée. Yolande frémit : monsieur Tournay n'avait donc pas parlé en vain, le moment était venu de faire plus ample connaissance de sa redoutable mère. Dès le retour rue des Lombards, tante Sophie tira la malle de Yolande de sous son grabat. Elle en sortit une robe de gaze blanche, qu'elle alla déplier dans la salle.

— C'est un peu léger pour la saison, surtout avec ces manches courtes, mais tu n'as rien d'autre à te mettre pour aller dîner dans une belle demeure. Tu porteras mon mantelet de molleton vert, qui rappellera la couleur de tes yeux. Je ne te prêterai pas de bijoux, madame Tournay risquerait de trouver ça immodeste pour une jeune fille. Tu peux quand même garder tes petits anneaux d'oreille en or, qui sont suffisamment discrets.

Yolande ne savait que penser de l'invitation. Avait-elle été donnée en son honneur ? Monsieur Tournay voulait-il l'observer hors du décor habituel des Tuileries ? Idées absurdes, qu'elle rejeta aussitôt. Qu'aurait-il pu trouver à une petite provinciale empruntée, fraîche sortie de son couvent, une fille qui n'était même pas jolie ? Il devait se sentir obligé, après avoir si souvent rencontré les Tardieu, de les inviter par simple politesse.

CHAPITRE 3

Le jour tant redouté, madame Tardieu arrangea les plis de la robe de gaze, noua la ceinture assortie. Aidée de la bonne, elle releva quelques boucles de Yolande sur les côtés du visage, laissant le reste flotter librement jusqu'à la taille. La jeune fille s'apprêtait à ajuster son fichu quand sa tante le lui prit des mains.

— Pas de ça, voyons, Yolande !

— Mais jamais je n'oserais me montrer la gorge découverte.

— Aujourd'hui, tu oseras. Tu es si joliment faite que tu n'as rien à cacher.

Elle fit deux pas en arrière.

— Voilà, tu as l'air d'un ange, tout de blanc vêtue. Et il pourra enfin admirer la splendeur de ta chevelure... Je suis sûre qu'il n'en a jamais vu de pareille.

Yolande rougit.

— Dois-je vraiment m'offrir à son regard ainsi attifée ?

Madame Tardieu secoua la tête et posa un baiser sur la joue de sa nièce.

— Ma pauvre chérie, crois-tu que tu aies le choix ?

Au sortir du fiacre, Yolande observait le ciel menaçant, la Seine aux nuances de plomb qui coulait placidement sous les fenêtres de la maison Tournay, belle bâtisse dans le style du siècle dernier. Monsieur les accueillit, plus souriant qu'aux Tuileries, il les mena par un vaste escalier de pierre blanche à un salon tendu de damas écarlate, dont les vastes fenêtres offraient une vue du fleuve et de la rive gauche. Sa mère se leva à leur arrivée avec une courtoisie hautaine. Un voile de dentelle noire, reposant sur ses cheveux poudrés et retombant majestueusement sur ses épaules, mettait en valeur le double rang de perles qui lui encerclait le cou et laissait entrevoir un décolleté encore fort beau. Elle avait épinglé le portrait en miniature de son fils, encadré d'or, sur le côté de son corsage, dont le velours bleu de roi évoquait la couleur de ses yeux.

À l'annonce du dîner, d'un gracieux mouvement de la main, elle invita Yolande, dont le cœur se serra, à prendre place à table auprès d'elle. En ce dimanche, on était dispensé des restrictions du carême, et, sous les ors des lambris, la chère était plus fastueuse que même celle des repas de fête à la maison Raynal. À un potage au coulis d'écrevisses succédèrent une première entrée de ris de veau, une seconde de blancs de volaille farcis aux truffes, puis un rôti d'agneau mariné aux épices et aux herbes. Les vins, servis dans des carafes de cristal, variaient à chaque plat, et monsieur Tournay en précisait la provenance : Alsace, Bourgogne, Italie, vallée du Rhône. Yolande ne pouvait s'empêcher d'éprouver quelque inquiétude en observant que l'oncle leur faisait grand honneur. Pour sa part, elle s'en tenait à l'eau, dont on lui indiqua qu'elle pouvait la boire sans crainte car elle ne provenait pas de la Seine, mais de la source de La Ville d'Avray.

D'une voix qu'elle s'efforçait d'affermir, la jeune fille répondait de son mieux aux questions de madame Tournay sur son âge, son frère, sa sœur, leurs parents, les menus détails de sa vie, sur la maison Raynal, ses salons, son mobilier, l'époque et le style de la construction. Les yeux baissés, elle contemplait ses poignets chétifs et ses bras grêles, chagrinée de ses manches courtes et de l'absence du mantelet vert, laissé aux mains d'une servante en arrivant.

— Et vos parents donnent-ils des dîners, mademoiselle ?

— Oui, madame, mais ma sœur et moi n'y assistons pas, même quand les convives sont de la famille. Mon père dit qu'il n'est rien de si révoltant que les romances entre cousins. Aussi, quand mes parents reçoivent, ma sœur et moi prenons-nous notre repas dans notre chambre. La plupart du temps, de toute manière, nous sommes au couvent.

— Et je suppose que vous ne dînez pas en ville non plus.

— Oh, non, jamais ! Quand nous sommes à la maison, nous ne sortons que pour entendre la messe et les vêpres à la cathédrale le dimanche et les jours de fête.

— Vous menez une vie assez retirée, mon enfant, et vous avez dû trouver un grand réconfort dans la lecture. Pour ma part, j'aime beaucoup les romans et la poésie. Quels sont vos préférés ?

Yolande jouait avec sa fourchette.

— Vous allez me trouver bien niaise, madame, mais je n'en ai jamais lu. Mon père nous l'a interdit, sous peine du fouet, et nous veillons à ne pas lui désobéir. Il est très sévère... mais seulement quand nous l'avons mérité.

Yolande regretta aussitôt d'avoir mentionné le fouet et la sévérité de père. Madame Tournay allait-elle s'enquérir des corrections qu'elle avait reçues ? Mais celle-ci se contenta d'acquiescer de la tête.

— Il est vrai que certains parents estiment ces ouvrages inappropriés pour une jeune fille. Et les contes de fées ? Je me vante d'en avoir réuni une excellente collection. Je ne me limite pas à Perrault, et j'apprécie beaucoup les œuvres de diverses femmes de lettres, particulièrement celles de madame d'Aulnoy. Peut-être les connaissez-vous ?

— Non, madame. Certaines de mes compagnes au couvent ont lu des contes de fées, mais mon père nous l'a défendu. D'après lui, ils sont remplis d'inepties et d'obscénités, pires encore que celles qu'on trouve dans les romans.

Confuse de sa bévue, elle se hâta d'ajouter :

— Bien entendu, je suis certaine que ces ouvrages conviennent parfaitement à des dames mariées ou veuves. À vrai dire, je n'ai rien lu que le missel, *La Légende des saints*, les Écritures, les livres de classe, et les ouvrages que maman me donne pour mes étrennes au nouvel an.

— Quels sont-ils ?

— La dernière fois, j'ai reçu les œuvres de saint Augustin : les *Soliloques*, le *Manuel* et les *Méditations*.

Elle plissa les yeux à l'évocation de ce présent, qui lui avait valu l'une de ses flagellations les plus cruelles. Yolande redoutait toujours la cérémonie des étrennes au grand salon, car il lui était impossible de pressentir si père s'attendait à des démonstrations d'affectueuse reconnaissance envers maman, ou, au contraire, en prendrait ombrage. Toute erreur d'appréciation, d'un sens ou de l'autre, se soldait par une rude correction. L'avantage d'avoir été bannie à la Noël était d'avoir échappé aux épreuves du nouvel an.

— Mais mon livre préféré, reprit-elle pour chasser ces souvenirs infortunés, est l'*Introduction à la vie dévote*, de saint François de Sales. Vous savez qu'il est, avec sainte Jeanne de Chantal, le fondateur de notre ordre. L'avez-vous lu ?

— Non, ma chère enfant. Quand vous parlez de *notre ordre*, vous voulez dire la Visitation ?

Elle baissa les yeux.

— Oui, madame, mais j'avais grand tort. Je n'ai aucun droit de parler de la Visitation de cette manière. Je n'y suis qu'une écolière.

— Fort studieuse, j'en suis certaine. Parlez-moi de ce que vous avez appris. Et de votre musique. Paul et moi l'apprécions beaucoup, et il me dit que vous l'aimez aussi.

Paul, nota Yolande. La brièveté et la simplicité de ce nom seyaient parfaitement à monsieur Tournay.

Sa mère se lança dans une nouvelle série de questions. Pour la jeune fille, parler du couvent et de ses études était facile, mais la musique lui rappelait le pianoforte qu'elle avait aperçu au salon. Elle était terrifiée à l'idée de se ridiculiser devant madame Tournay, et surtout devant son fils.

Assis entre sa mère et tante Sophie, celui-ci, grâce au ciel, ne prêtait aucune attention à la jeune convive, ce qui la rassura quelque peu. Quelle sotte elle avait été d'imaginer que l'invitation lui était en fait destinée ! Comme les yeux de monsieur Tournay ne semblaient jamais s'arrêter sur elle, elle se sentait libre de l'observer à loisir. Pour la première fois, elle le voyait sans gants et examinait ses larges mains, leur dos ombré de duvet noir, leurs ongles courts et soignés, leurs longs doigts aux fortes articulations. Elle s'était attendue à découvrir une bague élégante à l'auriculaire, mais non, ce serait malcommode pour un homme qui devait opérer presque tous les jours à l'hôpital.

Il parlait à l'oncle Tardieu d'un article du *Journal encyclopédique* sur la petite vérole, pesant les avantages et les risques de l'inoculation de la vaccine, que sa mère et lui avaient subie quelques années auparavant. La manière dont il s'exprimait, claire, animée, de sa voix forte et assurée, rendait le sujet passionnant, même pour une profane comme Yolande, qui était tentée de lui poser une foule de questions. Il eût cependant été le comble de l'impertinence pour une jeune fille de se pousser en avant de cette manière, de s'immiscer sans y être invitée dans une conversation, surtout entre hommes.

Madame Tournay, qui semblait avoir achevé l'interrogatoire de Yolande, s'adressa à tante Sophie :

— Avez-vous entendu dire que la reine attendrait son deuxième enfant ? L'annonce officielle est imminente, paraît-il. La petite Madame a deux ans passés, et il serait grand temps que nous ayons un dauphin. Leurs Majestés sont mariées depuis deux lustres et...

Elle fut interrompue par le rire gras de l'oncle Tardieu.

— Ah, ça, pour une fois, ce n'est pas la faute de l'Autrichienne ! C'est notre chapon de roi qui a attendu des années avant de se décider à baiser sa femme. Et, même maintenant, il ne semble guère pressé de s'atteler à la tâche. Qu'en dites-vous, Tournay ?

Quand vous avez une pucelle dans votre lit, vous déflorez ça en un tour de main, je parie !

Yolande, le souffle coupé, les yeux rivés sur les fleurs et les dorures de son assiette, sentit sa gorge s'empourprer. Et, sans la protection de son fichu, tout le monde devait s'en apercevoir. La conversation s'interrompit pendant quelques instants qui lui semblèrent interminables. Puis monsieur Tournay se mit à décrire, d'un ton détaché et en grand détail, un traitement dont il avait fait l'essai pour les fractures de la rotule, et dont il entendait publier prochainement les résultats prometteurs. Sa mère s'empressa de partager avec tante Sophie ce qu'elle avait vu dans *La Galerie des modes* : on porterait moins de bonnets en pouf ce printemps, et les chapeaux de paille deviendraient encore plus larges.

Pêches et raisin, en dépit de la saison, firent leur apparition, suivis de glaces et d'une variété de gâteaux, le tout accompagné de vin de champagne. Personne n'adressa plus la parole à Yolande, qui ne prononça pas un mot durant le reste du dîner. Sans lever les yeux, elle sentait le regard bleu de madame Tournay posé sur elle. Elle était mortifiée à l'idée que, dégoûtés par la grossièreté de l'oncle Tardieu, mère et fils devaient désormais éprouver le plus complet dédain pour elle et sa famille. La seule consolation était que le pianoforte semblait oublié.

Une meringue constellée de fruits confits vint clore le repas, on passa au salon pour le café et les liqueurs. L'oncle tituba jusqu'à un fauteuil, dans lequel il s'affala, hochant la tête d'un air hébété. Madame Tournay, pensive, versait en silence du lait dans sa tasse. Enfin, tante Sophie, la remerciant chaleureusement, se leva pour prendre congé. Le maître de maison raccompagna les convives jusqu'au pied de l'escalier.

Dans le vestibule dallé de marbre noir et blanc, madame Tardieu, le dos tourné, ajustait son mantelet, que lui avait rapporté une servante. Yolande, en attendant le sien, jouait nerveusement avec la gaze de sa ceinture quand elle sentit une légère pression sur ses doigts. Elle n'avait jamais connu les attouchements d'un homme, si l'on exceptait ceux de Bernard et de l'oncle. Le jeune chirurgien, debout à côté d'elle, la regardait gravement, comme si de rien n'était. La première impulsion de Yolande, de surprise et de peur, fut de retirer la main, mais elle s'arrêta au son de sa voix :

— Ma mère et moi tenons à vous remercier de l'honneur de votre compagnie, mademoiselle.

La gorge de Yolande se soulevait, ses lèvres la piquaient si vivement qu'elle ne pouvait les fermer, ses pommettes lui cuisaient comme si on les avait brûlées au fer rouge. La main toujours dans celle de monsieur Tournay, qui lui souriait à présent, elle sentait la pression s'accentuer.

Dans l'élégante voiture des Tournay, capitonnée de velours cramoisi, qui raccompagnait les Tardieu chez eux, les ronflements de l'oncle ne tardèrent pas à retentir. Yolande grelottait si fort que sa tante lui frotta le bras.

— As-tu pris mal, ma chérie ? Cependant, tu étais assise le dos à la cheminée. Et tu n'as presque rien mangé. Pourtant, ces pêches, ce raisin... en mars !

— J'ai si froid.

— Enveloppe-toi dans ton mantelet. Je te ferai une tasse de camomille bien chaude en rentrant.

Le sommeil fuyait encore une fois Yolande dans la solitude frigide de son placard. Pourquoi monsieur Tournay l'avait-il touchée de la sorte, à la dérobée, et pourtant au nez de tout le monde ? Se moquait-il d'elle, s'amusait-il de sa naïveté, cherchait-il à lui faire accroire qu'elle lui plaisait, à l'entraîner dans un jeu cruel dont il avait toutes les cartes en main et dont elle ne connaissait aucune des règles ? Elle regrettait de n'avoir jamais lu de romans, où ce genre de choses devait être expliqué.

Avait-il souhaité, en l'invitant à dîner, prendre l'avis de sa mère ? C'était encore pire. Madame Tournay avait dû trouver

Yolande sotte, gauche, ignare. Et qu'est-ce qu'une dame si distinguée avait dû penser de l'oncle ? Si l'on se fiait au respect affectueux que lui témoignait son fils, il devait faire grand cas de son opinion. Aussi incertaine que fût Yolande de ses propres sentiments, elle était tourmentée par la pensée qu'il allait la mépriser profondément. Comment l'en blâmer ?

Et si, malgré tout, contre toute attente, passant outre à l'avis de sa mère, il demandait sa main ? Elle se reprocha la folie, la ridicule présomption d'une telle idée. En tout état de cause, elle eût été bien en peine de répondre à la question la plus cruciale : voulait-elle de lui ? Sa plus grande joie à Paris était de lui parler, de l'observer, elle le trouvait infiniment plus agréable, intelligent, instruit, raffiné, séduisant, élégant, que tout autre homme qu'elle avait vu ou imaginé. Pourtant, même si elle s'était résignée à ne jamais prendre le voile, la perspective du mariage et de ses devoirs, tels que les décrivait le livre du docteur Venette, restait aussi terrifiante avec lui qu'avec tout autre. Et, derrière la courtoisie de ses manières, cachait-il la même brutalité, les mêmes colères que père ?

Elle passa les jours suivants à ressasser, instant après instant, les humiliations du dîner. Pour rien, sans doute : monsieur Tournay ne se souciait nullement d'elle. Peut-être ne serait-il même pas aux Tuileries le dimanche suivant. Peut-être ne le reverrait-elle jamais, une perspective qui lui broyait le cœur. Elle tâchait de cacher son désarroi devant sa tante, qui semblait l'observer avec plus d'attention que d'ordinaire.

Ce fut seulement le mercredi suivant que monsieur Tardieu, en ouvrant un billet apporté par un messager, se mit à jurer bruyamment.

— Sophie, Yolande, venez ici tout de suite ! Écoutez ce qu'écrit Tournay.

La lettre lue à haute voix, tante Sophie serra sa nièce contre son sein.

— Oh, ma chérie, j'avais tant espéré ce moment !

Yolande restait coite, le front baissé. C'était donc vrai : monsieur Tournay la voulait pour épouse. Il l'aimait ardemment, passionnément, son vœu le plus cher était de la choyer comme elle le méritait.

Les Tardieu ne songèrent pas à demander à Yolande si ces offres lui agréaient. L'oncle cria à la bonne d'aller chercher de l'encre et du papier, et entreprit de répondre séance tenante. Il montra à Yolande sa lettre, dans laquelle il exprimait la reconnaissance sans bornes de sa nièce et l'assurance que maître Raynal serait non moins enchanté. Elle rougit jusqu'aux yeux.

— Faut-il nous humilier de la sorte ? On dirait qu'il me ramasse dans le ruisseau.

— Tu n'y connais rien, ma pauvre fille ! Tu ne te rends pas compte que c'est un parti inespéré pour toi ? *Inespéré* ! Dieu sait ce qu'il te trouve. Mais s'il aime les donzelles avec la peau sur les os, c'est son affaire. Et souviens-toi que rien n'est encore réglé. Je vais écrire de ce pas à ton père. Je parie qu'il ne comptait pas se débarrasser si aisément de toi. Moi non plus, franchement. Reste à voir ce qu'il aura à dire sur ta dot. Espérons que Tournay ne se montre pas trop gourmand...

Les choses étaient néanmoins suffisamment avancées pour que monsieur Tournay vînt dès le lendemain. Dès que la bonne l'annonça, tante Sophie se hâta d'entraîner sa nièce dans sa chambre, lui pinça les joues pour les rosir, redressa les plis de la robe noire, ajusta le fichu un peu plus bas sur sa gorge.

— J'aimerais qu'il te voie dans quelque chose de plus joli, mais tu as déjà porté ta gaze blanche dimanche. En règle générale, les hommes ne prêtent aucune attention aux habits féminins, sauf pour remarquer ce genre de détails.

Elle poussa Yolande dans la salle, où l'attendait monsieur Tournay. La porte se referma sur eux. Lors de leurs rencontres aux Tuileries, en public, Yolande avait fini par se sentir à l'aise en sa présence, mais ce tête-à-tête avec l'homme que son oncle avait accepté en son nom faisait renaître sa timidité. Et, après avoir découvert son élégante demeure, elle avait honte de la pièce étriquée, sombre, mesquine, où il la trouvait.

Elle restait muette, figée près de la porte.

— Bonjour, Yolande. Puis-je vous appeler Yolande, puisqu'il semble que nous soyons promis ?

— Oui, monsieur, si vous le souhaitez.

— Voulez-vous venir plus près de moi ? Je n'ose vous approcher, ma chérie, car vous semblez prête à détaler comme une biche.

Elle inspira profondément et fit quelques pas dans sa direction. Il lui prit la main, en caressa la paume, la porta à ses lèvres. Puis il l'attira à lui et l'embrassa légèrement sur la joue. Bouleversée par ces attouchements, elle ne montrait ni résistance ni plaisir.

— Au moins, vous ne vous dérobez pas. Qu'y a-t-il, Yolande ? Qu'avez-vous ressenti dimanche ?

— J'ai été extrêmement surprise, extrêmement troublée.

— Je m'en suis aperçu. De quelle manière ? Je pensais que cela vous avait plu.

— Oh oui ! cela m'a plu. J'en ai été émue, je n'avais jamais rien éprouvé de tel. Mais cela m'a aussi effrayée.

— Avez-vous donc peur de moi ?

— Oh, non, pas du tout ! Pas lorsque nous nous voyons aux Tuileries.

— Et maintenant ?

— Un petit peu.

— Vous avez donc peur de moi quand nous sommes seuls ?

— Je n'y suis pas accoutumée. Et surtout, j'ai peur de vous parce que vous voulez m'épouser.

Il fronça le sourcil.

— Pourquoi ?

Comment lui avouer la lecture du livre du docteur Venette ? Ou, bien pis encore, les choses que lui avaient faites son père, son frère, son oncle, ces choses qui lui avaient rendu tous les hommes redoutables ? Il était plus aisé de mentir.

— Je n'avais jamais pensé au mariage, balbutia-t-elle.

— Vraiment ? Vous êtes une exception parmi les jeunes filles. Elles semblent toutes avoir été élevées dans l'idée qu'il s'agit du but suprême de leur existence.

— Pas moi. Je devais prendre le voile, mais mon père a changé d'avis.

— Et vous ? Quel est votre avis ? Votre oncle m'a écrit que vous étiez reconnaissante de mon offre. Cependant, vous me déclarez que vous appréhendez de m'épouser. Que dois-je en penser ? Que savez-vous des devoirs du mariage ?

Elle lui jeta un regard désemparé. Il soupira.

— Je n'ai aucune idée de ce que votre mère ou votre tante vous en ont dit. Rien, je suppose. Les religieuses non plus, bien sûr. En raison d'une coutume absurde, un homme n'est pas censé aborder le sujet avec sa future épouse, bien que le bonheur de toute leur vie en dépende. Pour ma part, je préfère vous choquer aujourd'hui que pendant notre nuit de noces. Pardonnez-moi, je vais essayer d'être clair.

Il se mordit la lèvre et sembla réfléchir pendant un moment. L'attente devenait insupportable.

— Le mariage, dit-il enfin, ne borne pas à échanger trois mots devant un prêtre. Si vous m'épousez, vous coucherez avec moi, dans mon lit, et il vous faudra oublier tout ce qu'on vous a enseigné sur la pudeur. Nous serons tous deux entièrement nus, j'aurai grand plaisir à vous contempler, et vous ne détournerez pas les yeux de moi. Savez-vous au moins que les hommes ne sont pas bâtis de la même manière que les femmes ? Ou dois-je vous l'expliquer ?

Suffoquée, elle s'empourpra.

— Oh non, par pitié !

— Et je ne me contenterai pas de votre main et votre joue, comme je viens de le faire, mais je caresserai toute votre personne, y compris vos parties les plus secrètes. Je vous demanderai aussi d'en faire de même avec moi. Puis je joindrai mon corps au vôtre jusqu'à ce que nous devenions une seule chair. Je le ferai avec douceur, avec tendresse, avec amour. C'est ainsi que vous deviendrez ma femme. Écoutez-moi bien, Yolande : si l'idée d'une telle intimité vous répugne, il faut me le dire. Je ne vous forcerais pour rien au monde. J'ai été aussi franc que je l'osais, et je n'en attends pas moins de vous.

Elle battait en retraite, effarée. Quand elle l'avait imaginé joignant son corps à celui d'une femme, il s'agissait toujours d'une inconnue. C'était tout autre chose de se voir nue à sa merci.

— Eh bien, Yolande ? Allez-vous me répondre ?

Elle leva les yeux. L'idée lui était venue d'une échappatoire.

— Mon oncle dit que vous avez une maîtresse. Est-ce que vous continueriez de faire ces choses-là avec elle ?

Monsieur Tournay rougit à son tour, l'air fort mécontent.

— Voilà donc... Tardieu aurait dû m'en parler, d'homme à homme, au lieu de m'envoyer cette lettre ridicule. Non, il vous laisse le soin de vous en expliquer avec moi ! Eh bien, Yolande, en effet, j'avais une maîtresse quand je vous ai rencontrée. J'ai rompu avec elle sitôt que j'ai commencé à tomber amoureux de vous, ce qui n'a guère tardé. Ce n'est pas un sujet dont je me plais à discourir avec une jeune fille, en particulier celle que je souhaite épouser, et vous n'avez pas besoin d'en apprendre davantage. Je ne me permettrais pas de demander votre main si je fréquentais toujours une autre femme. C'est vous que je veux, vous seule.

Elle prit une grande inspiration et trouva le courage de lui poser l'une des questions qui la tourmentaient.

— Et si nous étions mariés, vous mettriez-vous en colère ? Me donneriez-vous le fouet ?

L'expression de monsieur Tournay s'assombrit encore.

— Le fouet ? Pour qui me prenez-vous ? Pour une brute, un misérable lâche qui maltraiterait l'épouse qu'il s'est engagé à chérir ? Qu'ai-je fait, qu'ai-je dit pour que vous ayez de moi une pareille idée ?

— Rien, je vous assure ! Ne vous fâchez pas, je vous en prie.

Il la prit par les épaules.

— Yolande, qu'y a-t-il ? Je ne sais que penser de votre extrême réserve. Est-ce seulement de la timidité ? Acceptez-vous de m'épouser pour obéir à votre famille ? Est-ce que je vous déplais ?

— Oh, non, pas du tout ! Au contraire.

— J'espérais que, même si vous ne m'aimiez pas encore, je saurais gagner votre affection après notre mariage. Mais si vous pensez que cela ne pourra jamais arriver, j'écrirai à votre oncle que je vous rends votre parole, et les choses en resteront là.

— Est-ce que je continuerais de vous voir aux Tuileries ?

— Non. Ni nulle part ailleurs. Ne pouvez-vous imaginer mon chagrin si je devais renoncer à vous ?

Elle frissonna. Leurs rencontres étaient le point culminant de sa vie, le moment qu'elle attendait toute la semaine dans la grisaille de la rue des Lombards.

— Alors je ne nous reverrais jamais plus ? demanda-t-elle d'une voix tremblante.

Cette idée la glaçait, et les images du cauchemar familier défilaient devant ses yeux : le regard lubrique de l'oncle, puis l'expulsion ignominieuse de la rue des Lombards, puis l'homme sans visage auquel son innocence serait vendue, puis la longue file d'inconnus qui la souilleraient chaque jour davantage. Les larmes lui montèrent aux yeux. Pour échapper à cette misère, il suffisait de dire oui à monsieur Tournay, d'aller coucher dans son lit, de faire ce qu'il voulait, et il la protégerait à jamais de tous les autres hommes. Oubliant la crainte qu'il lui inspirait, elle se jeta à son cou.

— De grâce, ne m'abandonnez pas ! Je serais au désespoir de vous perdre. Mon oncle a dit vrai : j'accepte votre offre avec une gratitude que les mots ne sauraient exprimer. Soyez assuré que personne ne m'y force. Je serai une épouse affectueuse, obéissante, je me plierai avec joie à tous vos désirs, je vous en fais serment devant Dieu et la Sainte Vierge. Je serai tout à vous, je ne vivrai que pour vous, je vous aimerai de tout mon cœur, de toutes mes forces.

Il la serra dans ses bras, la berçant tendrement.

— Ma Yolande, ma douce chérie, je n'ai jamais été si heureux. Je m'en vais écrire sur-le-champ à votre père et ne reviendrai qu'avec sa réponse. Je ne serai pas aux Tuileries dimanche, malgré l'immense regret que j'aurai de ne pas vous y revoir, car je veux avoir la joie de vous appeler ma future épouse lors de nos retrouvailles.

Yolande comptait les jours qui la séparaient de la réception de la missive paternelle, dont la teneur l'inquiétait fort. Certes, maître Raynal n'avait aucune raison de refuser son consentement à une alliance flatteuse qui le débarrasserait d'une fille indésirable. Mais, comme l'avait dit l'oncle Tardieu, la dot de Yolande risquait d'être fort modique. Monsieur Tournay s'en offusquerait-il ? Ou bien était-il assez attaché à elle pour ne pas s'en soucier ? En son absence, la promenade du dimanche aux Tuileries fut d'une tristesse mortelle.

CHAPITRE 4

Quand la bonne annonça enfin monsieur Tournay quelques jours plus tard, tante Sophie s'éclipsa promptement dans sa chambre. Yolande, tout à la joie de le revoir, se précipita à sa rencontre, mais se figea en observant son air courroucé. Il lui tendit une lettre.

— La réponse de votre père. Envoyée par retour de poste.

Les anciennes terreurs se réveillèrent, la missive tremblait si fort dans la main de Yolande que les lignes s'emmêlaient en un écheveau illisible. Elle la posa sur la table et, les jambes flageolantes, se laissa tomber sur une chaise.

> *J'accuse réception de votre offre, Monsieur, et consens par les présentes à ce que vous preniez Yolande pour épouse si tel est votre souhait.*
>
> *Vous ne vous enquérez pas du montant de sa dot, mais je dois vous informer que je ne lui accorderai pas plus de deux cents livres, ce qui vous donnera une exacte idée de l'estime en laquelle je la tiens. Sachez aussi, avant de procéder plus avant dans vos projets, que des considérations impérieuses, dont je ne puis vous révéler le détail car elles touchent à l'honneur de ma famille, m'ont forcé à la chasser et m'interdisent absolument de la reprendre.*
>
> *Vous m'écrivez que vous êtes estimé dans votre profession, de bonne lignée bourgeoise, établie depuis des*

générations dans l'île Saint-Louis, où vous possédez une demeure confortable, que votre fortune vous permet d'assurer une existence aisée à votre épouse, toutes choses dont mon beau-frère Tardieu m'avait déjà instruit. J'en conclus qu'un homme de votre respectabilité ne voudrait en aucun cas contracter un mariage infamant. Comme Yolande a eu la perfidie vous cacher les funestes circonstances qui l'ont amenée à Paris, ce qui, au reste, ne me surprend guère, c'est à moi qu'incombe la pénible tâche de vous en aviser.

Son oncle et sa tante la jetteront bientôt à la rue et, livrée à elle-même, elle sombrera inévitablement dans la plus vile prostitution. Si vous vouliez lui épargner cet abject destin, je vous donne la permission de faire d'elle ce que bon vous semble. En la prenant sous votre protection comme servante ou concubine, en corrigeant avec la dernière sévérité ses déplorables dispositions, vous lui témoigneriez plus de bonté qu'elle est en droit d'attendre. Si, au contraire, vous résolviez d'abandonner à son sort cette fille pétrie de vices, je ne saurais vous en blâmer.

Quoi que vous décidiez, je demeure, monsieur, avec tous les sentiments qui vous sont dus, votre dévoué serviteur,

Jean-Bernard Raynal

Yolande restait assise, sidérée, contemplant à travers ses larmes les mots horribles de son père. Le tremblement de ses mains s'étendit à toute sa personne. Monsieur Tournay, debout devant elle, la regardait fixement.

— J'attends une explication.

— Au sujet de ma dot ?

— Au diable votre dot ! Vous moquez-vous ? Pourquoi votre père m'écrit-il une pareille lettre ? Pourquoi a-t-il été contraint de vous chasser ? Pourquoi, en réponse à une demande en mariage, offre-t-il sa fille comme putain à un inconnu ?

Le poing de monsieur Tournay s'abattit sur la table, faisant vibrer toute la pièce. Il se pencha sur elle.

— Pourquoi, Yolande, pourquoi ? Que s'est-il passé en Auvergne ? Que m'avez-vous caché ?

Elle se couvrit le visage des deux mains. Pourquoi, en effet ? Pourquoi père tenait-il, par pure cruauté, à ruiner cette chance miraculeuse ? Ce serait sans doute la seule, et à présent qu'elle était anéantie, Yolande en mesurait toute la valeur. Monsieur Tournay l'aurait épousée, choyée, protégée à jamais, sans cette lettre empoisonnée.

— J'exige la vérité. Vous avez eu une romance, n'est-ce pas ? Vous vous êtes donnée à un homme ? Vous vous languissez secrètement de votre amant ? C'est pour cela que vous étiez si froide envers moi. Vous avez été déshonorée !

Elle pâlit sous l'affront. Elle avait passé toute sa vie en Auvergne recluse derrière les grilles du couvent ou entre les murs de la maison Raynal. Un amant ? Une romance ? La fausseté, l'ignominie, l'absurdité de l'accusation la suffoquaient. Les mots s'étranglèrent d'abord dans sa gorge, puis se précipitèrent à ses lèvres.

— C'est... c'est donc l'opinion que vous avez de moi ? Déshonorée... *déshonorée* ? Vous me prenez pour une fille perdue ? Comment pouvez-vous être assez vil pour penser une telle chose ? Et vous venez ici m'insulter ! Que vous ai-je fait pour mériter cela ?

Furieuse à son tour, elle se leva pour lui faire face.

— Et moi qui vous ai laissé me prendre la main, m'embrasser ! Oh, je le regrette amèrement ! Aucun homme ne m'avait fait ces choses-là. Aucun homme, m'entendez-vous ? Vous étiez le premier... vous ne vous en êtes même pas aperçu ? C'est vous qui m'avez déshonorée. Que je voudrais ne jamais vous avoir rencontré !

— Yolande...

Il tenta de se saisir d'elle, mais elle le repoussa de toute la force de sa colère.

— Vous voudriez me toucher ? Et vous continuez de m'appeler *Yolande* ? Comment osez-vous, après ce que vous m'avez dit ? Vous n'êtes plus rien pour moi !

Elle ferma les yeux. Comme elle désirait fuir Paris, l'oncle Tardieu, monsieur Tournay, toute cette misère, pour rentrer chez elle ! Mais elle n'était plus chez elle nulle part, le couvent lui était fermé à jamais, elle était perdue, à la dérive, sans amis, sans refuge, seule dans ce vaste monde hostile. Elle aspirait à la paix, à la tranquillité de la Visitation, où aucun homme ne pouvait l'atteindre, la toucher, l'insulter. Ses pensées se tournèrent vers Marianne, qui allait bientôt rentrer à la maison pour Pâques, à la merci de Bernard.

— Quant à me languir de quelqu'un, oui, je me languis de ma petite sœur. Je vous l'ai dit. Je ne la reverrai plus, et je ne puis m'en consoler. Comprenez-vous cela, au moins, un cœur brisé ? Et vous me jetez ce chagrin à la figure ! Comment pouvez-vous être si cruel ?

Elle éclata en gros sanglots. Monsieur Tournay, le visage couleur de cendre, l'observait en silence. Yolande s'efforça de reprendre son souffle.

— Vous voulez savoir pourquoi mon père vous a écrit cette lettre ? Eh bien ! il m'a toujours haïe, et je l'ai toujours su, mais je ne savais pas qu'il me haïssait à ce point. Et il vous a écrit cette lettre afin que vous me haïssiez aussi.

La voix de Yolande devint stridente.

— Il y a réussi, vous ne voulez plus de moi. Comment avez-vous pu le laisser faire cela ? Après m'avoir dit que vous m'aimiez ? Vous ne m'aimez pas, vous m'avez menti, vous ne m'avez *jamais* aimée. Vous voulez me faire du mal, vous êtes comme lui, vous êtes mauvais. Allez-vous-en !

— Je suis vraiment désolé. Je n'aurais jamais...

Il essaya de se saisir d'elle, mais elle lui échappa et courut se réfugier de l'autre côté de la table. Ses épingles se défirent, ses cheveux lui tombèrent jusqu'à la taille. Elle s'appuya au mur, le dos tourné, le visage enfoui dans ses bras croisés.

— Ne me touchez pas ! dit-elle d'une voix enrouée de pleurs. N'avez-vous pas entendu ce que je vous ai dit ? N'avez-vous aucun respect pour moi ? Je ne veux plus jamais vous voir. Oh, de grâce, partez !

Elle laissa échapper une longue plainte. Tante Sophie fit irruption dans la pièce.

— Doux Jésus ! Que se passe-t-il ici ? Que lui avez-vous fait ?

Yolande restait appuyée contre le mur, le visage toujours caché entre ses bras.

— Par pitié, ma tante, dites à cet homme de s'en aller.

La voix de tante Sophie se fit glaciale.

— Partez immédiatement, monsieur. Je vous interdis de reparaître ici.

Après avoir entendu la porte se refermer, Yolande se retourna lentement et désigna du doigt la lettre posée sur la table.

— Lisez. Oh ! ma tante, je me sens si faible. Puis-je aller m'allonger ?

Madame Tardieu la prit par la taille pour la mener à la grande chambre, apporta un linge mouillé pour lui bassiner les yeux et la laissa reposer, allongée sur le lit. Moins d'une heure plus tard, Yolande entendit la sonnette tinter, une voix d'homme inconnue. Tante Sophie reparut, tenant un verre de muscat, qu'elle plaça sur la table de chevet, et un billet. Elle souleva sa nièce sur l'oreiller et s'assit à côté d'elle.

— C'est de lui. Il a envoyé un messager, qui attend ta réponse.

Yolande secoua la tête.

— Je n'y toucherai pas. Dites-moi ce qu'il veut. Surtout ne lisez pas tout haut. Je ne veux pas entendre ses mots.

Tante Sophie brisa le cachet.

— C'est très bref. Il est au désespoir de t'avoir causé tant de chagrin, il implore ton pardon et il demande humblement la permission de venir te parler quand tu seras prête à l'entendre.

Elle posa le billet sur ses genoux.

— Il veut toujours de toi, ma chérie.

— Mais moi, je ne veux plus de lui. Il va me faire du mal. Il m'en a déjà fait. Oh, les choses qu'il m'a dites ! Vous n'en avez pas idée. Il croit que j'ai eu un amant en Auvergne. Un amant ! Il croit que j'ai été déshonorée, que père m'a chassée pour ça. Il me hait. Il est coléreux, jaloux.

— Il ne te hait point, il n'est plus en colère. S'il croyait encore ces choses, il ne t'écrirait pas de la sorte. Yolande, ma chérie, il nous faut parler raison. J'ai lu la lettre de ton père. Tu n'as pas de fortune, nous en sommes sûres désormais. Certains hommes te prendraient, ravissante comme tu es, avec une dot modeste, mais personne ne voudra entendre parler de deux cents livres pour la fille d'un notaire. C'est une moquerie, c'est injurieux, c'est pire que rien. Ça donne une mauvaise idée de toi et de ta famille. Même le commis du fruitier, celui qui te fait les yeux doux, pourrait épouser la fille de son patron. Il s'attendrait sans doute à deux ou trois mille livres.

Tante Sophie porta le verre aux lèvres de Yolande.

— Et si par impossible quelqu'un d'autre était prêt à t'épouser sans dot, tu sais bien qu'il lui faudrait le consentement de ton père. Ce serait la même lettre, la même colère de la part de ton prochain prétendant, qui, lui, prendrait la fuite sans espoir de retour. Tournay te revient aussitôt, et tu ne peux lui reprocher sa fureur initiale. L'insulte lui était destinée, autant qu'à toi. Pour l'amour de toi, il a ravalé sa dignité, ce qui n'a pas dû être facile pour un homme comme lui. Il t'épousera si tu veux toujours de lui. Et tu serais une bien grande sotte de ne plus vouloir de lui.

Elle se pencha pour tâter le front de Yolande.

— Tu as de la fièvre, mon enfant. Je demanderai à ton oncle de venir te voir dès qu'il rentrera.

Yolande se redressa sur le lit.

— Non ! ce n'est pas la peine de le déranger. Je me sens parfaitement bien. Et surtout, je vous en supplie, ne lui parlez de rien.

— Ma pauvre chérie, il doit être informé de ce qui s'est passé. Tu vis sous son toit, sous sa protection, il te tient lieu de père à Paris.

Yolande se leva d'un bond.

— C'est bien. Je recevrai monsieur Tournay demain matin à dix heures.

Ce soir-là, terrifiée à l'idée d'une visite de l'oncle, elle se coucha tout habillée par-dessus la couverture et se couvrit de son manteau. Les yeux grands ouverts sur les ténèbres, elle ne pouvait trouver le sommeil. Le moindre bruit, le craquement du plancher, le trottinement menu des souris, la plongeaient dans des crises de frissons et de sanglots.

Le lendemain, Yolande, plus pâle encore que d'ordinaire, les yeux cernés d'ombres bleutées, attendait, assise dans la salle. Les événements de la veille avaient exacerbé sa pudeur et sa fierté, et elle ne voulait pas que monsieur Tournay la vît à nouveau échevelée. Sa tante l'avait aidée à reprendre la coiffure qu'elle avait portée à Saint-Flour : des tresses épaisses, bien serrées, nouées sur sa nuque mince.

À l'arrivée de son visiteur, elle ne bougea pas, ne dit pas un mot, ne leva pas les yeux vers lui. Après un moment, il s'approcha de sa chaise et mit les deux genoux à terre.

— Je vous suis infiniment reconnaissant de me recevoir, mais je n'abuserai pas de votre bonté en vous touchant sans votre permission. Puis-je vous prendre la main ?

Elle se raidit sans répondre. Il poussa un profond soupir, presque un gémissement.

— Mon Dieu ! ne me dites pas que tout est fini.

Saisie de pitié, elle lui tendit ses longs doigts fins, qu'il serra dans les siens, doucement, comme de peur de les briser.

— Merci, vous me rendez espoir. Je sais que je ne l'ai pas mérité, mais me laisserez-vous de nouveau vous appeler Yolande ?

Elle acquiesça de la tête.

— Ma bien-aimée, ma Yolande, je vous supplie de me pardonner, bien que je ne puisse me pardonner moi-même. Je me suis conduit comme un misérable, quelques jours seulement après que vous m'aviez accordé votre main, et d'une manière qui m'avait touché jusqu'au tréfonds de l'âme. Le souvenir de mes affreuses accusations m'a torturé sans répit. Je n'oublierai jamais l'expression de votre visage hier, votre détresse, vos larmes, votre colère. Et ce matin, votre tristesse me bouleverse. J'ai tout fait pour que vous me haïssiez, moi qui voudrais tant que vous m'aimiez.

Les yeux brûlants d'insomnie, elle fixait le visage de monsieur Tournay.

— Yolande, je sais que vous n'êtes pas déshonorée. Depuis nos premières rencontres, j'ai été captivé par votre innocence, votre grâce sans artifice, votre sincérité. Mais hier, pendant un moment horrible, je me suis laissé aveugler par un accès de jalousie. Oh ! dès que votre tante m'a chassé, j'ai compris ce que je venais de faire, j'aurais tout donné pour revenir aussitôt me jeter à vos pieds. Je me suis précipité chez moi pour vous écrire, et vous ne pouvez deviner dans quels tourments j'ai attendu votre réponse, avec quelle gratitude je l'ai reçue. Depuis, je suis déchiré entre le bonheur de vous revoir, et le repentir de vous avoir causé tant de chagrin.

Il pressa la main de Yolande contre ses lèvres et sa joue.

— Oublions tout de cette abominable lettre, sauf qu'elle nous permet de nous marier. Vous n'avez pas de père digne de ce nom. Je vous promets de vous choyer d'autant plus, de vous entourer de toute l'affection dont vous avez été privée. Je vous veux pour femme, Yolande, plus que jamais. Je vous en supplie, dites oui.

Les mots s'arrêtaient dans la gorge de Yolande, trop lourds de sens. Que savait-elle en vérité de cet homme auquel elle allait se livrer irrévocablement, dont trois mois plus tôt elle ignorait jusqu'à l'existence ? Qu'il était largement son aîné, longtemps habitué à être maître de sa vie, de sa maison, de sa fortune, de ses femmes. Puis elle se rappela les affres de la nuit, le désespoir de sa situation. Sa résolution lui revint, elle inspira profondément.

— Oui, dit-elle enfin, l'air grave, je vous épouserai. Et je vous aimerai, comme je vous en ai fait serment l'autre jour.

Toujours agenouillé, il lui en enlaça la taille et posa la tête contre son sein.

— Yolande, ma douce Yolande, votre générosité me bouleverse. J'ai honte d'implorer encore une immense faveur. J'ai eu si peur de vous perdre... je ne me sentirai pleinement rassuré que lorsque vous serez mienne devant Dieu et devant les hommes. Me permettez-vous de tout mettre en œuvre pour hâter notre union ?

Elle hésita à peine.

— Faites comme vous l'entendez.

Sans se relever, il lui déclara longuement son adoration, sa gratitude, sa joie. Épuisée, elle pencha la tête pour la reposer contre la sienne.

CHAPITRE 5

Yolande fut prise de court par l'impétuosité de son futur époux. Sitôt l'eut-il quittée qu'il s'en fut à l'archevêché requérir une dispense des trois semaines de bans, afin de faire procéder au mariage quelques jours plus tard en l'église Saint-Pierre-aux-Bœufs, sans attendre la fin du carême. On lui opposa un ferme refus, faute de motif légitime. Il ne se déclara cependant pas vaincu. Grâce à l'intervention d'un cousin prêtre, on finit par lui accorder l'autorisation de faire célébrer les épousailles *dans un temps prohibé*, le mardi suivant Pâques, et sans fiançailles religieuses, pourtant d'usage à Paris, ce qui permit de gagner quinze jours.

L'oncle Tardieu relata ces démarches à Yolande. Tante Sophie s'indignait.

— Je trouve cette précipitation extrêmement inconvenante, surtout en plein carême. Sans bans, et à Saint-Pierre-aux-Bœufs ! Là où l'on célèbre au petit matin les mariages en catimini, quand le promis a engrossé sa promise. Ça ne se fait pas quand on épouse une innocente jeune fille.

— L'ardeur de la jeunesse, Sophie ! Il n'est pas habitué à attendre si longtemps quand il a envie d'une donzelle. Et toi, Yolande, n'écoute pas ta tante. Tu te marieras là où il voudra bien t'épouser, sans te donner de grands airs. À quoi t'attendais-tu ? À la chapelle royale de Versailles ?

En vérité, Yolande ne se souciait guère du choix de l'église, et appréciait à leur juste valeur les avantages d'une union hâtive.

Son oncle avait cessé de la pincer, sans doute parce qu'à ses yeux, elle appartenait déjà à un homme qu'il estimait son supérieur à tous égards, mais elle souhaitait échapper au plus vite à sa situation. Elle avait accepté monsieur Tournay sans retour, et retarder les épreuves du mariage ne servirait qu'à les rendre plus effrayantes.

Le futur époux, s'il avait dû se résigner aux trois semaines de bans, avait insisté pour que le contrat de mariage fût conclu au plus vite chez son notaire. L'oncle, dès réception du consentement officiel et de la procuration de maître Raynal, l'avait signé au nom de celui-ci.

— Tu renonces à la communauté d'acquêts que te donnerait la coutume de Paris, annonça-t-il à sa nièce. J'ai bien essayé de suggérer à Tournay qu'il te garantisse en contrepartie un petit quelque chose pour tes menues dépenses, mais il a refusé tout net. Tu ne manqueras de rien, il me l'a solennellement promis, mais tout demeurera à sa discrétion. Je n'ai pas voulu lui donner à entendre que je doutais de sa parole. Franchement, avec ta dot...

— Et si je devenais veuve ?

— En voilà une idée, petite niaise ! Au train où s'annoncent les choses, il va te faire un enfant sans tarder, et après ça, tu seras grosse sans discontinuer pendant les années qui viennent. C'est toi qui risques fort de mourir en couches, comme ma pauvre Marthe. Et c'est Tournay qui a toutes chances de devenir veuf ; il faudra, comme moi, qu'il se trouve une autre femme. Mais si par hasard tu lui survivais, le contrat prévoit que tu abandonnes aussi l'usufruit de sa fortune et toutes ces histoires-là.

— Elle se trouverait donc totalement démunie en cas de veuvage ? demanda tante Sophie.

— C'est ce qui se fait dans la famille Tournay, paraît-il. Sa mère aussi avait renoncé à la communauté d'acquêts et à son douaire, et pourtant elle apportait une dot considérable. Il m'a expliqué pourquoi : c'est plus avantageux pour les enfants. C'est comme ça que la maison de l'île et tous les autres biens de son père lui sont échus en pleine propriété. Et tu vois que madame Tournay ne s'en trouve pas plus mal lotie pour autant. Que voulais-tu que je réponde à ça, hein ?

L'oncle pouffa en regardant Yolande.

— Bah ! si tu ne te montres pas trop cruche au lit, m'est avis qu'il pourrait bien avoir envie de te coucher aussi sur son testament. Et un petit conseil : si tu veux rester dans ses bonnes grâces, ne va pas l'assommer de scènes de jalousie. Tous les maris sont infidèles, autant te faire à cette idée.

— Tournay se dit si amoureux, soupira tante Sophie, et il est si riche. J'espérais davantage de générosité de sa part.

— Tu voulais que j'insiste, peut-être ? Il m'aurait demandé si Yolande l'épousait pour son argent, je serais passé pour un goujat ! Il est déjà bien bon de la prendre sans rien, il ne va pas en plus lui faire un pont d'or.

— Elle sera à son entière merci.

— Pardi ! Amoureux ou pas, c'est ce qu'il a en tête. Bon, en tout cas, qu'elle ne vienne pas se plaindre, j'ai fait de mon mieux.

Il agita l'index en direction de Yolande.

— Ta tante te gâte, ma fille, et voilà le résultat : tu n'es jamais contente ! Tu as pris un mauvais pli ici, mais, crois-moi, il saura t'en guérir.

Il fut finalement arrêté que le mariage serait célébré à Saint-Louis-en-l'Isle, paroisse du futur époux, ce qui rasséréna tante Sophie. Pour la publication des bans, on avait fait venir d'Auvergne l'extrait de baptême de Yolande. Elle fut stupéfaite d'apprendre qu'elle n'était pas née à Saint-Flour, à la maison Raynal, comme elle l'avait toujours cru, mais à Vic-en-Carladez, à quinze lieues de là, de l'autre côté du Plomb du Cantal. Son parrain était un avocat au bailliage, maître Joseph Delrieu, dont elle n'avait jamais entendu parler. Elle ne reconnaissait pas davantage le nom de sa marraine, une certaine Yolande Gineste.

— Une cousine éloignée, la femme d'un marchand de toile de Vic, expliqua tante Sophie. Tu vois, ta maman s'était mariée dans l'année, elle était grosse. Elle et moi étions allées rendre visite aux Gineste avant la Noël quand elle a été prise des douleurs et a accouché prématurément.

— C'est donc de là que me vient mon nom de baptême ! Quand, enfant, j'ai demandé à maman pourquoi je n'avais ni parrain ni marraine, elle m'a dit que j'étais vilaine de lui parler de cela, qu'ils étaient morts tous deux.

— Ils le sont à présent. Pour en revenir à tes noms de baptême, c'est moi qui ai suggéré qu'on t'appelle aussi Noëlle, comme tu avais eu l'honneur de naître le même jour que Notre Seigneur. La cousine Gineste t'avait trouvé une nourrice aux environs de Vic, une brave paysanne qui venait d'avoir son troisième garçon. Au printemps suivant, après la fonte des neiges, ton père est venu chercher ta maman pour la ramener à Saint-Flour, tandis que je suis partie à Paris avec les Gineste, où lui devait s'y rendre pour ses affaires. C'est grâce à eux que j'ai rencontré ton oncle, qui était veuf depuis peu.

Tante Sophie écrasa une larme.

— Je me suis mariée, je ne suis jamais retournée en Auvergne. Et je n'ai jamais revu ma malheureuse sœur.

— Ma pauvre tante ! Moi non plus, je ne reverrai plus Marianne... Ainsi donc, maman m'a laissée quand elle est repartie à Saint-Flour avec père ?

— Elle n'avait pas le choix. Tu n'aurais pas survécu au voyage sans ta nourrice, qui ne voulait pas quitter Vic. C'était une femme affectueuse, ta maman te savait en d'excellentes mains.

— Personne ne m'en avait jamais rien dit... Vous m'avez donc vu naître ? Quand je suis arrivée ici, je pensais que nous ne nous étions jamais rencontrées !

— Il n'eût pas été convenable que j'assiste à ta naissance, car je n'étais pas encore mariée. Je t'ai bercée sitôt après, et j'ai été témoin de ton baptême.

— Combien de temps suis-je restée chez cette nourrice ?

— Deux ans, je crois. Quand tu as été sevrée, ton père a envoyé des domestiques te chercher.

— J'ai dû éprouver bien du chagrin d'être brutalement séparée d'elle, pour aller chez des parents que je ne connaissais pas du tout. Pourtant, je n'ai aucun souvenir d'elle, ni de mon frère de lait, ni de mon arrivée à Saint-Flour.

— Tu étais trop petite. Mais ta maman m'a écrit que tu t'étais tout de suite attachée à Marianne, qui venait de naître. Ton frère devait avoir un peu plus d'un an.

— Ainsi donc, maman n'a pas mis Bernard et Marianne en nourrice ?

— Non, peut-être regrettait-elle de l'avoir fait pour toi, sans avoir pu te rendre visite. Nombre d'accouchées envoient leurs nouveau-nés en nourrice, mais Vic était si malcommode. Les routes autour du Plomb restent fermées par les neiges la moitié de l'année. Et puis, c'était le temps où la Bête du Gévaudan rôdait dans la planèze, du côté de Saint-Flour, les chemins n'étaient pas sûrs.

— Oui, les ravages de la Bête... la cuisinière nous contait ces histoires, et Marianne et moi, fillettes, l'écoutions bouche bée. Ces soirs-là, nous nous endormions serrées l'une contre l'autre. D'ailleurs, elle en a toujours grand peur.

Yolande frissonna à l'idée de la pauvre petite, désormais seule dans la chambre de la maison Raynal, guettant les pas feutrés du fauve, ses grondements sourds dans l'obscurité.

— À son âge ? demanda madame Tardieu. Elle a quatorze ans !

— Maman ne vous l'a peut-être jamais écrit, mais Marianne est restée très enfant. Et plus tard, au convent, sa terreur a redoublé quand les religieuses nous ont enseigné que la Bête était un fléau envoyé par Dieu pour punir les gens de leurs péchés.

— La belle explication ! Je ne crois pas en un Dieu qui enverrait un animal féroce dévorer de jeunes bergers et bergères.

Si quelqu'un méritait d'être puni, c'étaient bien les grands seigneurs dépravés du Gévaudan, et non de malheureux innocents.

— Moi aussi, j'avais grand peine à réconcilier l'interprétation des sœurs avec l'idée d'un Dieu de miséricorde.

Elle se couvrit soudain la bouche.

— Mais j'y pense ! J'ai raconté à monsieur Tournay que j'étais née à Saint-Flour. Quelle idée aura-t-il de moi quand il se rendra compte que je lui ai menti ?

— Voyons, tu ne lui as pas menti, tu t'es trompée ! Comment pouvais-tu le savoir ? Et que lui importe, au reste, que tu sois née à Vic ou à Saint-Flour ?

Trois dimanches de suite, en l'église Saint-Merri, elle écouta, le cœur battant, le curé lire en chaire, après son prône de la grand-messe, les bans de mariage de Paul Alexandre Marc Tournay, maître ès arts, chirurgien de l'hôpital de l'Hôtel-Dieu, membre de l'Académie royale de chirurgie, âgé de vingt-huit ans, et de demoiselle Yolande Noëlle Raynal, âgée de seize ans. Les mêmes bans devaient être lus en même temps en la cathédrale de Saint-Flour, paroisse de la future épouse. Marianne, revenue du couvent pour Pâques, les écoutait, sans doute fort surprise, depuis le banc de la famille Raynal. Même si le nom de Yolande ne pouvait plus être prononcé à la maison, elle savait que sa grande sœur allait se marier à Paris, moins de quatre mois après son bannissement.

Pendant ces courtes semaines, monsieur Tournay se montrait agréable, attentif, tendre. Yolande le retrouvait aux Tuileries, où les marronniers commençaient à bourgeonner et un vent aigrelet poussait de gros nuages blancs à travers le ciel bleu. Tante Sophie, chaperon aussi discret que possible, les suivait à vingt pas tandis qu'il parlait à sa promise de l'avenir, leur avenir. Il lui offrait désormais le bras et, prudemment au début, elle glissait la main sous son coude.

Il lui proposa de passer leurs premiers jours de félicité conjugale à La Danerie, que sa mère avait la bonté de mettre à leur disposition.

À son grand regret, ils seraient obligés de rentrer à Paris au bout d'une semaine, ses nouveaux engagements à l'Hôtel-Dieu l'obligeant à ne pas s'absenter davantage.

— Vous verrez, ma chérie, La Danerie est une demeure charmante, surtout en avril, quand les pommiers seront en fleurs. L'endroit parfait pour notre nuit de noces.

À la mention de la nuit de noces, Yolande lui jeta un regard effrayé, auquel il répondit par un sourire.

— Oui, mon cœur, dans trois semaines je serai le plus comblé des hommes, et le moment est venu d'arrêter tous ces détails. Comme vous n'aurez de votre côté que vos oncle et tante, je n'inviterai du mien que mère et l'un de ses cousins, un brave homme de prêtre. Cela nous donnera nos quatre témoins et, avec si peu de compagnie, je vous propose de nous en tenir à ce qu'il y a de plus simple pour la cérémonie, et de nous dispenser d'un festin. Si vous n'y voyez pas d'inconvénient, nous partirons pour La Danerie sitôt après la bénédiction.

Se doutant que son accord n'était requis que pour la forme, elle se contenta d'acquiescer de la tête. Elle était en vérité ravie d'échapper à un dîner durant lequel l'oncle Tardieu, pris de boisson, n'aurait pas manqué d'amuser la compagnie de ses gaillardises et d'entonner des chansons de circonstance en l'honneur des mariés. Monsieur Tournay, lui aussi, devait appréhender de pareilles horreurs.

— Et une fois à La Danerie, reprit-il, nous ne serons qu'à deux lieues de Versailles, où je compte vous emmener.

Le visage de Yolande s'éclaira.

— Oh oui ! j'ai très envie de visiter le château. Il est fort aimable à votre mère de nous laisser ainsi sa maison de campagne pendant une semaine.

— Certes. Et notre absence lui permettra de préparer son départ en toute quiétude. C'est une page qui va se tourner pour elle : près de trente ans de sa vie. Dès notre retour, nous aurons la maison de l'île à nous seuls, car elle entend quitter Paris pour s'installer définitivement à La Danerie. C'était la demeure de ses parents, de son enfance, elle y a toujours été fort attachée, et elle y est chez elle.

Yolande tressaillit. Elle avait compté sur sa belle-mère, aussi intimidante fût-elle, pour guider ses premiers pas d'épouse, pour la prendre sous son aile, pour apaiser son fils s'il s'emportait. Non, elle serait livrée à elle-même pour affronter son mari dans leur nouvelle vie.

— Mais pourquoi si vite ? Paris ne va-t-il pas lui manquer ? Elle doit m'en vouloir terriblement de prendre sa place. Pourriez-vous lui demander de rester un peu avec nous ? Quelques mois, peut-être ?

— Ma chérie, sa décision est prise. Je comprends ses raisons, bien que je regrette son départ. Voyez-vous, ma chère mère n'a pas que d'heureux souvenirs à la maison de l'île. Elle n'y demeurait que pour m'être agréable, pour me tenir compagnie tant que j'étais célibataire. Cela n'a rien à voir avec vous, elle avait toujours prévu de repartir à La Danerie dès mon mariage. C'est une femme d'une extrême délicatesse, elle ne souhaite pas s'immiscer dans notre vie de jeunes époux. Loin de vous en vouloir, elle vous aime déjà comme la fille qu'elle n'a pas eue. Et nous irons souvent lui rendre visite.

Il se pencha pour embrasser Yolande dans le cou, derrière l'oreille, à l'orée de la chevelure, la première fois que ses lèvres s'aventuraient là. Elle frémit avant de se reprendre. Il lui fallait s'habituer à le sentir tout proche, à accepter ces familiarités. Ce n'était rien en comparaison de ce qui l'attendait.

Tante Sophie gâtait Yolande, en effet. Elle avait consacré ses modestes économies à l'achat des atours nuptiaux : une robe de soie blanche, toute simple, des chaussures de satin assorties, une coiffe de mariée aux deux larges barbes de mousseline qui retombaient sur les épaules. Elle avait aussi donné à sa nièce une pièce de fine batiste, afin de s'en faire une chemise pour la nuit de noces. L'usage auquel l'étoffe était destinée avait d'abord fait trembler Yolande, mais elle se rappela que le carême était un temps de pénitence, et se força à coudre. Elle poussa même la mortification jusqu'à la broder, ainsi qu'elle l'avait appris au couvent, de roses et de festons.

Il ne restait rien pour faire l'emplette d'un trousseau. Outre ses habits de noces, Yolande partirait chez son époux avec pour seul bien la petite malle qu'elle avait apportée d'Auvergne, une idée qui lui faisait monter le rouge aux joues, surtout après les discussions du contrat de mariage. Au cours d'une promenade aux Tuileries, elle surmonta sa fierté et, d'une voix haletante, avoua la vérité. Monsieur Tournay lui pressa la main.

— Je m'en doutais un peu, ma chérie. J'avais même suggéré à mère de proposer quelque argent à votre bonne tante, mais elle m'a fait remarquer qu'une telle offre pourrait paraître blessante. Que cela ne vous donne pas un instant d'inquiétude. Vous aurez toutes les robes et les chemises que vous voudrez quand nous serons mariés.

Il lui fit tenir la traditionnelle corbeille de noces, dont elle déplia les pans de soie sous l'œil attentif de sa tante. Avec mille précautions, elle en sortit des éventails, des plumes, des ceintures, des bonnets, des rubans, des gants, des fichus diaphanes aux broderies exquises, pour les étaler sur la table entaillée par des lustres de marques de couteaux. Assise pour examiner le détail des objets, elle n'en pouvait croire ses yeux : comment, après avoir lu la lettre de père, monsieur Tournay pouvait-il penser qu'elle méritait de si belles choses ?

Elle avait gardé pour la fin deux écrins qu'elle avait trouvés au fond de la corbeille et poussa un cri de surprise en ouvrant le plus grand, oblong. Monsieur Tournay avait dû remarquer qu'elle ne possédait pas de montre. Elle n'en avait jamais contemplé de pareille à celle qu'il lui envoyait, en forme de cœur, dont l'or tout uni n'était orné que d'un Y serti de diamants minuscules. Elle était accompagnée d'une châtelaine, d'une simplicité aussi raffinée, pour l'agrafer à la taille. Mais le trésor le plus étonnant, dans un petit écrin carré, était une paire de grandes perles en forme de goutte, montées en boucles d'oreilles. Elle contemplait en silence leur éclat irisé en les caressant de l'index.

Madame Tardieu, debout derrière sa nièce, pointa du doigt le cadran de la montre.

— Regarde ! *Lépine, Horloger du Roy*. Je n'ai jamais vu de corbeille comme celle-ci.

Envahie par l'émotion, Yolande saisit en silence la main de sa tante.

Un peu plus tard arriva un paquet enrubanné de rose et de vert, contenant six toises de dentelle : des fleurs, des volutes, des entrelacs éthérés. Il était accompagné d'un billet écrit d'une plume élégante :

> *Recevez, ma très chère enfant, ces atours qui me viennent de ma regrettée mère, en gage de ma joie d'accueillir en vous une fille bien-aimée dont je serai honorée.*
>
> *Marguerite Tournay*

Tante Sophie approcha les plis neigeux de la fenêtre.

— Sainte Vierge, quelle splendeur, du point d'Alençon ! La reine des dentelles, comme on l'appelle. C'était la préférée de Louis XV, tu sais. C'est la plus chère aussi, elle doit bien valoir mille livres la toise. Rien à voir avec cette *blonde* qu'on trouve partout. Nous la coudrons sur ta robe de mariée, et tu t'en resserviras plus tard.

Yolande était bouleversée : madame Tournay lui faisait présent d'un souvenir de famille sans prix. Elle avait supposé sa future belle-mère mécontente du mariage. Si tel était le cas, elle se montrait fort gracieuse en son déplaisir. C'était elle aussi qui avait sans doute aidé son fils à assembler la magnifique corbeille de noces. Et ce billet ! *Une fille bien-aimée dont je serai honorée*. Yolande, qui n'avait jamais rien entendu de tel de la bouche de ses parents, ne cherchait plus à retenir ses larmes. Monsieur Tournay, malgré sa colère, n'avait soufflé mot à sa mère de la lettre de maître Raynal. Yolande lui savait plus gré de sa discrétion que de tout le reste.

Elle souhaita, pour la première fois depuis son arrivée à Paris, recevoir le sacrement de pénitence. À Saint-Merri, agenouillée dans les ténèbres protectrices du confessionnal, elle se libéra de tous les souvenirs, de tous les sentiments qui la hantaient : l'attaque contre Bernard, l'amertume d'avoir dû quitter Marianne et la Visitation, sa haine envers père, son dégoût pour l'oncle Tardieu, sa peur de l'homme qu'elle allait épouser. Elle avoua même sa découverte du livre du docteur Venette et de ses images horrifiantes. Le curé, après l'avoir écoutée dans un silence atterré, l'exhorta, sur un ton véhément, à se repentir de tous ces péchés abominables.

— Quant à cet ouvrage infâme que vous avez eu la témérité de lire, tonna-t-il, la honte qu'il vous a causée n'est que la juste punition de votre lubrique curiosité et de votre arrogance. Estimez-vous heureuse qu'il ne vous ait inspiré des désirs, ou même des gestes qui ne sont permis que dans l'état de légitime mariage.

— Je n'ai jamais offensé la chasteté, mon père.

— Voilà au moins une faute que vous n'avez pas commise ! Pour ce qui est de votre mariage, repoussez de toutes vos forces ces appréhensions auxquelles vous avez eu la folie de vous abandonner. Puisque vous dites avoir lu saint Augustin, gardez-vous d'oublier ce qu'il nous enseigne : ployez l'échine devant votre époux, et il vous épargnera affronts et sévices. L'obéissance que vous lui devrez, en actions, en paroles et en pensées, est une forme de soumission à Dieu. Révérez son autorité, conservez-lui une fidélité absolue, complaisez-lui en tout ce qui n'est pas contraire à ce que vous devez à votre Créateur. Cette union vous déplaît-elle ? Elle servira à expier vos péchés, qui sont inouïs pour une fille de votre âge. Repentez-vous, embrassez avec humilité et gratitude le destin que la providence vous a assigné.

Il lui imposa, outre les prières d'usage, un jeûne complet le Vendredi saint et, pour le reste, l'obligation de ne faire qu'un repas quotidien jusqu'à son mariage, afin de s'y préparer spirituellement par une sévère mortification de la chair. Yolande, libérée du poids qui la tourmentait depuis des mois, se trouva réconfortée par l'absolution qu'il finit par lui accorder.

Rue des Lombards, tante Sophie leva les bras au ciel.

— Te voici enfin, ma chérie, je commençais à m'inquiéter. Deux heures de confession pour une jeune fille ! Et comment se fait-il que l'abbé Girard t'ait donné une pénitence d'une pareille dureté ? Il ne m'a jamais prescrit que quelques prières.

— C'est une préparation spirituelle au mariage, m'a-t-il dit. Je compte la suivre à la lettre.

Yolande reprit d'un geste décidé sa chemise de nuit inachevée et mit les derniers points aux fleurs de la broderie. Cela aussi faisait partie de sa pénitence.

Le matin des noces, tante Sophie insista pour que Yolande, après sa semaine de jeûne, se sustentât d'un grand bol de gruau et d'une jatte de lait chaud. Elle demanda ensuite à la bonne de préparer un bain dans la cuisine et poussa Yolande vers le baquet de fer-blanc.

— Ma chérie, il faut te dévêtir.

Yolande se sentit rougir de la racine des cheveux à la pointe des seins, mais elle obéit en silence, vainquant sa pudeur, et s'accroupit nue dans l'eau. La première épreuve du mariage.

— Il est impossible d'être plus jolie et plus gracieuse, dit tante Sophie en lui frottant doucement le dos avec un linge. Lève-toi, et écarte les cuisses. Ah ! ton mari a bien de la chance.

Sans doute disait-elle cela pour rassurer Yolande. Que pouvait-elle savoir de ce qui plaisait à monsieur Tournay ? Après avoir essuyé sa nièce, qui se drapa de son mieux dans la serviette, tante Sophie envoya la servante chercher de l'eau de verveine dans sa chambre et sembla perdue dans ses pensées pendant un moment.

— Yolande, le plus beau cadeau de mariage de Tournay, ce n'est pas une paire de boucles d'oreilles, mais une nouvelle vie, loin de tes parents, de Saint-Flour, des malheurs du passé. Tu auras un époux intelligent, jeune, amoureux, une belle demeure, bientôt des enfants à toi. Saisis tout ce bonheur à pleines mains, ne te retourne pas.

Dans la salle, la bonne aida madame Tardieu à parfumer Yolande, à l'habiller, à coudre les volants de dentelle sur sa robe, à arranger ses boucles sous les barbes de la coiffe de mariée, à accrocher les perles à ses oreilles. Enfin, sa tante lui épingla un petit bouquet de fleurs d'oranger sur le côté du décolleté.

— Si ta maman pouvait te voir !

Elle renvoya la bonne à la cuisine.

— Ce seront les servantes de La Danerie qui te déshabilleront. J'aurais aimé être là pour te mettre au lit, dire une prière avec toi en attendant que ton époux te rejoigne. Au lieu de cela, tu n'auras aucune femme de connaissance pour te tenir compagnie, pas même ta belle-mère. En vérité, l'idée qu'il t'emmène loin de Paris, au sortir de l'église, ne me plaît guère. Pas même un repas de noces, toute cette hâte... On dirait presque un rapt.

Elle soupira et prit les deux mains de sa nièce dans les siennes.

— Comme je ne serai pas auprès de toi ce soir, ma pauvre chérie, je vais t'expliquer dès à présent les devoirs de ton nouvel état. Quand ton mari te prendra dans ses bras...

Yolande rougit de nouveau.

— Non, par pitié ! Il m'en a déjà parlé.

— Lui ? Avant le mariage ? Quelle indécence !

— Il voulait que je sache à quoi m'attendre, il avait raison. Et il a promis de se montrer tendre et doux. Je vous en prie, ma bonne tante, ne vous inquiétez pas pour moi.

Madame Tardieu soupira.

— Que Dieu te garde sous Sa sainte protection, mon enfant.

Yolande mit un genou à terre pour recevoir la bénédiction de sa tante. La coutume voulait que la mariée le fît devant son père le matin de ses noces, mais maître Raynal n'avait rien de tel à donner à sa fille.

La voiture des Tournay vint chercher Yolande, son oncle et sa tante. Le futur marié, en habit bleu sombre et bas de soie blanche, les attendait devant l'église Saint-Louis-en-l'Isle. Sa réserve habituelle oubliée, il arborait un large sourire. À ses côtés se tenaient sa mère et un homme âgé en soutane, qu'on présenta comme l'abbé Fournier, un cousin.

Au bras de son oncle, Yolande ouvrit la marche vers l'autel, se remémorant les mots de son confesseur : elle n'avait rien à craindre de son époux tant qu'elle lui obéirait.

La cérémonie fut des plus simples, une messe basse, sans chants ni musique, sans sermon, sans pallium blanc tendu au-dessus des futurs époux. Monsieur Tournay passa au doigt de Yolande l'anneau d'or que le prêtre venait de bénir, le seul maillon visible de la chaîne qui allait la lier à lui pour toujours, en lui déclarant fermement :

— Je vous prends, Yolande Noëlle, pour ma femme et légitime épouse tant qu'il plaira à Dieu de nous laisser ensemble, ainsi que Lui-même le commande.

Elle répondit d'une voix que faisait trembler l'émotion :

— Je vous prends, Paul Alexandre Marc, pour mon mari et légitime époux tant qu'il plaira à Dieu de nous laisser ensemble, ainsi que Lui-même le commande.

Le curé, enroulant son étole autour de leurs mains jointes, leur donna la bénédiction nuptiale :

— Époux, aimez votre femme comme Jésus-Christ aime son Église. Chérissez-la comme une portion de vous-même. Le ciel vous donne l'empire sur elle, mais qu'une tendre amitié dirige toujours l'usage de votre puissance : ce n'est pas une esclave, c'est une épouse que vous avez acquise. Que vos soins, vos attentions, vos égards lui fassent oublier, ou plutôt aimer sa dépendance. Et vous, épouse, soyez soumise à votre mari comme l'Église est soumise à Jésus-Christ.

Ces mots rivaient au cou de Yolande le joug du mariage, dont elle sentait déjà le poids sur ses épaules. Il ne restait plus qu'à signer le registre sur le coin de l'autel. Heureuse d'abandonner le nom haï de son père, elle écrivit fièrement, de sa plus belle plume d'écolière, *Yolande Tournay*.

Tante Sophie, qui pressait un mouchoir de batiste sur ses paupières rosies, et madame Tournay mère, l'air solennel, embrassèrent la jeune épousée. Au sortir de l'église, abasourdie par le son des cloches, celle-ci s'agrippait des deux mains au bras de son mari. La voiture les attendait pour les emmener à La Danerie. Sitôt la portière refermée derrière eux, il baissa les stores, la pressa contre son cœur, et pour la première fois unit ses lèvres aux siennes. Elle détacha de son corsage le bouquet de fleurs d'oranger pour le lui offrir gravement.

CHAPITRE 6

Dans la voiture, la nouvelle madame Tournay se blottit contre son époux, attentive au moindre de ses mouvements. Il épingla le bouquet de fleurs d'oranger au revers de son habit, défit la coiffe de sa femme, joua avec ses cheveux, enroulant les longues boucles autour de ses doigts. Ses lèvres retrouvaient celles de Yolande, plus longuement, plus profondément, lui caressaient le cou et la joue, attentions qu'elle commençait à trouver plaisantes. Peut-être n'était-il pas si effrayant qu'elle l'avait cru. Cependant, quand il lui chuchota des tendresses à l'oreille, elle se rendit compte, interdite, qu'il la tutoyait. Ses parents et les Tardieu usaient de pareilles familiarités, mais elle n'avait jamais pensé que monsieur Tournay s'y laisserait aller en son ménage. Fort heureusement, il ne lui demanda pas d'en faire autant, et elle résolut bravement d'en prendre son parti. Une heure s'écoula vite.

Soudain, il se jeta sur elle, lui enserrant le torse avec une telle force qu'elle crut en suffoquer. Il la tenait d'une poigne à broyer les os, le visage enfoui au creux de son cou, les baisers tournant aux morsures de loup. Tout en la bridant d'un bras implacable, de l'autre il troussa ses jupes pour s'emparer sauvagement d'une de ses cuisses. Elle retrouva assez de souffle pour pousser un cri strident.

Il la relâcha aussitôt.

— Pardonne-moi, mon pauvre amour. Quelle brute je fais !

En quelques secondes, il avait balayé la douce familiarité de ses caresses, le courage de Yolande, la confiance qu'elle s'était persuadée de lui accorder. Les côtes froissées, le cœur battant si fort qu'il lui faisait mal, elle lui lança un regard épouvanté. Il laissa retomber les jupes, rajusta la coiffe, lui embrassa doucement la joue avant de relever les stores.

— Il y a des mois que j'ai envie de toi, ma petite chérie, j'ai perdu la tête. Cela n'arrivera plus, je te le promets.

Apparemment tranquille, il se contentait de lui presser la main, ce qui ne suffisait guère à la rassurer. Cinq minutes plus tard, il observa qu'ils arrivaient. Ils passèrent les grilles à pointes dorées d'un portail, suivirent une allée de tilleuls, contournèrent un vaste bassin octogonal, s'arrêtèrent devant un manoir aux proportions élégantes. Il aida son épouse à descendre de voiture, et elle se trouva au milieu des palefreniers qui tenaient les chevaux, des malles qu'on déchargeait, des servantes qui la dévisageaient. Elle s'étrangla d'émotion à la vue de la façade de pierre blanche, rosie par le soleil de l'après-midi : la demeure où sa nouvelle vie allait commencer.

Un dîner attendait le jeune couple dans la salle à manger, sous l'œil moqueur des petits singes des boiseries. Fébrile, la gorge nouée, répondant par des balbutiements aux tentatives de conversation de son mari, elle ne pouvait se résoudre à croiser son regard et, malgré le jeûne de la semaine précédente, touchait à peine à la nourriture. L'épisode de la voiture lui avait donné un avant-goût de ce qui l'attendait dès qu'ils seraient seuls : il allait s'élancer sur elle tel un fauve, lui arracher sa chemise, l'écarteler avec l'ardeur d'un forcené. Si elle laissait paraître sa terreur, si elle criait, si elle lui résistait, il en serait exaspéré, il n'en deviendrait que plus violent. Ou bien, pis encore, il reprendrait ses esprits, il s'apercevrait qu'il avait commis une erreur monstrueuse en épousant une fille comme elle. Furieux, il la chasserait comme l'avait fait père ; il ne consommerait même pas le mariage, qu'il ferait annuler au plus vite. Elle se voyait le lendemain sur le perron de La Danerie, dans le petit matin blafard, grelottante, pieds nus, à demi rhabillée, sans secours et sans guide, sans aucun moyen de rentrer chez sa tante.

Bientôt il se leva, au grand soulagement de son épouse. La gouvernante conduisit Yolande à un vaste appartement à l'étage, où le damas jaune bouton d'or des tentures reflétait la lueur d'une joyeuse flambée dans la cheminée. Une bonne, agenouillée devant l'âtre, emplissait de braises une bassinoire avant de la passer entre les draps, tandis qu'une deuxième, bien qu'il fît encore grand jour en ce milieu d'après-midi, fermait volets et rideaux, et qu'une troisième allumait les bougies.

Assise au bord du lit, Yolande regardait les servantes ouvrir sa petite malle, se figurant leur mépris devant ses trois robes toutes simples, deux de laine noire, une de gaze blanche, heureusement relevées par les coûteuses bagatelles de sa corbeille de mariage. Déjà, la gouvernante s'était emparée de la chemise de nuit brodée. Leur dédain redoublerait lorsqu'elles la déshabilleraient et s'apercevraient que la ténuité de sa personne s'accordait à celle de son trousseau. Abandonnée à ces mains étrangères, égarée en cette maison inconnue, prisonnière de cette pièce obscurcie, elle était prise d'une envie folle de se sauver tant qu'elle était encore vêtue. L'apparition de son mari, en robe de chambre de taffetas bleu sous laquelle il ne semblait pas porter de chemise, coupa court à tout espoir de fuite. Elle ne l'avait attendu que plus tard, quand elle serait déjà couchée, et il lui déniait même ce bref répit. Quand il congédia les servantes d'un signe de la main, elle commença à regretter leur présence, si déplaisante fût-elle.

— Je voudrais te déshabiller moi-même, mon ange. Ça ne te dérange pas ?

— Pas du tout, faites comme il vous plaira, dit-elle d'une voix qu'elle tâchait d'affermir.

Plus que quelques minutes, et il allait la comparer à ses maîtresses. *Un moineau déplumé*. Elle rassembla les lambeaux pitoyables de son courage. En fait, mieux valait qu'il la dévêtît lui-même. De la sorte, le désastre se révélerait progressivement, au lieu de lui sauter aux yeux s'il n'avait qu'à soulever sa chemise. Il s'assit à ses côtés sur le lit et commença par lui retirer adroitement ses boucles d'oreilles, qu'il déposa sur la table de chevet.

— Ces perles sont fort belles, et plus encore quand tu les portes. Le présent d'un homme très amoureux, sans nul doute.

Sans paraître prêter attention à la houle de frissons qui la secouaient, il lui fit tourner le dos et, avec une aisance qui dénotait une vaste expérience des atours féminins, il délaça et ôta son corsage, puis son corset, tout en parcourant des lèvres son cou et ses épaules. Il lui mordillait la nuque, là où commençaient les frisottis serrés des premières mèches. La caressant à travers sa chemise, il la tenait légèrement à deux mains, sans donner le moindre soupçon de sa férocité passée. C'était bien plus de douceur qu'elle avait osé espérer. Surtout, il fredonnait, apparemment ravi de ce qu'il découvrait. Il ne semblait la trouver ni insignifiante, ni maigre, ni laide.

Elle se détendait peu à peu, tandis qu'un engourdissement s'insinuait jusque dans son crâne et lui descendait jusqu'aux reins. Son souffle devint plus profond, plus lent, ses paupières s'alourdirent. La tête renversée, devenue trop pesante pour son cou, elle n'avait jamais ressenti un tel plaisir à respirer. Elle était encore étourdie quand il abaissa soudain sa chemise jusqu'à la taille. Stupéfaite, elle croisa les mains pour s'en couvrir sa poitrine. Il les repoussa doucement.

— Oh ! non, surtout pas, ma chérie. Souviens-toi, pas de pudeur devant ton époux. Et tu n'as aucune raison de cacher quoi que ce soit. De petits seins exquis, une peau d'albâtre, les aréoles du rose le plus pâle. Je ne vais pas te dévêtir davantage pour l'instant.

Elle se sentait plus vulnérable, plus exposée que si elle avait été complètement nue. Toujours assis, il l'embrassa profondément, lentement, puis se pencha pour lui sucer les seins, qui, découvrit-elle, étaient reliés par des chemins insoupçonnés à ses parties intimes. Ses yeux se fermèrent d'eux-mêmes.

— Tu es délicieuse.

Il la prit par la taille pour la faire lever et détacha ses jupes et son jupon, qui s'amoncelèrent à ses pieds, fit glisser sa chemise sur les hanches, puis passa les doigts sur son ventre et dans le triangle de mousse pâle.

— Toute blonde, murmura-t-il, comme je l'espérais.

Il l'allongea sur le lit et s'agenouilla sur le tapis pour poser les lèvres sur la marque rougeâtre qui se détachait sur la blancheur de la cuisse, là où il l'avait saisie dans la voiture.

— Ma pauvre chérie, je me suis conduit comme un barbare.

— Vous m'avez fait si peur.

— N'aie crainte, je ne te forcerai pas.

Sans se relever, il lui détacha ses jarretières et lui retira ses bas, lui joignit les deux pieds pour les embrasser.

— Fins et mignons.

Frissonnante de crainte et de froid, elle voulut se glisser entre les draps, mais il l'arrêta.

— Non, mon amour, reste ainsi. Je veux profiter un moment de cette vision éphémère : toi entièrement nue, et encore vierge.

Il enleva sa robe de chambre et vint s'étendre à côté d'elle. Il était bâti comme elle l'avait imaginé, le torse large, musclé, les épaules carrées. Les planches anatomiques du *Tableau de l'amour conjugal* l'avaient préparée à l'aspect des parties naturelles de l'homme et de la toison environnante, mais elle retint son haleine à la vue du duvet, noir sur sa peau blanche, autour des seins, le long du ventre, sur les cuisses. Elle se rappela qu'il lui avait demandé de ne pas détourner les yeux de sa nudité, mais frémit lorsqu'il lui saisit le bout des doigts.

— À ton tour, ma chérie.

Une gêne insurmontable la paralysait. Il lui baisa la main en soupirant.

— Ce n'est pas grave.

Il lui écarta les cuisses, l'entrouvrit délicatement des doigts et des lèvres. Elle le repoussa d'un geste brusque en percevant le début d'un tressaillement inconnu, trop effrayée pour s'y abandonner. Craignant de l'avoir contrarié, elle se rapprocha prudemment, mais il ne semblait pas fâché et lui caressa les cheveux. Elle posa la joue contre son épaule, étonnée d'y trouver la peau si soyeuse et si lisse, et se hasarda à quelques baisers légers. Au bout d'un moment, il lui glissa à l'oreille, d'un ton à la fois suppliant et impérieux :

— Maintenant ? Je serai très doux, c'est promis. Oh ! dis oui, Yolande chérie.

À quoi bon attendre, puisqu'il faudrait en passer par là ? Elle consentit d'un chuchotement inaudible. Sans perdre un instant, il lui plaça un oreiller sous les fesses, s'agenouilla entre ses jambes, les souleva. D'abord troublée par sa position, les chevilles sur les épaules de son mari, elle s'habituait à sentir une pression répétée. Bientôt les avancées se firent insistantes, plus douloureuses. Quand elle commença d'instinct à se débattre, il l'immobilisa en abaissant le torse. Les cuisses prises sous lui, presque pliée en deux, elle lui jeta un regard de reproche si intense qu'il s'arrêta.

— Tu m'en veux ? murmura-t-il.

— Non, continuez. Mais pas ainsi, de grâce, vous m'étouffez. Je serai très sage, je n'essaierai plus de m'échapper.

Dès qu'il se redressa sur les bras, elle put respirer librement, mais les poussées devinrent plus vives. Une souffrance aiguë la traversa, lui arrachant un cri. Il se figea en elle et pressa les lèvres contre les siennes pour étouffer un sanglot.

— La messe est dite, mon amour. Laisse-toi aller.

Les tintements aigrelets de la pendule sur la cheminée tirèrent Yolande de son sommeil. Son époux avait dû remettre en marche le balancier, un visage d'angelot joufflu environné de rayons de soleil. Il avait déjà ouvert les volets, tiré les rideaux jaunes, la pièce était inondée de lumière printanière. En tournant la tête vers la fenêtre, elle aperçut sa robe, reposant, telle un tas de neige, sur le canapé. Le mouvement, si léger fût-il, réveilla partout en elle des élancements jusqu'alors inconnus. Ses entrailles et le haut de ses cuisses lui semblaient étrangement pesants, imprégnés d'humidité.

Assis sur le bord du lit en robe de chambre, son mari lui saisit le visage à deux mains et se pencha pour lui appuyer sur les joues de gros baisers d'homme heureux. Cela la rassura davantage que les souvenirs de la nuit, encore embués de rêves : il l'aimait toujours en ce premier matin de leur vie conjugale. Elle lui décocha un sourire radieux.

— Comment vas-tu, ma douce chérie ?

— Oh, moi, très bien. Et vous ?

— On ne peut mieux. Mais désormais, ma petite femme, tu vas me tutoyer.

Il lui tendit la main, et, courbaturée, elle se leva avec précaution.

— Viens, il serait dommage de ne pas profiter de cette belle journée. Je vais te montrer la campagne aux environs. Nous pouvons nous promener à pied au bord de la rivière, ou je peux faire seller des chevaux, à ta guise.

— Je ne sais pas monter.

— Ah ! bien sûr. Je t'apprendrai.

Les servantes, qui ne l'intimidaient plus autant, la lavèrent, l'habillèrent de l'une de ses robes noires. Pour l'agrémenter, elle choisit, parmi les trésors de sa corbeille, un fichu transparent, joliment brodé, et une ceinture verte à longues franges soyeuses.

Dans la salle à manger, les petits singes des boiseries lui semblaient désormais plus facétieux que railleurs, et elle montra un excellent appétit pour le café au lait et la brioche. Puis, plaisamment rassasiée, sa lassitude peu à peu dissipée, elle se laissa guider par son époux à travers champs. Au loin, elle entendait le caquètement triomphant des poules qui venaient de pondre. Elle observait, sous les pommiers en fleur, des veaux nouveau-nés tétant avidement le pis de vaches rousses, scènes nouvelles dont la sensualité franche et tendre l'embarrassait un peu, surtout en présence de Paul. L'année suivante, songeait-elle, il l'aurait rendue mère, et elle formerait, elle aussi, un maillon dans cette chaîne sans fin de la vie.

Le long des berges de la Drouette, les grenouilles, à leur approche, interrompaient leur coassement pour sauter à l'eau avec de petits clapotis. Une bourre floconneuse s'envolait des peupliers qui commençaient à verdir; les saules s'étaient couverts de chatons d'un gris si velouté qu'elle ne pouvait s'empêcher d'y passer les doigts. Elle découvrait les sons, les senteurs, la douceur crue de la campagne, jusqu'alors devinés de loin depuis le jardin du couvent.

Elle se souvenait de leur nuit, de la manière dont, après leur première étreinte, Paul l'avait longuement bercée, meurtrie, lui demandant pardon pour la cruauté de ce qu'il venait de lui faire. Il lui avait dit qu'il l'aimait infiniment, qu'elle lui avait donné un plaisir tel qu'il n'en avait jamais connu. Puis il avait passé sa robe de chambre et sonné pour qu'on leur apportât une collation. À sa demande, elle était restée nue, assise au lit, où il s'était amusé à la nourrir à la becquée de minuscules pâtisseries, à lui faire boire des gorgées de champagne qui lui avaient tourné la tête et donné des hoquets entrecoupés d'éclats de rire. Des gouttes pétillantes avaient débordé de la coupe pour lui glisser le long du cou, lui tomber sur les seins avec un chatouillement glacé, et il s'était penché pour les laper à même la peau. Grisée, elle avait oublié les restes de sa pudeur, la peur qu'il lui avait inspirée, sa rancune pour la déchirure toute fraîche qui la piquait toujours vivement. Il avait joué un moment avec elle, la câlinant en toute innocence, et elle, agitée d'une gaieté aiguë d'enfant enivrée, l'avait laissé faire. Elle était redevenue grave quand il s'était levé pour ajouter des bûches dans l'âtre et souffler toutes les bougies, laissant la pièce éclairée par la seule flambée. Il s'était à nouveau dévêtu pour s'allonger près d'elle. Apaisée par sa tranquillité, par la pénombre aux reflets dorés, elle s'était approchée, curieuse, fascinée par cette chose si étrange, qui se transformait complètement en un instant, sur laquelle elle distinguait les traces à demi séchées de son sang. Pour la première fois prise de désir, elle s'était enhardie à poser la tête sur sa cuisse, à le toucher, à le découvrir.

À présent, au bord de la rivière, il était tendre, joyeux, le bras passé autour de la taille de sa jeune épouse, l'embrassant sur la tempe, la joue, le côté du cou, à la lisière des grandes vagues de cheveux pâles. Elle s'arrêtait pour cueillir des primevères et des pervenches, qu'il lui prit bientôt des mains pour les ajuster en un petit bouquet entre ses seins, en écartant délicatement les broderies du fichu. C'était donc cela d'être mariée, ce vertige délicieux de l'âme et de la chair. Appuyée contre son épaule, elle s'efforçait de le tutoyer et se souvenait même de l'appeler *Paul* de temps à autre.

— Je te reconnais à peine, ma Yolande.

— Je suis heureuse, Paul... si heureuse d'être ta femme, heureuse comme je ne l'ai jamais été.

Il s'arrêta pour la saisir par les coudes.

— C'est ce que je rêvais entendre, mon cœur. Nous irons nous coucher tôt ce soir.

Il la contempla un moment.

— D'ailleurs, pourquoi attendre ? Rentrons !

Il la tira par la main, ils coururent jusqu'à la maison. Dans la chambre, dédaignant le lit, Paul la porta sur le canapé jaune.

Le lendemain, la voiture emmena le jeune couple à Versailles. Quand elle vit son mari se mordre les lèvres, elle lui posa timidement la main sur le bras.

— J'espère que ça ne t'ennuie pas de m'emmener au château.

— Au contraire, ma chérie, je souhaite te le faire découvrir. Et il faut le voir plus d'une fois pour en apprécier la grandeur et la beauté. Les peintures, l'architecture, et surtout les jardins. Je déteste néanmoins les airs que se donnent les nobles, cette arrogance insupportable. Tu vas bientôt voir ce que je veux dire.

À leur arrivée, il dut louer une épée, sans laquelle aucun homme n'était autorisé à entrer au château. Il était vêtu d'un costume de drap vert olive, qui mettait en valeur sa haute silhouette bien découplée. Yolande portait ses boucles de perles et avait attaché sa montre en forme de cœur à la taille de sa robe de mariée, dont les servantes avaient soigneusement décousu les dentelles. La mise des jeunes époux était plus que suffisante pour qu'ils fussent admis à l'intérieur du palais, mais elle les désignait comme des bourgeois aisés. Yolande se sentait mal à l'aise lorsqu'elle comparait sa simple robe blanche aux atours richement brodés des dames de la cour, portés par-dessus de larges paniers. Avec son mari, elle s'écarta pour livrer le passage à une jeune femme qui allait être présentée à la reine.

— Regarde-la, Yolande, sanglée dans son *grand corps*. Ses épaules, sa gorge, son dos, presque nus en public. L'indécence de la chose ! Et ces grappes de diamants ruisselant de son cou et de ses cheveux... Les pierreries de cette taille, en cette quantité, sont d'une vulgarité à pleurer. Probablement empruntées, du reste, à moins que ce soit de la verroterie, car elle doit être gueuse comme un rat d'église. Ces châteaux, ces bois, ces métairies que les nobles possèdent, ou croient posséder, sont rongés d'hypothèques, réduits à rien. Et pourtant, ces miséreux se permettent de nous prendre de haut !

Il haussa les épaules.

— Feu mon père entendait acheter une charge de secrétaire du roi, qui l'eût anobli, et il avait à cette fin vendu son affaire de drapier, la noblesse n'étant pas compatible avec le commerce de détail. La mort est venue culbuter tous ces plans, comme elle a le don de le faire. Il s'en est fallu de quelques semaines que je devienne *messire Paul Tournay de La Danerie, écuyer*, car mon père entendait agrémenter ainsi notre nom qui, à son idée, sentait un peu trop la roture.

— Tu aurais pu être noble ! Tu ne le regrettes pas ?

— Nullement. J'aurais été dispensé de payer la taille, mais tous ces gens de la cour ne nous auraient jamais considérés comme leurs égaux, tu n'aurais pu être présentée à la reine comme cette femme va l'être. En tout état de cause, j'aurais dû renoncer à la noblesse et revendre la charge pour devenir chirurgien, profession manuelle, et donc *ignoble*, qui m'aurait fait déroger. Entre la noblesse et la chirurgie, mon choix eût été vite fait.

Il emmena Yolande au salon du grand couvert pour assister au dîner de Leurs Majestés. Le couple royal était assis, côte à côte, face à la foule bourdonnante des courtisans et des visiteurs. Le roi, gauche dans son maintien et ses mouvements, semblait fort grand, à peu près de la taille de Paul, mais bâti de toute autre manière, le ventre corpulent et les épaules tombantes. Il mangeait de bon appétit, sans lever les yeux, tandis que la reine, belle, étincelante de joyaux, la tête haute, le front bombé surplombant un nez très aquilin, les lèvres charnues fermement serrées, ne touchait à rien et n'avait même pas enlevé ses gants. Yolande se demandait si Sa Majesté était grosse, ainsi qu'on le disait.

Après la splendeur oppressante des grands appartements, des dorures, des plafonds peints de scènes mythologiques, des miroirs, des colonnes de marbre, Yolande respira plus librement durant la promenade à travers le parc, dans toute la verdure du début de printemps. Là aussi, elle croisait des courtisans des deux sexes en vêtements brodés sur toutes les coutures, le visage fardé, les cheveux poudrés. Les femmes détournaient les yeux, les hommes la dévisageaient sans retenue, sans qu'elle sût si c'était par mépris, curiosité ou admiration. Déconcertée, elle se blottit contre son mari, qui lui caressa la main.

— Les malotrus ! Ne leur prête aucune attention. Tu as plus de vraie beauté, de grâce, de dignité que n'importe laquelle de leurs femelles. Tout abêtis qu'ils soient, ils ne peuvent manquer de faire la comparaison.

Il fit une pause.

— Je suppose que c'est ta tante qui a commandé ta robe.

— Elle ne te plaît pas ? Tu la trouves trop simple ?

— Au contraire, ma chérie, elle sied à ta jeunesse et à tes formes graciles. Puisque tu dois te commander un trousseau, fie-toi au goût de ta tante. Je n'aimerais pas voir mon épouse singer la noblesse en se pavanant dans des robes chargées d'un fatras de franges et de pompons, de passementeries d'or et d'argent.

Il darda sur elle le regard qu'elle avait trouvé intimidant lors de leurs premières rencontres aux Tuileries, et qui le restait un peu.

— Et n'abîme pas la fraîcheur de ta carnation en te badigeonnant la figure de rouge et de blanc. Tu auras observé que mère n'en porte pas, ta tante non plus. D'abord, je trouve cela laid au possible, cela me rappelle la trogne fleurie des ivrognes. Surtout, ces fards contiennent du plomb, de l'arsenic et d'autres poisons qui te rideraient la peau et te gâteraient la santé. Il me plairait également que tu laisses tes sourcils à leur jolie blondeur naturelle, sans les colorer de noir.

À la fin de la journée, Yolande était ravie d'avoir découvert Versailles et sa cour resplendissante, et plus heureuse encore de se retrouver à La Danerie dans les bras vigoureux de son bel époux.

Dans leur chambre, il avait fait déplacer le canapé de damas jaune devant l'âtre et y avait fait disposer des coussins et des oreillers. Tous les soirs, bienveillant mais inexorable, il s'attachait à parfaire l'éducation de son épouse.

— Te voilà devenue femme, ma chérie, et tu n'as plus lieu d'être timide. J'aimerais que tu sois pleinement au fait de tes devoirs à notre retour à Paris.

Fidèle à ses habitudes d'élève docile et appliquée, elle se laissait guider sans réticence, sans fausse honte, par cet homme, le seul auquel elle eût accordé sa confiance, et apprenait le plaisir, donné, reçu, partagé. Elle ne saignait presque plus, et, quand parfois il lui faisait mal, elle ne se dérobait pas, elle se retenait même de gémir, et c'était lui qui s'arrêtait en la sentant se raidir. Il la cajolait, la consolait, lui murmurait de tendres encouragements, puis, une fois qu'elle s'était détendue, il reprenait, car jamais il ne renonçait à ce qu'il voulait. C'était le pacte qu'elle avait conclu en l'épousant : elle s'était livrée tout entière à lui pour qu'il la libérât de l'oncle Tardieu et de la hantise de l'avenir.

Quand il estimait qu'elle en avait assez appris, il la portait au lit. Sauf durant les quelques mois passés rue des Lombards, elle n'avait jamais dormi seule, et se plaisait à retrouver une compagnie nocturne, même si celle de Paul était bien différente de celle de Marianne. Elle s'était déjà habituée à partager la couche d'un homme, à sentir le matelas trembler quand il se retournait dans son sommeil. Elle ne s'enhardissait pas encore à le toucher endormi, mais se sentait assez sereine pour s'assoupir à son côté, baignée dans la chaleur de sa présence, bercée par sa respiration profonde et régulière. Lorsqu'il la réveillait en pleine nuit en lui passant le bras autour de la taille, elle ne sursautait pas, le reconnaissant aussitôt, et venait se serrer contre lui. Sans oser aborder le sujet, elle espérait qu'à Paris il ne lui viendrait pas l'idée de faire chambre à part.

L'air était vif, le ciel ensoleillé. Paul, sous l'œil goguenard des palefreniers, saisit Yolande par la taille pour la soulever à califourchon sur la plus placide des juments.

— Voilà, ma chérie, à cru : la meilleure manière d'apprendre à sentir les mouvements de ton cheval et trouver ton équilibre. Use de tes talons pour guider cette brave Colette. Tu monteras *en chasseur*, ce qui est bien plus commode. Il n'y a aucune raison de faire de toi une amazone.

Il sourit d'un air entendu et lui dit à mi-voix :

— Nous avons déjà vu le loup, n'est-ce pas, madame Tournay ?

Il enfourcha son propre cheval et saisit les rênes de Colette. Les jupes retroussées de Yolande découvraient ses longs mollets minces, ce qui l'embarrassait, mais dont il ne semblait guère s'émouvoir.

— Ne t'inquiète pas, quand nous reviendrons, tu auras des vêtements d'homme et des bottes appropriées.

Souple et légère, elle se révéla vite bonne cavalière, ce qui permit nombre d'excursions dans la campagne environnante.

Le jeune couple repartit à Versailles pour une longue promenade dans le parc, passant de bosquet en bosquet, flânant le long des pièces d'eau, se contentant cette fois d'admirer le château de l'extérieur.

Puis il fut temps de rentrer à Paris. Dans la voiture, la tête appuyée contre l'épaule de son mari, Yolande soupira.

— Ah ! Paul, nous étions si heureux à La Danerie.

— J'eus aimé y rester davantage, mon cœur. À Paris, à mon grand regret, j'aurai moins de temps à te consacrer.

— Je l'imagine aisément, mais je me fais une joie de partager avec toi les moments que tu pourras m'accorder.

— Au moins, je t'emmènerai au théâtre et à l'Opéra. Tu pourras porter la dentelle que mère t'a donnée.

— J'ai été fort émue qu'elle m'en fasse présent. C'est une merveille, et c'était celle de ta grand-mère.

— Je n'en ai pas été surpris, mère t'aime beaucoup.

— Vraiment ? Je pensais que je n'étais pas le genre de belle-fille qu'elle aurait souhaitée. Elle espérait sans doute que tu prendrais une demoiselle de Paris, un peu plus âgée que moi, et avec une certaine fortune.

Il se mit à rire.

— J'avais décliné, à son grand dam, de m'intéresser à bon nombre de demoiselles de Paris et à leur fortune. Elle se lamentait que je finirais vieux garçon. Il est vrai qu'au début, elle a été étonnée que je m'éprenne d'une écolière de seize ans, mais elle te trouve charmante et se réjouit de me savoir marié.

Il redevint grave.

— Elle va me manquer, mais, comme je te l'ai dit, nous irons souvent la voir, et elle nous rendra visite. Puisque tu partageras mon lit, sa chambre restera à sa disposition.

— Je continuerai donc de dormir avec toi ?

— Voyons, mon amour, pourquoi me priverais-je de ta délicieuse compagnie ? Pour en revenir à mère, tu pourras te servir de son cabinet de toilette et de son boudoir. Il donne sur cour, mais c'est une pièce agréable. Elle va emmener sa femme de chambre à La Danerie et nous devrons en engager une pour toi. J'ai demandé à Rosalie, la cuisinière, qui est une perle, et qui me connaît depuis toujours, de se mettre en quête de quelqu'un de convenable. Nous avons de la chance : à cause de sa sœur, elle souhaite rester à Paris. Si, pour quelque raison, tu n'es pas satisfaite d'elle, dis-le-moi et je lui parlerai.

Yolande hocha la tête d'un air pensif, espérant qu'elle ne se couvrirait pas de ridicule comme nouvelle maîtresse de la maison de l'île. Elle devrait apprendre à se concilier la *perle*.

— Je me lève tôt, à sept heures précises, poursuivit Paul, par goût comme par nécessité. Je souhaite que tu fasses de même, afin que nous déjeunions ensemble.

— Oh ! j'y suis accoutumée. À la Visitation, nous étions debout avant l'aube pour la première messe. Il est vrai que les bougies du dortoir étaient soufflées à neuf heures.

Paul lui lança un regard légèrement irrité.

— Tu n'es plus au couvent. La vie d'une épouse n'est pas gouvernée par une routine arbitraire, mais par les désirs de son mari. Tu te lèveras de bonne heure parce que je te le demande.

— Fort bien. Je ne voulais pas te fâcher, pardonne-moi.

— Je ne suis pas fâché, ma chérie. Je t'ai à dessein laissé la bride sur le cou à La Danerie, car je voulais te donner quelques jours pour t'habituer en douceur à moi. À Paris, où tu te plieras à mes habitudes, les choses devront nécessairement changer. Il n'est pas rare, par exemple, que je rentre tard de l'hôpital. Il ne sera pas question d'aller te coucher à neuf heures, tu m'attendras pour souper. J'enverrai un mot à Rosalie, qui nous préparera un repas froid. C'est ainsi que nous procédions avec mère.

— Je t'attendrai aussi longtemps que tu voudras. Cela arrivera-t-il souvent ?

— Le service d'un chirurgien des hôpitaux est imprévisible, tu dois t'en douter. Je te serai reconnaissant, d'ailleurs, de ne pas te laisser aller à de sottes idées. Les scènes de jalousie m'exaspèrent, je ne veux pas entendre un mot de reproche.

Une douleur aiguë transperça Yolande à l'idée qu'il pourrait lui être infidèle, ainsi que l'avait annoncé l'oncle Tardieu. Il lui caressa la joue.

— Allons, pas de cette piteuse figure. Tu verras que tu te feras bien vite à ta nouvelle vie.

CHAPITRE 7

Madame Tournay mère attendait, debout au salon, ses malles toutes prêtes autour d'elle, et jeta un long regard pensif au jeune couple. Yolande, intimidée, se serra contre son mari, qui lui entoura les épaules de son bras. Puis il se dirigea vers sa mère, qu'il tint longuement pressée contre son cœur. Elle embrassa à son tour sa belle-fille sur le front. Peut-être était-elle émue de quitter la demeure dont elle avait été maîtresse pendant trente ans, secouée d'avoir ravivé des souvenirs, heureux ou non, en choisissant ce qu'elle voulait emporter, triste d'abandonner le reste. Yolande n'aurait su le dire.

Paul, s'il était affecté par ses adieux, n'en montrait rien. Après avoir accompagné sa mère à la voiture, il fit à son épouse les honneurs de la maison. Après le salon et la salle à manger, qu'elle connaissait déjà, il la fit entrer dans une vaste bibliothèque, où des armoires de marqueterie abritaient derrière leurs vitres rangée après rangée de volumes.

— Tu y trouveras un peu de tout : histoire, géographie, astronomie, botanique, zoologie. Évidemment, Rousseau, Montesquieu, Descartes, Voltaire, Diderot, les grands dramaturges, les classiques, et bien d'autres.

— Je peux donc lire ce que je veux ?

— Je t'y encourage vivement. Je doute qu'on t'ait appris grand-chose au couvent, il est temps d'élargir tes connaissances.

Il lui sourit d'un air railleur.

— Je te permets même les romans, la poésie et les contes de fées.

Il ouvrit ensuite la porte de son cabinet de travail sans l'inviter à y pénétrer. Elle aperçut de grandes planches anatomiques, élégamment encadrées, des rideaux blancs tout simples, un vaste bureau plat, couvert de papiers bien ordonnés, des armoires lambrissées de gris, remplies de livres.

— Ce sont exclusivement des ouvrages de médecine et de chirurgie, qui ne vont pas t'intéresser. Seule Rosalie vient ici en mon absence, pour vaquer au ménage et allumer le feu en hiver. Elle sait que je déteste qu'on touche à mes affaires, et elle se garde de me déranger quand je suis occupé.

Yolande se rappela le cabinet de père, ou elle n'avait pénétré que pour recevoir le fouet. Elle se promit de ne jamais mettre les pieds dans le sanctuaire de Paul.

— Je dois justement me replonger dans un article que j'entends finir promptement, dit-il. Nous souperons à sept heures et demie, et je reviendrai travailler plus tard. Rosalie va te montrer notre chambre et t'aider à défaire ta malle.

Une femme d'une cinquantaine d'années, lourdement bâtie, à l'allure sévère, mena Yolande à une pièce aux tentures de velours rouge amarante. Les seuls ornements étaient un grand miroir au cadre doré au-dessus de la cheminée, et un portrait ovale : madame Tournay mère, en robe de satin blanc à rubans roses, l'air mélancolique, fort jeune, reconnaissable à ses traits délicats et ses grands yeux bleus.

Ce soir-là, après souper, Yolande se rendit à la bibliothèque et y choisit l'*Histoire de dom Bougre, portier des chartreux*, pensant naïvement qu'il s'agissait d'un ouvrage religieux consacré à l'ordre de saint Bruno. Elle ignorait ce qu'était un bougre, n'ayant jamais entendu ce terme, même dans la bouche de l'oncle Tardieu.

Seule dans la chambre, vêtue d'un peignoir de flanelle grise qu'elle avait apporté d'Auvergne, elle s'assit dans un fauteuil au coin du feu en attendant son mari. Elle eut un frisson d'horreur devant les illustrations du livre, représentant des groupes de nonnes voilées et de moines tonsurés qui s'accouplaient hardiment, jupes et soutanes troussées. Que dirait son époux s'il la trouvait en possession d'un pareil ouvrage, elle qui, quatre mois auparavant, était encore pensionnaire à la Visitation ? Se mettrait-il dans une colère terrible ? Se moquerait-il de sa sottise ? L'avait-il lu ? Elle s'en fut cacher le volume sous le lit et s'absorba dans la contemplation des flammes, au milieu desquelles elle voyait les personnages des gravures danser une sarabande lubrique.

Paul fit son apparition vers dix heures et il se déshabilla ouvertement devant Yolande, sans faire montre de la moindre réserve. Elle s'était habituée à le voir nu, mais, à la Danerie, il l'avait toujours rejointe en robe de chambre. Interdite, figée dans son fauteuil, elle sentait revenir sa timidité virginale. Quand il fut dévêtu, debout au milieu de la pièce, il lui fit signe.

— Eh bien, en voilà des manières ! Ma petite femme ne m'aime plus ?

— Oh, si ! dit-elle en se hâtant de le rejoindre.

Il lui posa la main sur l'épaule.

— Encore faut-il le prouver, ma chérie.

Leur vie conjugale, dans toute sa familiarité, venait de commencer.

Le lendemain, Yolande se réveilla en sursaut au son de la voix de Paul, froide, mordante.

— Vas-tu te prélasser ainsi toute la journée ?

Elle dormait profondément, car il l'avait tenue engagée jusque tard dans la nuit. Clignant des yeux, elle l'aperçut, en culotte et gilet, nouant sa cravate. Aux effluves citronnés de son eau de Cologne, elle devina qu'il s'était déjà rasé. À La Danerie, pour la réveiller, il lui avait taquiné le cou de baisers et de tendres mordillements. Pourquoi commencer leur première journée dans la maison de l'île par l'expression de son déplaisir ? Une vague de déception, de chagrin, balaya les brumes du sommeil. Elle tâtonna entre les draps pour retrouver sa chemise et la glissa par-dessus ses épaules.

— Par ici, ma femme !

Jamais il ne s'était adressé à elle de cette voix impérieuse. Elle obtempéra, le visage tourné de côté. Il lui saisit le menton.

— Je te conseille de te départir de cette moue insolente. Je t'avais demandé de te lever avec moi. Tu n'en as tenu aucun compte, et je viens de te donner la plus légère des réprimandes. Est-ce ainsi que tu me remercies de mon indulgence ?

Elle lui jeta un regard suppliant, qui se heurta à un visage fermé.

— Où est le respect dû à ton époux ? Déjà envolé ? Crois-tu que je vais tolérer cela ?

Elle fut reprise de la terreur que lui avait jadis inspirée père, quand elle tremblait à l'approche du châtiment.

— Oh, non ! s'écria-t-elle, éperdue. Pas cela ! pas vous ! Ne me battez pas ! Vous aviez promis.

L'air de colère glaciale de Paul fit place à une mine furieuse.

— Tu me vouvoies à présent ? Te moques-tu de moi ? Et qui parle de te battre ? Crois-moi, je n'aurai nul besoin d'en venir là pour me faire obéir.

Yolande tâchait de retenir les pleurs qui l'étranglaient, devinant qu'ils l'irriteraient davantage, mais il avait dû observer les gouttelettes qui tremblaient sur les cils blonds.

— Je ne veux pas de ces larmoiements puérils.

— Paul, je t'en supplie...

— Ah, il ne manquait plus que les supplications ! Écoute-moi bien, Yolande : je ne suis pas un amoureux transi qu'on apaise par de douces paroles, je suis *ton mari*. Tu feras ce que je te dis. À défaut, tu écouteras mes remontrances avec humilité et contrition, et tu me montreras, en changeant de conduite, que tu les as prises à cœur.

Il lui lâcha le menton, finit de boutonner son gilet et enfila son habit.

— Revêts-toi de cette chose, dit-il en désignant du doigt le peignoir gris, et descendons déjeuner. J'espère que tu ne vas pas, sitôt arrivée, te donner en spectacle devant nos gens. Fais preuve d'un peu de dignité.

À la salle à manger, il alla tapoter de l'index le grand baromètre doré avant de s'asseoir.

— Nous devrions avoir beau temps, annonça-t-il en attaquant de bel appétit ses rôties et sa côtelette de veau.

— Tant mieux, se força à lui répondre Yolande. Tu n'auras pas besoin de parapluie.

— Je ne m'encombre pas de ces engins-là pour les dix minutes de marche qui me séparent de l'Hôtel-Dieu.

Il retomba dans le silence dès que les servantes s'éloignèrent. La gorge nouée, Yolande ne pouvait avaler que quelques gorgées de café au lait sans parvenir à croiser son regard. À son départ, elle courut dans la chambre se pelotonner sous les couvertures, désespérée du contraste avec les jours heureux de La Danerie, si proches et pourtant révolus. Avait-elle perdu l'affection de son époux, une semaine seulement après leur mariage ?

Elle sursauta quand la petite bonne frappa pour l'habiller et l'informer qu'on l'attendait au salon. La cuisinière lui présenta trois candidates pour la place de chambrière, parmi lesquelles Yolande choisit celle qui lui parut la plus gauche.

Elle remonta ensuite à sa chambre pour glisser le *Portier des Chartreux* dans sa poche et se débarrassa de l'abominable ouvrage à la bibliothèque. Désormais plus circonspecte, elle passa en revue les rangées de livres et s'arrêta au nom de madame de Sévigné, car on lui avait dit au couvent que la marquise était la petite-fille de sainte Jeanne de Chantal, fondatrice révérée de la Visitation. Ses *Lettres*, pleines de vie, de commérages, d'esprit, d'amour maternel, réconfortèrent quelque peu Yolande, mais le reste de la journée parut s'enliser dans une solitude et une tristesse sans fin. Sa tante aurait pu la consoler, mais Yolande n'osait sortir, et moins encore la faire venir, sans la permission de Paul. Peut-être entendait-il qu'elle menât une vie de recluse comme maman.

Lorsqu'elle reconnut enfin son pas dans le vestibule ce soir-là, elle se précipita à sa rencontre avec un sourire craintif, auquel il répondit par un regard sévère. Elle trouva néanmoins le courage de s'approcher pour lui poser la tête sur l'épaule.

— Paul, murmura-t-elle, je te demande pardon. J'ai pris tes reproches à cœur, je te promets que cela n'arrivera plus.

Pendant quelques secondes terribles, elle sentit sa poitrine se soulever sans qu'il fît un geste ou dît un mot. Puis un baiser lui effleura les cheveux.

— Espérons-le. Allons, cela ira pour cette fois-ci.

À souper, il se montra aussi agréable que la veille.

— Qu'as-tu fait de ta journée ? demanda-t-il.

— J'ai lu les *Lettres* de madame de Sévigné.

— Elles sont charmantes. Tu n'es pas sortie ?

— J'ai été tentée de rendre visite à ma tante, mais j'avais peur de te contrarier.

— Yolande, je n'ai aucune intention de te tenir séquestrée. Promène-toi à pied, ou commande la voiture, à ta guise. J'apprécie néanmoins que tu te soucies de mon opinion. Tu peux aller chez ta tante tant que tu veux, et sache qu'elle sera toujours la bienvenue. J'aimerais d'ailleurs que tu t'occupes de ton trousseau avec elle. Je comptais te remettre une bourse à cet effet ce matin, mais ton petit écart de conduite me l'a fait oublier.

— Alors, tu m'aimes encore ?

Il haussa les épaules.

— Je t'adore, est-il besoin de te le dire ? Ce qui ne m'empêche pas de vouloir rester maître dans mon ménage. Tu sembles lasse, ma chérie, nous allons nous retirer de bonne heure.

Dans leur chambre, de fougueuses étreintes scellèrent en bonne et due forme le pardon qu'il accorda à Yolande.

Dès lors, elle fut sur le qui-vive de bon matin, avant même les premiers frémissements du réveil de son époux, et elle s'empressa de se lever avec lui. Il haussait rarement le ton, mais elle ne se méprenait pas sur la tranquillité de sa voix et de son air : toutes ses demandes étaient des ordres, auxquels elle se devait d'obéir à la lettre, de bonne grâce, sans délai, sans une plainte. Elle avait appris sa leçon et redoutait plus que tout de se faire tancer. Il n'eut plus à lui reprocher le moindre *écart de conduite*.

En réponse à la suggestion que lui avait faite Yolande, le dimanche suivant, de l'accompagner à la grand-messe à Saint-Louis-en-l'Isle, Paul secoua la tête.

— Je ne vois aucun inconvénient à ce que tu y ailles, telle était la coutume de mère. Elle a d'ailleurs fait don à la chapelle de la Sainte Vierge du beau devant d'autel qu'on peut y admirer. C'est l'église de ma famille, notre caveau se trouve dans le chœur, et mon père y est enterré.

— Ta mère, Dieu lui prête longue vie, l'y rejoindra donc un jour.

— Non, elle souhaite reposer au cimetière de Droué, la paroisse dont dépend La Danerie. Auprès de ses parents, auxquels elle était tendrement attachée. Pour ce qui est de ma pratique religieuse, je la limite aux fêtes de Pâques.

Yolande n'allait pas souvent rue des Lombards de crainte d'y trouver l'oncle, mais tante Sophie rendait visite à sa nièce presque tous les jours. Ensemble, elles faisaient le tour des meilleurs magasins pour commander un trousseau sur l'ample somme allouée par Paul. Bientôt, d'élégantes robes de soie et de mousseline, des déshabillés, des chemises, des jupons, des souliers de cuir fin et de satin, des bas de soie brodés remplirent les armoires du boudoir. Elle invita Paul à venir admirer ses achats.

— Non, merci, dit-il, j'aurai plus de plaisir à les découvrir en te voyant les porter. D'ailleurs, comment veux-tu qu'il soit refait ?

— Le boudoir ? Je le trouve ravissant tel qu'il est, et je m'y plais d'autant plus que je n'ai jamais eu d'appartement à moi. Et il a été aménagé par ta mère, n'est-ce pas ?

— Justement, ma chérie, puisque tu partages ma chambre, je souhaite que tu aies une pièce arrangée à ton goût. Mère a déjà fait envoyer à La Danerie ce qui lui tenait à cœur. Change tout ce que tu veux, sans t'arrêter au prix. Tu diras aux marchands de m'envoyer leur note, je n'entends pas que tu prennes ces dépenses sur ta bourse.

Enchantée, Yolande décida de garder les jolis meubles incrustés de nacre, mais fit retapisser les sièges en soie vert pomme et choisit de nouveaux rideaux d'indienne, imprimés de fleurs, d'oiseaux, de fruits aux couleurs joyeuses. Un soir, quand elle prit son mari par la main pour lui montrer les nouveaux aménagements, ce fut elle qui laissa échapper un cri de surprise : au milieu de la pièce trônait une nouvelle jardinière, remplie de plantes rares dont les fleurs rappelaient celles des rideaux, et sur la coiffeuse étincelait une garniture de toilette en vermeil. Elle en avait admiré plus d'une chez des orfèvres, mais, en dépit des instructions de son mari et des encouragements de sa tante, elle avait reculé devant cette emplette, effarée par les prix exorbitants. Il lui caressa la joue quand elle se jeta à son cou.

— Elle te plaît, ma Yolande ? Tu t'es montrée bien frugale, et tu avais oublié d'en acheter une. J'en ai profité pour te commander un nécessaire de voyage, dont tu te serviras quand nous irons à La Danerie. J'espère qu'il sera à ton goût, j'ai choisi un Sèvres à fond vert, puisque tu sembles avoir une prédilection pour cette couleur.

Le boudoir devint sa pièce à elle, son nid, sa retraite, où elle se plaisait à lire, installée sur les coussins moelleux du lit de repos, dans l'alcôve tapissée de miroirs. Quand elle levait les yeux et se retrouvait entourée de toutes ces marques de prévenance et d'affection, elle se sentait envahie d'une émotion très douce.

L'abbé Fournier venait souper le dimanche, apportant un livre ou deux de sa bibliothèque à Yolande, qui appréciait sa bonne humeur et son érudition. Le vieux prêtre et la jeune mariée se livraient à de vives discussions théologiques sous l'œil amusé du maître de maison. Les seuls autres hommes dont Paul semblait apprécier la compagnie étaient son supérieur, monsieur Naudier, chirurgien en chef de l'Hôtel-Dieu, et un médecin, le docteur Leroy, réputé le meilleur accoucheur de Paris. Ces messieurs, tous deux plus âgés que lui, et leurs épouses, à peine plus jeunes, venaient parfois dîner.

Les dames conviaient aussi Yolande à prendre le thé, s'extasiaient de sa charmante timidité, de la délicieuse simplicité de ses robes, la traitaient avec la condescendance due à une écolière. Elles l'invitaient à les accompagner aux séances publiques de l'Académie française, où devaient se montrer toutes les élégantes de Paris. Malgré son respect pour l'auguste institution et la qualité des orateurs, grands seigneurs de la cour ou beaux esprits de la ville, Yolande découvrit que les longs discours l'ennuyaient à périr.

Paul tint parole en l'emmenant au Théâtre-Français, à l'Opéra et à la Comédie-Italienne, divertissements qu'elle trouva beaucoup plus à son goût. En juin, ils assistèrent à la représentation d'*Orphée et Eurydice* de Gluck, dont la beauté les enchanta tous deux. Ils étaient loin de se douter qu'il s'agirait du tout dernier spectacle à l'Opéra du Palais-Royal, qui fut réduit en cendres le soir même, après qu'un incendie se déclara au milieu des décors. On ne sut l'arrêter, car le réservoir qui devrait alimenter les pompes destinées à combattre un tel désastre était à sec. Le public et les acteurs étaient déjà partis, mais quatorze malheureux ouvriers périrent dans le brasier. Un brun foncé, appelé *Opéra brûlé*, devint fort à la mode.

Madame Tournay mère, qui disposait d'un autre pianoforte à La Danerie, avait laissé son bel Érard à Paris, et Paul suggéra des leçons auprès d'une maîtresse de musique. Mademoiselle Lemperière, personne d'âge mûr et d'une laideur majestueuse, se présentait deux fois par semaine à la maison de l'île. Ses manières rébarbatives et son opinion d'abord sévère sur les talents de son élève ne décourageaient cependant pas celle-ci de ses études musicales.

Yolande put enfin lire les contes de Perrault, et trouva que maître Raynal, curieusement, avait raison, ils étaient pleins de cruauté et de lubricité : la fin macabre du *Petit Chaperon Rouge*, le père incestueux de *Peau d'âne*, l'époux meurtrier de *Barbe bleue*, la belle-mère cannibale de *La Belle au bois dormant*. Cependant, les œuvres des auteures chéries de sa belle-mère, mesdames de La Fayette, de Villeneuve, Leprince de Beaumont, d'Aulnoy, lui procurèrent bien des moments de plaisir.

Elle découvrit aussi les romans, en particulier *Julie ou la Nouvelle Héloïse*, où la fragilité, la fugacité, les illusions de l'amour lui semblèrent moins bien exprimées que dans *La Princesse de Clèves*. Yolande, qui avait pourtant fait un mariage de raison comme Julie et la princesse, ne se bornait pas comme elles à éprouver de l'estime, de l'amitié, de la reconnaissance envers son époux.

Elle s'était éprise de lui, s'épanouissait en sa présence, goûtait ardemment ses étreintes, une passion conjugale dont elle ne retrouvait pas l'écho dans la littérature. Sa timidité, sans jamais disparaître tout à fait, s'estompait, et elle se risquait parfois à lui parler plus librement.

— Tu vas te gausser, lui confia-t-elle un jour, mais je dois t'avouer que j'ai lu le *Tableau de l'amour conjugal* chez ma tante.

Il éclata de rire.

— Ah, ce brave docteur Venette ! C'est donc lui qui m'a épargné de laborieuses explications. Ouvrage vieilli d'un point de vue médical, mais populaire à juste titre, et maintes fois réédité.

Ce devrait être une lecture obligatoire pour toute fille à marier. Procure-t'en un exemplaire si tu le souhaites. Une bibliothèque a besoin d'être constamment enrichie. N'hésite pas à acheter tous les livres que tu veux pour compléter la nôtre.

La nôtre. Il lui parlait aussi de *son* pianoforte. Elle était frappée par ces expressions. La maison de l'île lui appartenait, à lui seul, mais il donnait à entendre à Yolande qu'elle y était chez elle. Il lui remettait le premier de chaque mois une bourse de louis d'or, « pour ses menus caprices », bien davantage que l'oncle Tardieu aurait pu obtenir par contrat de mariage.

Et il la couvrait de présents en toute occasion. Elle possédait désormais plusieurs montres, chacune avec sa châtelaine, l'une émaillée de roses et de feuillages, une autre à rayures serties de perles minuscules, mais la préférence de Yolande allait toujours à celle de sa corbeille de noces. Contrairement à certaines élégantes, elle n'en arborait jamais deux à la fois, trouvant ridicule cette sorte d'affectation.

Pour le reste, Paul, qui détestait l'ostentation, lui offrait des bijoux légers, finement ciselés, des boucles d'oreilles, des bracelets, des pendentifs. Jamais de bagues, car, disait-il, une épouse ne devait porter à ses doigts que l'anneau qui la liait à son mari.

Le mois d'août ramena le jeune couple à La Danerie pour un séjour fort agréable de trois semaines. Paul fit découvrir à Yolande la campagne dans la plénitude de l'été, les poulains nouveau-nés aux écuries, la blondeur des blés constellés de coquelicots et de bleuets, le labeur joyeux des moissons, les méridiennes des paysans éreintés à l'ombre des haies. La maîtresse de maison, qui lui avait demandé de l'appeler *mère*, semblait enchantée de sa jeune belle-fille.

Bottée, en culotte et chemise d'homme, Yolande perfectionna ses talents d'écuyère au cours de promenades avec son mari dans la fraîcheur des bois de La Danerie. Souvent ils mettaient pied à terre, attachaient les montures à un arbre, s'allongeaient sur le gazon des clairières pour échanger baisers et caresses, puis, brûlants de désir, se remettaient en selle pour rejoindre au galop la maison.

Les trois Tournay furent conviés à dîner au château de Soissy, tout proche, chez le baron et la baronne d'Aigremont, que Yolande avait aperçus avec leurs filles en accompagnant sa belle-mère à la messe. L'invitation, sitôt reçue, fut déclinée par un billet d'une ligne.

— Il est vrai qu'ils se donnent des airs assez dédaigneux, dit-elle, un peu surprise de la sécheresse de la réponse. C'est dommage, le château a belle allure depuis la route, ç'aurait été l'occasion de le visiter.

— Mère et moi le connaissons, répondit Paul, et j'ai juré de n'y jamais remettre les pieds. Nous avons naïvement accepté l'hospitalité de ces gens-là l'an dernier, croyant qu'ils cherchaient à rattraper des années d'affronts pour nouer enfin des relations de bon voisinage. Cependant, en arrivant à Soissy, nous avons découvert que nous étions placés à la table de service, à l'office, avec le régisseur et la gouvernante des demoiselles ! Tandis que les châtelains recevaient leurs nobles invités à la salle à manger. Mère a voulu rester jusqu'à la fin du repas pour éviter un esclandre, mais j'étais d'avis de déguerpir immédiatement.

— Quelle insolence ! s'écria Yolande.

— C'était leur manière de nous faire sentir la différence de rang, dit mère. Je crois qu'il y a aussi une part de jalousie là-dedans, car il se dit dans le pays que leurs finances ne sont guère brillantes. Ils mènent grand train, à la cour, à Soissy, à Paris, sans en avoir les moyens. Ne regrettez rien, Yolande, nous nous amuserons mille fois mieux ici. Je donnerai ce soir-là une fête pour les domestiques et les familles de métayers, comme j'ai coutume de le faire tous les étés pour célébrer la fin des moissons.

Elle inclina la tête en souriant gentiment.

— Ce sera l'occasion de vous présenter à ces braves gens, ma chérie. Ne soyez pas timide, ils sont impatients de faire votre connaissance, et tout le monde sera de joyeuse humeur. Nous aurons un bal aux flambeaux, que vous ouvrirez avec Paul. On vous a appris à danser au couvent, n'est-ce pas ?

— Oui, nous avions un maître à danser qui venait toutes les semaines au parloir, sous la surveillance de deux religieuses.

Elle se leva, tenant ses jupes du bout des doigts, et fit une gracieuse révérence de menuet à Paul.

— Ce sera la première fois que je mettrai en pratique ces leçons. Je suis ravie que soit avec monsieur mon époux.

Il se leva à son tour pour faire un pas en arrière et s'incliner devant elle.

— Tu m'en vois fort heureux. Des prémices que j'aurai grand plaisir à cueillir.

Les préparatifs allèrent bon train. Le grand jour venu, Yolande, qui tenait à lui faire honneur à son mari, avait demandé à sa belle-mère de l'aider à choisir sa toilette : une simple robe de soie blanche, garnie de rubans verts. Une guirlande de roses et de jasmin couronnait la masse de ses boucles blondes, et les gouttes de ses perles tremblaient à ses oreilles.

Quand ces dames descendirent au salon, le visage de Paul s'éclaira à la vue de sa femme.

— Ta mise est ravissante, elle rehausse ta grâce naturelle. Tu vas charmer tout le monde ce soir.

Elle sentit des larmes lui piquer les yeux. Quelques mois plus tôt, elle n'avait été qu'un laideron, une pauvre fille rejetée par ses parents, et pourtant cet homme avait perçu en elle une beauté avant lui ignorée, il l'avait prise comme compagne de sa vie, et maintenant il faisait d'elle la reine de cette fête.

Il lui offrit le bras, qu'elle serra de toutes ses forces, et ils rejoignirent leurs invités dans la douce lumière du crépuscule. Des torches flambaient sous le hangar de la charreterie, où l'on avait mis en perce des barriques de cidre et de vin, et où un cochon de lait rôtissait à la broche, emplissant l'air d'une odeur pénétrante de viande grillée. Des saucisses, des bûches de fromage frais, des mottes de beurre, des miches de pain accueillaient les convives sur des planches posées sur des tréteaux. Dans le verger, des lampions accrochés aux branches des pommiers éclairaient deux ménétriers, perchés sur une table. Des chants rustiques, braillés à plein gosier, noyaient les sons aigrelets des violons.

Les paysans, rasés de frais, dans leur blouse bleue des jours de fête, se pressaient autour de Yolande et Paul pour lever un verre à leur santé et leur offrir, avec force clins d'œil, leurs bons vœux de nombreuse postérité. Il les remerciait en riant de grand cœur, leur serrait la main, leur tapait sur l'épaule, se penchait vers son épouse rougissante pour lui poser des baisers sur la joue. Il semblait plus heureux qu'elle ne l'avait jamais vu. Débordante de gratitude, elle l'adorait.

À la nuit tombée, il la mena sous les pommiers pour la première danse. Ils furent suivis de madame Tournay mère, dont le partenaire était un métayer, et des autres couples.

Après le bal, les jeunes époux se couchèrent, un peu grisés, un peu las, et s'unirent tendrement, longuement, passionnément, avant de s'assoupir aux premières lueurs de l'aube dans les bras l'un de l'autre. C'était la véritable célébration de leurs noces.

CHAPITRE 8

Yolande, sur les conseils de sa tante, tenait un calendrier méticuleux de ses règles. À son retour à Paris début septembre, elle s'aperçut qu'elles accusaient du retard. Paul l'avait donc rendue mère à La Danerie, dans la chambre jaune où elle était devenue sa femme quelques mois plus tôt. La nuit de la fête champêtre, espérait-elle. Elle se demandait si, au même moment, de petits paysans avaient aussi été conçus dans les métairies.

Les âcres odeurs de Paris, auxquelles elle s'était auparavant habituée, lui soulevaient le cœur. Tous les matins, écrasée d'une lassitude qu'elle n'avait jamais connue, elle devait se forcer à se lever avec son mari. Après son départ, elle allait se recoucher pour une courte sieste. Pourtant, elle ne pouvait se résoudre à aborder le sujet avec lui. Il n'avait jamais fait allusion à la possibilité d'une grossesse, ne semblait même pas envisager l'idée qu'ils auraient un jour des enfants. En serait-il contrarié ? À l'amour sans bornes qu'elle lui vouait se mêlait toujours un peu de frayeur.

Par un après-midi ensoleillé d'octobre 1781, alors qu'elles prenaient le thé au grand salon, Yolande confia à sa tante le trouble qui la remuait tout entière. Son ventre était devenu sensible et les poussées de son mari, quand elles se faisaient plus fougueuses à l'approche du grand plaisir, semblaient pénétrer plus avant en elle. L'ampleur de ses seins l'avait obligée à commander de nouveaux corsages.

— Il faut que tu te masses la gorge avec de l'huile d'amande douce matin et soir, dit madame Tardieu. Pour éviter les vergetures. Et tu en feras de même sur ton ventre quand tu commenceras à grossir de ce côté-là aussi. Tournay n'a donc rien remarqué ? C'est étonnant de la part d'un mari attentif, d'un chirurgien, qui plus est.

— Oh, si ! il s'en est aperçu. Il en est fort content, il dit que le mariage me réussit, que je suis en train de prendre mes formes de femme.

Madame Tardieu haussa les épaules.

— Le mariage te réussit, en vérité ! Puisqu'il semble résolu à nier l'évidence, il est temps que tu lui parles franchement, et pas de la taille de tes seins. Il faut lui dire quand il te fait mal, et il devra se montrer un peu plus doux avec la toute jeune épouse qui porte son enfant.

— Les hommes se fâchent-ils quand leur femme devient grosse ?

Tante Sophie reposa sa tasse sur le guéridon et jeta un regard soucieux à sa nièce.

— Pourquoi voudrais-tu qu'il se fâche ? A-t-il des raisons de penser que votre union ne portera pas fruit ? Se retire-t-il ? Tu es au fait de ces choses, n'est-ce pas ?

Yolande l'était, grâce à *Thérèse philosophe*, roman libertin que lui avait recommandé Paul, et qu'elle avait dévoré d'une traite. Elle se mit à rougir violemment.

— Il jouit au plus profond de moi. Sauf pendant mes règles, quand il change d'habitudes. Et il exerce ses droits sans faute tous les soirs, souvent plusieurs fois, et aussi quand il me réveille durant la nuit.

— Eh bien ! à ce train-là, la seule surprise est qu'il ne t'ait pas engrossée plus tôt. Tu vas lui donner son premier enfant au bout d'un an de mariage, et d'autres suivront. C'est le cours naturel des choses. À quoi d'autre pouvait-il s'attendre ? Me caches-tu quelque chose, ma chérie ?

— Non, ma tante, rien du tout.

— Alors, il faut lui en parler, pour l'amour du ciel !

Ce qui était moins facile que madame Tardieu semblait le penser. Il faudrait attendre le moment propice. Yolande, agitée par un vague pressentiment, contemplait par la fenêtre la vue splendide de la Seine.

Paul emmena sa femme à l'inauguration de la nouvelle salle de l'Académie royale de musique, près de la barrière Saint-Martin, pour assister à la première d'*Adèle de Ponthieu* de Piccinni. Il prenait toujours une petite loge, car il détestait côtoyer des inconnus au parterre. Elle préférait faire sa grande annonce dans un lieu public, et l'occasion ne pouvait être plus favorable : le petit dauphin tant attendu, Louis-Joseph, venait de naître à Versailles le 22 octobre 1781, onze ans après le mariage de ses parents. La liesse populaire ne connaissait pas de bornes : des inconnus s'embrassaient dans les rues de Paris et, la nuit, maisons, jardins et monuments étaient illuminés.

Ce soir-là, Yolande, ses perles aux oreilles, étrennait une robe vert pomme sur laquelle se détachaient les volants frissonnants de ses dentelles, et elle avait piqué de minuscules roses de soie blanche dans sa chevelure. Son mari, avant leur départ, lui avait déclaré qu'il ne l'avait jamais vue si jolie, appuyant la sincérité de son compliment par une série de baisers sur son décolleté devenu voluptueux.

Adèle de Ponthieu, dont l'action se déroulait au Moyen Âge, comprenait d'agréables ballets et des scènes pittoresques, mais Yolande était trop préoccupée pour admirer la cérémonie d'adoubement ou s'intéresser aux infortunes de l'héroïne. Elle attendit le tomber du rideau à la fin du premier acte pour saisir la main de son époux. Alors qu'elle lui annonçait la grande nouvelle d'une voix haletante, le futur père la dévisageait d'un air ébahi. Il retrouva vite son sang-froid et lui sourit. Elle s'était inquiétée pour rien, il ne semblait pas le moins du monde fâché.

— J'en serais enchanté, mais attendons quelque temps avant de nous laisser emporter par nos espoirs. Tu n'as que seize ans, Yolande. À ton âge, les menstruations ne sont pas encore régulières, un retard d'un mois ne veut rien dire.

— Mais les miennes ont toujours été régulières. Et j'ai presque deux mois de retard.

— Tu dois faire erreur dans tes calculs, mon amour. Je ne vois aucune raison de t'inquiéter.

Elle reconnut le ton calme et sans appel dont il usait pour signifier qu'une discussion était close. Il n'avait jusque-là montré aucun signe d'humeur, mais elle sentait qu'il eût été périlleux d'insister, et plus encore d'évoquer l'inconfort qu'elle éprouvait parfois dans leurs relations intimes. Désolée de son échec, mais soulagée de s'être libérée de son secret, elle prit le parti de ne plus aborder le sujet. Le rideau se leva, son mari lui baisa tendrement la main, qu'il garda dans la sienne, et elle s'efforça de tourner son attention vers le duel chevaleresque qui se jouait pour l'honneur de la belle Adèle.

Sa grossesse n'en suivait pas moins son cours. Bien qu'une nouvelle couleur, un brun jaunâtre dénommé *caca dauphin*, fût devenue fort à la mode, la seule idée des excréments donnait la nausée à Yolande, et elle évitait de porter des habits de cette teinte.

Tante Sophie lui apportait la layette qu'elle avait commencé à coudre. Yolande, qui n'avait jamais possédé de poupée, et ne s'était amusée avec celle de Marianne qu'en cachette de maman, acheta un petit coffre recouvert de soie peinte dont les motifs de jeux d'enfants l'enchantaient. Après le départ de sa tante, elle se plaisait à y ranger pendant des heures les langes, les bavoirs, les minuscules bonnets et chemises, à les plier et les déplier, goûtant par anticipation les joies de la maternité. Elle savait que le berceau de famille se trouvait au grenier, et regrettait de ne pouvoir le faire descendre dans ce qui avait été la chambre d'enfant de Paul.

Vers la fin du mois de novembre, après le départ de la chambrière, elle s'apprêtait à se coucher quand, assis sur une chaise pour enlever ses bas, son époux allongea le bras pour l'arrêter.

— Viens donc te montrer, ma femme.

Sans se lever, il rapprocha un chandelier qui se trouvait sur le guéridon et troussa la chemise de nuit de Yolande jusqu'aux seins. Hochant la tête d'un air pensif, il palpa le ventre qui commençait à gonfler et suivit du bout des doigts la ligne brun clair qui était apparue depuis le nombril jusqu'au triangle de duvet blond. Il demeurait silencieux, elle frissonnait, le moment décisif était venu.

— Voilà qui est charmant ! dit-il enfin avec un profond soupir. Quand as-tu eu tes dernières règles ?

— Le premier août. Je t'en avais parlé à l'Opéra.

— Ah ! J'ai dû t'engrosser l'été dernier à La Danerie.

— Tu n'es pas fâché ?

— Certainement pas contre toi, ma pauvre chérie. C'est ma faute. J'aurais dû t'enseigner les précautions en même temps que le reste, ou du moins user des miennes, mais j'ai trop de plaisir à te prendre au naturel. Pour ma peine, je vais me retrouver père au printemps.

Il l'embrassa longuement sur le ventre et reprit :

— Cela devait arriver. N'aie crainte, je vais me faire à cette idée.

Il se leva pour la prendre dans ses bras et la porter au lit, où il se montra particulièrement tendre et prévenant. Rassurée, elle se blottit contre lui.

Les Tournay convièrent les Tardieu et l'abbé Fournier à dîner la veille de Noël. Yolande, qui allait avoir dix-sept ans le lendemain, portait désormais des casaquins à décolleté plissé et des robes à ceinture coulissante pour accommoder ses rondeurs naissantes. L'oncle lui jeta des regards appuyés et, durant le repas, décocha nombre de compliments salaces au maître de maison, qui les reçut avec une louable patience. Elle eût aimé assister à la messe de minuit à Saint-Louis-en-l'Isle, mais son mari le lui avait interdit en raison de l'heure tardive et du risque de neige.

Depuis qu'il avait admis la grossesse de son épouse, Paul en semblait ravi. Délaissant la réserve dont il faisait d'ordinaire preuve hors de la chambre à coucher, il la prenait par la taille, lui baisait les mains en toute occasion, même devant les domestiques. Comme l'avait prédit tante Sophie, le mariage avait apporté à Yolande l'oubli des chagrins du passé. Elle se sentait en sûreté dans son foyer, choyée par son époux, et l'enfant qu'elle portait, conçu l'année de son mariage, serait le premier-né d'une nouvelle famille.

Son bonheur était néanmoins assombri par l'idée que Marianne était revenue à la maison Raynal pour la Noël. La misère de l'année précédente revenait tarauder Yolande. La petite, qui avait atteint ses quinze ans, devait enfin avoir eu ses premières règles, et l'on pouvait espérer que père se préoccupait de lui choisir sans plus tarder un époux. Avec sa dot, les prétendants n'allaient pas manquer, et elle pourrait se marier d'un jour à l'autre. Pourtant, les lettres de maman à madame Tardieu n'en faisaient point état. Personne à Saint-Flour ne voyait-il pas qu'il était urgent de l'arracher aux griffes de Bernard ? Yolande ne pouvait se défaire d'une affreuse prémonition.

Deux jours après Noël, tante Sophie arriva à la maison Tournay, les mains vides pour une fois, essoufflée, l'air désemparé.

— Oh ! ma chérie, un grand malheur est arrivé.

Les jambes brisées, Yolande se laissa tomber dans le fauteuil le plus proche.

— Marianne ?

— La pauvre enfant est tombée dans l'escalier. Elle s'est rompu le cou. Ta maman m'a écrit. Elle s'est précipitée quand elle a entendu un grand cri. Trop tard, Marianne était déjà morte.

Yolande ferma les yeux. Marianne, qui redoutait la Bête, pourtant abattue des années auparavant, mais ne prêtait jamais attention à leur frère, qui rôdait autour d'elle à la maison Raynal. Marianne, sautillant joyeusement dans l'escalier de pierre sombre de la tour, usé en son milieu par des siècles de pas. Bernard, se glissant derrière elle, ou tapi à l'affût, donnant la poussée fatale. Le petit corps fluet gisant dans un amas de jupes noires au bas des marches.

C'en était fait de cette courte vie. Yolande aurait pu éviter cette horreur si elle avait été plus prudente l'année précédente. Une vague d'angoisse, de colère, de haine la submergea. Ses parents, ces misérables, n'avaient rien fait pour protéger leur benjamine. Il ne leur restait plus que leur précieux fils : le fauve s'était défait de ses deux sœurs, l'une après l'autre.

Une douleur aiguë lança Yolande dans le bas du dos. Son ventre se contractait comme si une main brutale le pétrissait. Sa tante dut la rattraper pour l'empêcher de tomber. Sans la lâcher, elle appela à grands cris les servantes et envoya chercher Paul. Peu de temps après, le visage crispé, il arrivait au chevet de sa femme, accompagné du docteur Leroy.

Pendant qu'il lui maintenait les épaules d'une poigne de fer, l'accoucheur retroussait calmement les jupes, écartait les cuisses, criait aux servantes d'apporter de l'eau chaude et une pile de serviettes. La douleur qui cassait le dos de Yolande devenait intolérable, et bientôt elle sentit un flux continu s'écouler d'elle, suivi d'une sorte de caillot solide, mou, gluant. Le docteur Leroy montra à Paul quelque chose dans les serviettes.

— Fausse couche sans complications : le sac gestationnel a été expulsé tout entier. Elle s'en remettra vite.

Après s'être rincé les mains dans une bassine, il tapota l'épaule du mari.

— Allons, pas de cet air morose ! Laissez-la se reposer quinze jours, puis allez-y de bon cœur. Ce sera le meilleur moment, avant son retour de couches. Jeune et saine comme elle est, elle pourrait bien vous donner un héritier avant la fin de la nouvelle année.

Le déchirement dans les entrailles de Yolande devenait moins vif, l'écoulement s'amenuisait jusqu'à devenir un filet. La femme de chambre, le nez pincé, s'était éclipsée avec des serviettes tachées de rouge vif.

Yolande passa les jours suivants dans une sorte de torpeur. La teinte profonde des rideaux du lit lui rappelait le sang de sa fausse couche, la lourdeur du velours l'oppressait comme le poids du deuil. Tous les après-midi, sa tante apportait son tricot et s'asseyait en silence à son chevet ; la nuit, Paul dormait à son côté dans un lit de sangles qu'il avait fait porter dans leur chambre.

Yolande se demandait si le docteur Leroy avait déterminé le sexe du pauvre petit, s'il s'était tu de crainte de lui causer de la peine. Elle n'osait en parler à son mari, mais s'imaginait que l'enfant avait été une fille. Elle sentait le fantôme de Marianne voleter autour d'elle, pitoyable comme un oiseau à l'aile brisée. Si elle devenait à nouveau grosse, l'âme de sa sœur assassinée viendrait nicher dans son ventre pour s'unir à l'enfant et renaître avec lui. Marianne avait emporté le premier bambin dans la mort, mais elle serait l'ange gardien du second. Yolande savait que ces idées étaient absurdes, voire sacrilèges, mais elles n'en continuaient pas moins de la hanter. Elle appellerait ce nouvel enfant Marianne, si c'était une fille, ce qu'elle espérait, et sinon Marc, l'équivalent masculin le plus proche et l'un des noms de baptême de Paul.

Deux semaines après sa fausse couche, alors que son mari s'asseyait sur le lit pour lui souhaiter la bonne nuit d'un baiser sur le front, elle lui jeta les bras autour du cou. Le meilleur moment, avait dit le docteur Leroy.

— Paul, reste donc, je t'en prie.

— En es-tu sûre ?

— Oh, oui ! je me sens parfaitement bien. J'ai très envie de toi.

Ses lèvres cherchèrent avidement celles de son mari, elle écarta les pans de sa robe de chambre, souleva sa chemise pour lui découvrir le ventre, le caressa. Il poussa un long gémissement, se dévêtit en un instant et la rejoignit sous les draps.

Il passa cette nuit-là, et toutes les suivantes, auprès d'elle. Le lit de sangles était reparti au grenier. Yolande recouvra vite ses forces, mais, à sa grande joie, ses règles ne revenaient pas.

Une nuit de février, après les étreintes conjugales, elle voulut se confier à Paul, mais, inquiète de sa réponse, ne trouvait pas ses mots. Souriant, il s'accouda sur l'oreiller.

— Tu as quelque chose à me dire, ma femme.

Elle prit une grande inspiration.

— Paul, je crois que je suis enceinte, je le sens.

— Il me semblait avoir remarqué certain retard, mais j'attendais que tu m'en parles.

— Tu es content ?

— Je suis plus que content, mon cœur. Je me suis fait à l'idée de devenir père, et, du reste, la grossesse te rend délicieuse, à prendre comme à regarder. J'aurai grand plaisir à voir mûrir en toi le fruit de ma virilité.

Il lui prit le menton et lui posa un long baiser sur les lèvres.

Tante Sophie, promptement informée, alla reprendre dans le petit coffre la layette qu'elle avait déjà cousue, pour la rapporter brodée de minuscules monogrammes *MT*.

CHAPITRE 9

Les festivités de la naissance du petit dauphin battaient encore leur plein et l'hiver était la saison des bals masqués, mais Yolande ne devait pas y prendre part. Si, par beau temps, Paul l'emmenait en promenade aux Tuileries ou au Luxembourg, il lui interdisait la danse, les sorties tardives, les foules, où elle pourrait être bousculée ou attraper la grippe, ce fléau des hivers parisiens. Même la grand-messe du dimanche, trop fréquentée, ne trouvait pas grâce à ses yeux et il lui avait enjoint de limiter ses dévotions aux vêpres, où les seuls fidèles étaient quelques vieilles femmes.

Tante Sophie avait expliqué à sa nièce que ces précautions n'étaient pas inhabituelles, surtout après une fausse couche, et Yolande, ravie de sa grossesse et terrifiée à la pensée de perdre ce nouvel enfant, suivait volontiers toutes les instructions de Paul.

S'il devait travailler tard, elle avait l'ordre de ne pas l'attendre et d'aller se coucher sans faute à dix heures. Elle n'aurait pas songé à lui désobéir, mais, les yeux grands ouverts dans l'obscurité, dévorée de jalousie, elle voyait se succéder des scènes d'une précision insoutenable : son époux étreignant une femme, très belle, qui, elle, n'avait pas la taille épaissie par la grossesse. Une heure ou deux passaient dans des tourments si vifs qu'ils touchaient presque à la jouissance. Puis, sitôt qu'elle entendait le claquement de la porte d'entrée, le pas vif dans l'escalier, elle lui pardonnait son infidélité, éperdument reconnaissante de ce qu'il daignât lui revenir. Il la rejoignait au lit, la prenait dans ses bras, caressait le ventre qui s'arrondissait, la grondait gentiment de ne pas s'être endormie, et sa présence suffisait à balayer toute ombre de soupçon. Les larmes venaient aux yeux de Yolande, de joie, de soulagement, de remords à l'idée d'avoir douté un seul instant de lui. Elle ne le méritait pas.

Elle dormait désormais serrée contre lui, pour retrouver en lui le réconfort et la chaleur oubliés du ventre de sa mère. Une tendresse charnelle, un désir ardent, une gratitude passionnée l'unissaient désormais à l'homme qui s'était donné à elle pour lui faire cet enfant, qui l'enveloppait de ce bonheur paisible. Au long de cette seconde grossesse, elle se mit à l'aimer plus que jamais.

Quand il rentrait assez tôt pour souper avec elle, ils passaient la soirée au coin du feu, à jouer au piquet, qu'il lui avait appris, tout en causant de leurs projets pour l'enfant. S'il devait travailler à un article ou à une présentation pour l'Académie, il n'allait plus s'enfermer dans son cabinet de travail, mais s'installait avec ses papiers, une robe de chambre passée par-dessus son gilet, à une petite table au salon, tandis qu'elle lisait.

Ils discutaient des idées de feu Rousseau, en particulier de son *Émile, ou de l'éducation*, ouvrage que Paul admirait et comptait utiliser comme guide. Yolande avait adopté certaines de ses opinions, même si elle trouvait étrange qu'un homme qui s'était, disait-on, débarrassé de tous ses rejetons aux Enfants-Trouvés, eût la prétention de prodiguer des conseils aux autres parents.

Elle ne voulait pour rien au monde se séparer de son bambin, comme maman l'avait fait avec elle. Elle l'allaiterait, l'élèverait, et plus tard son père deviendrait son précepteur. Paul, ayant lui-même été nourri par sa mère, approuvait tout cela. Yolande se peignait des scènes de félicité domestique, inspirées de l'*Émile*: lui, attendri, penché par-dessus l'épaule de sa femme pendant que le petit prenait le sein, l'amour mutuel des parents encore resserré par celui qu'ils porteraient tous deux à leur enfant.

— Autant j'approuve les idées de Rousseau sur l'allaitement maternel, dit-elle, autant son mépris des femmes me révolte. Il pense qu'on ne doit nous apprendre qu'à plaire aux hommes, à les dorloter, à les servir. Pour lui, nous ne devons être que de jolies imbéciles, et il préfère même que nous ne soyons pas trop jolies, notre imbécillité lui suffit. Ses idées sur l'instruction des filles, sous couvert des lois de la nature, auxquelles il fait dire ce qu'il veut, ne sont qu'un dépoussiérage de préjugés éculés.

Paul sourit.

— Je ne te vois pas souvent si animée au sujet d'un écrivain. Tu as raison sur ce point, Yolande. Si nous avons une fille, je suis d'avis qu'on ne se contente pas de lui enseigner les arts d'agrément, mais qu'elle apprenne aussi, comme l'a fait mère, les sciences, l'histoire, et les langues modernes, l'anglais à tout le moins.

— Tu n'enverrais donc pas notre petite au couvent ? Tu ne me séparerais pas d'elle ?

— Je n'y songerais pas. Tu serais, malgré ton jeune âge, mieux à même de diriger son éducation qu'une bande de vieilles filles confites en dévotion. D'autant, je n'en doute pas, que tu prendrais conseil de mère.

— Certainement.

— Cependant, si Rousseau se trompe lourdement sur l'instruction féminine, je souscris sans réserve à ses vues sur d'autres questions, notamment sur l'importance respective des devoirs de fidélité des deux sexes. L'adultère d'un homme est certes déplorable...

— Tu le penses vraiment ? demanda-t-elle avec vivacité.

— Yolande, as-tu jamais douté de moi ?

Elle rougit, honteuse de ses crises de jalousie, qu'elle n'aurait jamais osé lui avouer.

— Non, mon amour, jamais.

— Pour en revenir à l'adultère, celui d'une femme est un crime qui doit être puni avec la dernière sévérité. L'un de mes confrères vient d'obtenir une lettre de cachet pour faire enfermer son épouse volage dans un couvent. C'est ce que font la plupart des maris dans sa situation, par discrétion. Pour ma part, j'aurais traduit cette garce en justice, et me serais assuré qu'elle subisse toute la rigueur de la loi. Voilà qui ferait réfléchir à deux fois les femmes tentées de violer la foi conjugale.

— Et que prévoit la loi ?

— D'abord, deux ans de couvent, à l'issue desquels le mari a le choix de la reprendre. S'il refuse – et quel homme accepterait de reprendre une femme infidèle ? – la scélérate est tondue et conduite à la maison de force de la Salpêtrière pour y finir ses jours. J'y suis allé l'autre jour pour suturer le visage d'une empoisonneuse qui avait été attaquée à coups de tessons lors d'une rixe avec ses compagnes. On avait fait appel à moi car je suis considéré comme assez adroit dans ce domaine. C'est un lieu de pénitence et d'infamie : ces femmes, toutes condamnées à perpétuité, en robe de bure et sabots, leur crâne rasé couvert d'un méchant bonnet de laine, cousent des chemises quinze heures par jour dans un dortoir glacial. C'est là aussi qu'elles couchent, entassées à six par grabat, dévorées de vermine. J'ai dû exiger du premier chirurgien le transfert provisoire de la patiente à l'Hôtel-Dieu, car elle n'aurait jamais guéri de ses lacérations à la Salpêtrière, dans cette crasse dont tu n'as pas idée.

Yolande gémit, se tenant le ventre à deux mains sous son ample casaquin de satin blanc.

— C'est donc là qu'on enferme les femmes adultères ? Avec des meurtrières, des voleuses et autres criminelles ? Quel châtiment atroce !

— Les femmes adultères, ne l'oublie pas, sont aussi des criminelles, et leur châtiment, si dur soit-il, est pleinement mérité. À mes yeux, la chasteté d'une épouse est encore plus importante que la virginité d'une fille. Comme l'explique fort bien Rousseau, la perfidie d'une femme infidèle sape les fondements de la société, elle détruit les liens naturels de la famille, elle conduit l'infortuné mari à élever de misérables petits bâtards.

— Ainsi donc, si tu me soupçonnais d'adultère, tu serais prêt à m'ensevelir toute vive dans ce tombeau ?

Il vint s'agenouiller devant elle.

— Pardonne-moi, je n'aurais jamais dû te parler de cet endroit affreux, de ces femmes immondes. Mon pauvre petit cœur, je ne te soupçonne de rien, je n'éprouve pas le moindre doute sur ta fidélité, je sais que l'enfant en ton sein est mien. Laissons donc ce brave Rousseau à ses écrits, puisque nous sommes d'accord sur le point essentiel : tu souhaites allaiter notre petit, et je m'en réjouis.

Dix heures sonnèrent à la pendule du salon, il se releva et lui tendit la main.

— Assez de cette discussion, qui te bouleverse pour rien. Il est l'heure de nous coucher.

Elle chérissait la minuscule créature qui poussait en elle, *le petit de Marianne*, comme elle l'appelait en son for intérieur. Elle avait redouté le cap des quatre mois, où elle avait perdu son premier bambin, mais le second le franchit sans encombre. Le printemps se déroulait non moins tranquillement que l'hiver. Le jour où les gazettes annoncèrent la victoire de la marine royale en baie d'Hudson lors de la guerre d'indépendance américaine, Yolande poussa une exclamation à laquelle répondit immédiatement le premier coup de pied, vigoureux et soudain, de l'enfant. Seules ombres à sa félicité, les regards inquiets que lui lançait son mari.

— Tu n'en es qu'à ton sixième mois, ma chérie, mais tu as un ventre de femme prête à accoucher. Je vais faire venir Leroy.

Yolande, en chemise, avait dû se soumettre, sous les yeux de son mari, à un examen atrocement minutieux. Le médecin sourit à Paul.

— Parfait ! Pas d'hydropisie dans les jambes ou les pieds, pas de dépôts adipeux. Pas même l'ombre d'une vergeture aux seins ou à l'abdomen. Madame Tournay respire la santé. Mais vous avez raison, l'enfant est énorme à ce stade de la grossesse, surtout pour un premier-né, et je n'exclus pas des couches avant terme. Appelez-moi si vous avez le moindre souci.

Non seulement Yolande sentait-elle le bambin donner d'énergiques coups de pied, mais elle le voyait changer gauchement de position, comme irrité de l'étroitesse croissante de sa demeure. Son ventre de mère était devenu une sorte d'étagère qui soutenait deux seins majestueux, d'un blanc veiné de bleu. Un soir, elle montra à Paul cinq bosses minuscules, bien alignées.

— Les orteils, dit-il en souriant.

Par contraste, les membres de Yolande n'en paraissaient que plus fins, comme les pattes d'un insecte géant. Paul se montrait toujours prévenant et attentionné au lit, et semblait même prendre plaisir aux nouvelles formes de son épouse.

Juillet amena une chaleur pesante. Madame Tournay mère écrivit à sa belle-fille pour l'inviter à passer le reste de l'été à La Danerie. Le calme et la fraîcheur de la campagne lui feraient le plus grand bien, disait-elle, et Paul les rejoindrait autant qu'il le pourrait, au moins le dimanche.

Yolande, effarée à l'idée de s'éloigner de lui, même brièvement, se força, la mort dans l'âme, à lui montrer la lettre le soir même. L'obéissance absolue à son époux lui était devenue une seconde nature. Malgré le chagrin d'une séparation et la morsure impitoyable de la jalousie, elle aurait ravalé ses larmes et serait partie à La Danerie sans un murmure s'il en avait décidé ainsi. Aussi accueillit-elle avec le plus grand soulagement son arrêt :

— Je sais que l'invitation part d'un sentiment affectueux, dit-il gravement, mais il n'est pas question que tu prennes le risque d'enfanter dans la voiture ou au bord de la route. Ni que tu sois entre les mains d'une sage-femme de campagne, hors de ma présence de surcroît, pour des couches prématurées. Je regrette de décevoir mère, mais nous resterons à Paris tout l'été.

La taille de l'enfant devenait aussi oppressante que la chaleur, car il semblait pousser tous les viscères de Yolande hors de son chemin. Elle ne pouvait plus respirer profondément et son estomac ne contenait que de minuscules quantités de nourriture.

Tout début octobre, elle perçut une sorte de vague qui lui secouait les entrailles, comme si son ventre était prêt à se rompre, à lâcher sa charge. Quand elle baissa les yeux, elle vit que le renflement avait baissé d'un demi-pied. Paul expliqua que l'enfant s'était déplacé, prêt à naître tête première, un excellent signe.

Quelques jours plus tard, peu après minuit, Yolande réveilla son époux. Elle avait senti un jaillissement entre ses cuisses, suivi de douleurs dans le dos, d'abord sourdes, puis atroces et de plus en plus rapprochées. Leroy arriva sans tarder, accompagné d'un jeune homme qu'il présenta comme son élève le plus prometteur. Il examina la situation, enleva son habit, retroussa ses manches, se lava les mains jusqu'au coude. Il surprit Yolande en introduisant l'un de ses bras en elle, comme si c'eût été la chose la plus naturelle du monde. Madame Tardieu, qu'on avait envoyée quérir en hâte, causait à sa nièce de tout et de rien avec une gaieté forcée. Les servantes se tinrent toute la journée à la porte, prêtes à aller chercher de l'eau chaude et des serviettes.

À la nuit tombée, les douleurs s'étaient atténuées, leur rythme ralenti. Le docteur Leroy, avec de grands gestes, chuchotait à l'oreille de Paul. Yolande était tenaillée par la soif, la faim, épuisée. *Femme grosse a un pied dans la fosse,* si l'on en croyait le dicton, et la sienne semblait s'ouvrir pour la recevoir. Elle se tourna vers sa tante et désigna la table de chevet.

— Mon chapelet est dans le tiroir. Auriez-vous la bonté de le réciter pour moi ?

Les grains glissaient entre les doigts vifs de madame Tardieu, et les *Ave Maria* se succédaient sans relâche, apportant paix et réconfort. Paul, haussant les épaules, détournait le regard.

Leroy attendit la fin du rosaire pour introduire à nouveau son bras dans le ventre sa patiente. Il prit le mari à part près de la cheminée. Yolande surprenait des mots terribles, prononcés à mi-voix. *Aucun progrès... détresse... césarienne... l'enfant... sauver la mère... les fers...* Paul acquiesça de la tête, puis ordonna à madame Tardieu et aux servantes de quitter la pièce. Yolande trembla en voyant Leroy extraire de sa mallette une paire de longues pinces incurvées, aux extrémités arrondies, qu'elle reconnut sans peine grâce aux planches du *Tableau de l'amour conjugal*. Les forceps. C'était donc ce qui allait leur arriver, à elle et à son petit.

Paul et l'étudiant, tous deux en bras de chemise, saisirent chacun l'une des jambes de Yolande et la tirèrent jusqu'au pied du lit, tandis que Leroy se tenait entre eux, forceps en main. Elle se mit à hurler, secouée de convulsions, quand elle sentit une série de fortes tractions la déchirer tout entière. Son mari, blême, le visage crispé, lui donna une rude claque sur l'intérieur de la cuisse.

— Vas-tu donc te tenir tranquille ?

— Assez, Tournay ! s'écria Leroy. Avez-vous perdu l'esprit ?

Elle tourna des yeux effarés vers l'homme qui était responsable de son état et qui pourtant l'avait frappée alors qu'elle était entièrement à sa merci. La brûlure persistait sur la peau délicate de sa cuisse tandis que le dépeçage se poursuivait en elle. Le geste avait tout changé, il l'avait calmée, détachée de la vie, libérée de la volonté de se battre. À quoi bon, puisque Paul ne l'aimait plus ? Son corps tout entier se relâcha, elle glissait dans un monde blanc, sans relief, où il n'y avait ni douleur, ni peur, ni angoisse. Au contraire, c'était un lieu de parfait bonheur. Marianne était là, ses yeux sombres brillants d'allégresse, ses cheveux noirs lui tombant dans le dos, elle souriait, dansait, lui faisait signe de la rejoindre tout en fredonnant de sa voix pointue sa chansonnette favorite :

Promenons-nous dans les bois,
Pendant que le loup y est pas.
Si le loup y était
Il nous mangerait,
Mais comme il y est pas,
Il nous mangera pas.

Elle avait attendu sa grande sœur pendant neuf mois, et la mort les réunissait enfin. La voix du docteur Leroy, pressante, semblait venir de très loin.

— Madame Tournay, je vous en prie ! Restez avec nous.

Qu'importait ? Tous les bruits s'estompèrent, le paysage blanc était à présent constellé de petites taches de toutes les couleurs, qui rebondissaient joyeusement. Marianne était partie, mais elle allait reparaître d'un moment à l'autre. Yolande attendrait son retour. Elle était heureuse, libre, tranquille, elle n'avait aucune envie de retourner dans le monde des vivants, d'affronter Paul et Leroy, la colère et la douleur. On lui secouait l'épaule avec force.

— C'est fini, madame Tournay. Réveillez-vous ! Vous avez un enfant magnifique.

Les paupières de Yolande papillonnèrent.

— Une fille ?

— Le plus beau garçon que j'aie mis au monde. Vous avez manqué son premier cri.

Madame Tardieu, de retour dans la chambre, lui tendait un paquet vagissant, enveloppé de flanelle blanche, de laquelle émergeait une masse de cheveux noirs. Les yeux bleu pâle étaient ceux du père, mais le visage du nourrisson était celui de Yolande, avec des pommettes saillantes, à peine meurtries par les forceps. Encore étourdie, elle le reconnut et, roucoulant, se hâta de dénouer sa chemise. Il s'attacha goulûment à son sein pour le premier repas de sa vie.

Paul, après avoir raccompagné Leroy, qui riait bruyamment, revint se poster à son chevet. Il avait remis son habit. Devant cet homme impeccablement vêtu, debout devant elle, elle se sentait indécente, demi-nue, bestiale, dans sa chemise ouverte, tachée de sang et de sueur, son enfant à son sein. Paul les enveloppa d'un long regard froid.

— Comment te sens-tu ?

— Bien...

— Parfait. Repose-toi.

Il s'en fut. C'était donc tout. Il ne l'avait pas embrassée, ne lui avait pas souri, ne lui avait pas même pressé la main, il n'avait prêté aucune attention à son fils nouveau-né. Elle comprit alors que ce serait son fils à elle, à elle seule. Les rêves d'amour partagé pour l'enfant n'étaient qu'une cruelle illusion, brisée en quelques secondes.

Chapitre 10

Marc Alexandre Paul Tournay, né le 10 octobre 1782, fut baptisé deux jours plus tard en l'église Saint-Louis-en-l'Isle. Le parrain était l'abbé Fournier, la marraine la grand-mère paternelle, venue de La Danerie pour l'occasion. Elle apporta à son filleul un hochet de vermeil et vint embrasser tendrement sa belle-fille qui, comme d'usage, n'assista pas à la cérémonie et qui, au reste, gardait toujours le lit. Paul était parti s'installer dans la petite chambre qu'il avait occupée enfant, et Yolande le voyait peu.

Une légère fièvre persistait après les couches. Désolée, la jeune mère contemplait son ventre vide et flasque, la peau flottant autour d'elle comme un vêtement trop ample. Chaque inspiration, chaque mouvement réveillaient des blessures profondes, tiraient sur des chairs meurtries. Elle ne trouvait de réconfort qu'en la pression vigoureuse, presque douloureuse, de la bouche de son enfant, la caresse de ses petites mains sur sa poitrine.

Elle n'avait que dix-sept ans, elle était forte, elle avait son fils, et sa tante venait tous les après-midi s'extasier de la beauté et la précocité de Marc. Les marques des forceps avaient disparu du visage du nourrisson, et il montrait un appétit vorace pour le sein de sa mère, dont il manifestait un déplaisir extrêmement bruyant à être séparé. En un mois, les bonnets et chemises cousus par madame Tardieu étaient devenus trop justes.

Quarante jours après la naissance, dans la seconde moitié de novembre, Yolande, tenant son fils dans ses bras, accompagnée de la marraine et de tante Sophie, se rendit à Saint-Louis-en-l'Isle pour ses relevailles. Après s'être agenouillée, cierge en main, au pied de l'autel de la Sainte Vierge, elle allait reprendre le cours de sa vie d'épouse. Une fois la brève cérémonie terminée, ces dames revinrent dîner. Yolande n'avait guère d'appétit : Paul lui avait demandé de se tenir prête pour la visite du docteur Leroy l'après-midi même. Elle monta à la chambre dès le départ de sa tante et de sa belle-mère pour se dévêtir.

En chemise et jupon, elle allaitait Marc lorsqu'elle reconnut des voix d'hommes dans l'escalier, et se raidit à l'idée de ce qui l'attendait. La bonne lui enleva l'enfant, qui s'empourpra et se mit à hurler à pleins poumons. Leroy arrêta la servante et, à la surprise de Yolande, déposa un gros baiser sur le front du bambin vagissant, ce que le père n'avait jamais fait.

— Félicitations, Tournay ! un garçon magnifique que vous avez là. On dirait un enfant de quatre mois. Maintenant, voyons comment se porte votre charmante épouse.

Yolande s'allongea en silence sur le lit. Ses jupes furent troussées, ses cuisses écartées, il y eut bien des étirements, des pincements, et enfin Leroy adressa un large sourire au mari.

— Tout est en ordre. Un rétablissement étonnamment rapide après des couches comme les siennes. Hématome résiduel assez important, qui se résorbera complètement en trois ou quatre semaines. Les lacérations ont bien cicatrisé, mais tout va rester sensible pendant quelques mois. Madame Tournay doit être impatiente de reprendre ses devoirs, et je n'y vois aucune objection.

Voilà ce que Yolande avait craint. La peau de son ventre s'était retendue et, à l'œil nu, elle ne portait aucune marque visible de ses couches, excepté l'ampleur de ses seins. Elle se sentait néanmoins mutilée, irrémédiablement abîmée par ce qu'on lui avait fait, et la froideur de Paul aggravait son malaise.

Elle tremblait ce soir-là lorsque la bonne d'enfants s'éclipsa avec Marc et que son mari la rejoignit au lit. Le courage lui manqua. Elle se jeta dans ses bras.

— Paul, donne-moi cinq minutes, je t'en supplie.

— *Cinq minutes* ? Après que j'ai attendu cinq semaines ?

Elle n'avait aucune excuse pour se dérober et s'allongea, tendue et raide, se mordant le bras pour étouffer un cri et atténuer la douleur. La chair était à vif, la peau comme arrachée, les nerfs exposés. Pire, elle redoutait que tout ce qui avait à peine commencé à guérir se déchirât à nouveau, que le trou béant entre ses cuisses se rouvrît pour laisser échapper un flux irrépressible qui la viderait de sa vie.

Se rappelant la rapidité avec laquelle elle était tombée enceinte après sa fausse couche, Yolande était paralysée à l'idée d'une nouvelle grossesse. Sa détresse semblait enflammer Paul, attiser la férocité de sa convoitise, aggraver la rudesse de la possession qu'il prenait d'elle. Elle se recroquevillait à ses approches, et, loin de retrouver le plaisir de jadis, se mettait à trembler dès qu'il la touchait.

Un soir de décembre, il se retira brusquement au milieu de leur étreinte pour la secouer par les épaules.

— Je n'en peux plus de tes pleurs ! J'en ai fini avec toi. Fini ! Et je ne supporte plus la vue de ce marmot toujours collé à ton sein comme une sangsue !

Il la repoussa sur l'oreiller, passa sa robe de chambre et s'en fut. Elle entendit claquer une porte à l'étage supérieur et supposa qu'il avait regagné sa chambre d'enfant.

Le lendemain matin, la cuisinière lui remit un billet.

> *Je ne veux plus jamais te voir approcher de mon lit. Tu diras aux servantes de porter tes effets dans la chambre de mère dès aujourd'hui.*

Paul informa son épouse qu'il la dispensait désormais de se lever pour déjeuner avec lui, ce dont elle éprouva un soulagement certain. Ils ne se voyaient plus qu'à souper. Il rentrait tard presque tous les soirs, et, quelle que fût l'heure à laquelle il faisait son apparition, son humeur était invariablement maussade. La jalousie de Yolande ne ressemblait pas à celle qu'elle avait éprouvée durant sa grossesse, quand elle l'attendait au lit, certaine de son retour prochain, de son affection. Il ne restait plus que la tristesse d'avoir failli, la perplexité de s'être égarée, sans même s'en être rendu compte, sur les sentiers de l'amour.

Installée dans l'ancienne chambre de sa belle-mère, elle essayait néanmoins de se convaincre que Paul se lasserait de sa maîtresse. Un soir où elle ne s'y attendrait pas, il lui prendrait la main, l'inviterait de nouveau à partager son lit, radouci dans ses sentiments, moins brutal dans ses étreintes. Elle devrait simplement se montrer patiente, attendre que la liaison s'essoufflât d'elle-même.

Et peu à peu, elle sentait qu'elle se remettait de ses couches, elle n'éprouvait plus de tiraillements menaçants dans les entrailles, les chairs blessées redevenaient lisses et douces. Elle se prenait à rêver à un nouvel enfant, une petite Marianne, la fille qu'elle avait tant voulue.

Marc grandissait, un géant parmi les nourrissons, et ses cheveux, tombés à l'âge de six mois, avaient repoussé, encore plus drus et tout aussi noirs. Enchantée, Yolande le regardait se traîner à quatre pattes sur le tapis, puis apprendre à se tenir debout en s'agrippant à ses jupes, pour retomber aussitôt sur son séant en riant aux éclats ; elle entendit avec délices son premier *maman*. Son existence tournait autour de son fils, elle n'éprouvait plus qu'indifférence pour les divertissements qui l'avaient autrefois occupée, les visites de tante Sophie étaient les seules qu'elle accueillît avec plaisir. Pour sa part, Paul se désintéressait des progrès de l'enfant, dont il semblait ignorer jusqu'à l'existence.

Un soir où il n'avait pas envoyé de billet à Rosalie, Yolande attendait pour une fois son mari à l'heure ordinaire du souper.

En conséquence, elle avait porté une attention particulière à sa chevelure et choisi sa robe la plus élégante, une moire vert d'eau. Un petit trèfle d'or émaillé, suspendu à un long ruban noir, retombait entre ses seins. Un présent de lui jadis. Il rentra plus tôt que prévu, pour être accueilli au salon par une scène inaccoutumée : sa femme, et auprès d'elle, son fils, dans les bras de sa bonne, à laquelle il avait été confié de crainte qu'il bavât sur le joli corsage de sa maman. Ignorant Yolande, Paul jeta un long regard à l'enfant, qui examina l'inconnu avec une franche curiosité et lui tendit hardiment ses petits bras. Le père ne sourit pas, n'eut aucun geste affectueux. Yolande l'avait cru simplement indifférent, mais il semblait irrité. Elle s'empressa de faire signe à la servante d'emmener Marc.

Paul, qui, pendant tout le repas, était resté coi et avait évité le regard de sa femme, se retira bientôt dans son cabinet de travail. Elle hésita une vingtaine de minutes, seule au salon, puis alla frapper timidement à sa porte, le cœur battant. Après une courte pause, il la pria d'entrer.

En deux ans et demi de mariage, elle n'avait jamais pénétré dans cette pièce. Son époux était assis à son bureau, plume à la main, des feuilles de papier étalées devant lui.

— Que viens-tu faire ici ? Tu vois que je suis occupé.

Yolande inspira profondément, prit un tabouret à côté du bureau et saisit avec douceur la main libre.

— Paul...

Elle sentit les doigts se recroqueviller à son toucher.

— Paul, pardonne-moi de t'interrompre, mais écoute-moi une minute. Juste une minute. Je sais que je t'ai contrarié par mes réticences après la naissance de Marc. Essaie de comprendre. Tu ne peux te figurer combien c'était douloureux, j'étais transie de peur. Je me sens bien mieux à présent.

— Excellente nouvelle. Ces choses-là s'arrangent toutes seules au bout d'un moment.

— Maintenant, j'aimerais... si tu le souhaitais... être de nouveau ta femme. Il y a plus d'un an... Tu me manques. Te souviens-tu comme nous étions heureux jadis ?

Il dégagea sa main.

— As-tu perdu la raison ? Tu *es* ma femme, tu le seras toujours. Mais tu m'as repoussé par tes grimaces quand je te désirais encore. À présent, je ne veux plus de toi. À quoi t'attendais-tu ?

Elle se leva d'un bond, saisie d'une sorte de convulsion, les bras croisés sur la poitrine. Elle avait mûrement réfléchi à cette conversation, avait redouté d'être rejetée de la sorte. Le seul choix qui lui restait, sauf à renoncer, était mortifiant.

— Paul, je sais que tu as une... une autre femme. Je ne te fais aucun reproche, je ne te demande pas de te défaire d'elle, je continuerai de l'accepter tranquillement. Cependant, puisque tu me considères toujours comme ton épouse, reviens-moi, ne serait-ce qu'une nuit ou deux par semaine. Je me contenterai du peu que tu m'accorderas. Oh, Paul, je t'en supplie...

Il jeta la plume sur le bureau, éclaboussant d'encre les feuillets, et se leva à son tour, le souffle court, les dents serrées.

— Qu'est-ce que ces absurdités ? M'as-tu entendu ? *Je – ne – veux – plus – de – toi*, dit-il en détachant chaque mot. T'es-tu regardée dans une glace ces derniers temps ? Une véritable guenon ! Et ton odeur... tu empestes le lait ! Crois-tu que j'aie envie de m'accoupler avec une vache ?

Elle reculait, effarée, les yeux écarquillés.

— Es-tu contente de m'avoir obligé à te dire cela ? Tu as ton fils, n'est-ce pas ? Cela ne te suffit-il pas ? Fais-moi le plaisir de ne plus jamais aborder ce sujet.

Elle se couvrit la bouche des deux mains, sans parvenir à étouffer une longue plainte, et s'enfuit. Sa robe verte, comme empoisonnée, la brûlait, lui collait à la peau. Dans sa chambre, elle se délaça tant bien que mal et arracha corsage et jupes, qu'elle jeta sur le tapis. Tremblant de colère et de chagrin, elle sonna la femme de chambre pour qu'elle l'en débarrassât et lui amenât Marc. Elle avait son fils, en effet, et cela devrait lui suffire. Il n'y aurait pas d'autre enfant.

Marc, enveloppé de tendresse, oublieux de l'existence de son père, atteignait ses dix-huit mois. Madame Tardieu, qui avait perdu ses quatre bambins à cet âge, était fascinée par son petit-neveu. Elle jetait néanmoins des regards inquiets à Yolande, dont la taille, rendue à sa légèreté initiale dans les mois qui avaient suivi ses couches, recommençait à s'épaissir.

— Ma chérie, je ne sais comment te le dire... Marc est magnifique, il respire la santé, mais je m'inquiète pour toi. Pardonne-moi d'être si franche, mais je te vois manger tout ce chocolat, ces marrons glacés, cette guimauve...

— J'en ai besoin pour mon lait.

— Tu vas te gâter les dents, que tu as si jolies ! Et tu ne portes plus que ces robes de mousseline informes.

— C'est la reine qui les a mises à la mode. Souvenez-vous de ce beau portrait d'elle par madame Le Brun que nous avons admiré au Salon, l'été dernier.

— Tout le monde s'en est gaussé, on plaisantait qu'elle s'était fait peindre en chemise, il a fallu retirer le tableau de l'exposition. Et puis, nous ne parlons pas de la reine, mais de toi.

— Ces robes ont la bonté de ne pas me trop rappeler combien j'ai changé.

— Et tes cheveux, tes beaux cheveux ! Tu ne sembles plus prendre aucun plaisir à les coiffer. Pense à ton mari !

— Mon mari ? Je ne vous répéterai pas ce qu'il m'a dit, mais il ne veut plus de moi. Je n'ai pas su le garder. Jamais plus il ne me touchera.

— Yolande, ne dis point cela ! Il te reviendra un jour, tu peux en être sûre. Pour l'instant, il est vrai que sa conduite ne lui fait pas honneur. Délaisser ainsi sa toute jeune épouse et son beau petit garçon !

Elle s'arrêta pour réfléchir.

— Il ne t'emmène plus au théâtre ni à l'Opéra, n'est-ce pas ? Qu'importe, ma chérie, nous irons ensemble aux matinées. Tu ne me parles plus de ces dames que tu fréquentais au début de ton mariage. Tu n'as pas d'amies, tu ne vois personne d'autre que moi, en fait. Cela te fera le plus grand bien de sortir un peu.

— Vous êtes fort bonne, ma tante, mais je ne puis laisser Marc à la maison. Il a besoin de ses tétées.

— Yolande, Marc a toutes ses dents ! Il boit du lait dans sa tasse, il grignote des biscuits, il commence même à se servir de sa cuiller pour manger sa bouillie. Combien de temps encore vas-tu lui donner le sein ?

Yolande évitait son reflet dans le miroir, et avait donné la robe de moire verte à la chambrière, avec l'instruction de ne la porter à la maison sous aucun prétexte. Elle ne s'humilierait plus en essayant de paraître séduisante aux yeux de son mari.

Elle accueillait désormais Paul dans des peignoirs boutonnés jusqu'au cou, et avait soin de ne pas l'approcher, de crainte de l'incommoder par son odeur bovine. À dix-neuf ans, elle était vieillie avant l'heure, telle une plante flétrie par un coup de gel précoce, tandis qu'il était toujours aussi bel homme. Quelle sotte elle avait été de penser qu'il pourrait encore la désirer ! Résignée, elle ne ressentait même plus de jalousie.

Elle se souvenait des débuts de leur mariage, comment, autrefois, ils avaient frémi à l'unisson. Désormais, elle le dégoûtait, il la méprisait. Il devait même la haïr pour lui avoir dit des choses si blessantes. Cela pouvait sembler étrange, mais c'était en vérité fort simple, d'une manière déchirante : l'amour meurt inévitablement, tout comme les hommes qui le ressentent, mais bien plus tôt.

Chapitre 11

Tante Sophie proposa à sa nièce d'assister à la première de *La Folle Journée, ou le Mariage de Figaro*, de Beaumarchais. Pendant des années, la pièce avait été interdite par la censure, ce qui, disait-on, n'avait pas empêché la reine de la jouer avec ses familiers dans son petit théâtre de Trianon. Après diverses révisions par l'auteur, elle allait enfin être représentée en public ce 27 avril 1784. Yolande sentait renaître son amour pour les spectacles, oublié depuis ses couches.

Le matin de la première, elle reçut un billet de sa tante, qui se trouvait indisposée et, sur le conseil de l'oncle, devait garder la chambre. Un peu troublée à l'idée d'aller seule au Théâtre-Français, Yolande décida néanmoins de commander la voiture. Cependant, en apercevant par la portière les imposantes colonnes de la façade, elle eut un geste de dépit : une foule houleuse se bousculait alentour, bloquant l'accès à tous véhicules. Elle renvoya le cocher pour continuer à pied, mais elle pensa se faire piétiner. Les gens, hurlant à pleins poumons, en venaient aux mains devant les guichets, qu'il était impossible d'approcher. Les grilles, les portes, les fenêtres semblaient prêtes à céder sous la poussée de la populace. Découragée, elle s'apprêtait à rebrousser chemin lorsqu'une femme, mise avec élégance, l'arrêta par le bras.

— Oh non, ma chère, je vous en prie, ne partez pas !

L'inconnue, une brune aux yeux sombres, une demi-tête de moins que Yolande, la regardait d'un air enchanté.

— Qui êtes-vous ? Vous êtes ravissante ! Cette chevelure ! Vos lèvres... celle du haut avec son délicieux arc de Cupidon, celle du bas voluptueuse...

La première impression de Yolande fut que la femme déraisonnait ou se moquait d'elle. Elle essaya de se dégager, mais l'autre tenait bon.

— Non, non, non, je ne vous lâcherai pas ! Vous voulez voir la pièce, n'est-ce pas ? Eh bien, vous la verrez !

Deux laquais en livrée, gaillards solidement bâtis, jouaient des coudes pour frayer un chemin aux deux dames parmi la cohue qui se refermait aussitôt derrière elles, bloquant la fuite de Yolande.

La femme l'entraîna par la main, franchit l'entrée des artistes et monta à l'étage, où elle frappa à une porte. Sans attendre de réponse, elle pénétra dans une loge et désigna du doigt une jeune actrice en peignoir qui appliquait son rouge à l'aide d'un petit pinceau et leva à peine la tête.

— Belle inconnue, dit-elle à Yolande, je vous présente mademoiselle Doze, qui jouera le rôle de la servante Fanchette, cousine de la fiancée de Figaro. Elle a l'obligeance de me prendre sous sa protection jusqu'au début du spectacle. En attendant, j'ai fait apporter une collation. Qu'en dites-vous ?

Elle désignait fièrement une table pliante, couverte de viandes froides, de gâteaux, de pyramides de pêches et de brugnons.

— Merveilleux, n'est-ce pas ? Et vous, ma chère, qui êtes-vous ?

Yolande fronça les sourcils.

— Qu'en est-il de vous, madame ? C'est vous qui m'avez amenée ici, sans même m'en demander la permission.

— Ne dirait-on pas que je vous ai enlevée ! Mais vous avez raison, j'oubliais mes manières, à supposer que j'en aie jamais eu. Je suis la marquise de Préval. Camille pour mes intimes, donc pour vous. Et votre nom ?

— Yolande Tournay.

— Yolande, c'est absolument charmant !

— Madame Tournay, je vous prie.

— Vos manières sont bien ennuyeuses, *madame Tournay*, mais si cela peut vous faire plaisir... Et où habitez-vous ?

— Dans l'île Saint-Louis. Et vous ?

— Rue du Bac, à l'hôtel de Préval, bien sûr. Et vous êtes mariée ! Pourtant vous n'avez pas vingt ans, j'en suis sûre.

Yolande, flattée, ne put s'empêcher de sourire.

— Ces questions ne sont-elles pas impertinentes ? demanda-t-elle.

— Sans doute, mais j'ai gagné le droit d'être impertinente. Sans moi, vous n'aviez pas la moindre chance de voir la pièce. L'un de mes amis, le comte de Mézenge, qui se joindra peut-être à nous, a l'amabilité de me prêter sa loge. Il ne m'en voudra nullement si je la partage avec une personne aussi exquise que vous.

— Vous devrez m'excuser, je ne puis me montrer en public en compagnie de parfaits inconnus.

— Justement, je ne suis plus une inconnue ! Et ne vous inquiétez pas, c'est une petite loge, avec son entrée privée et une grille, que nous garderons baissée. De la sorte, nous ne manquerons rien de la pièce, et personne ne nous verra. Êtes-vous rassurée, timide créature ?

Yolande observait de plus près la marquise. Agréable visage fardé, un peu trop rond, le nez un peu large, la bouche petite, de beaux yeux vifs, un sourire engageant, d'énormes diamants aux oreilles, une jolie gorge mise en valeur par une robe de soie d'un bleu argenté, une couleur appelée *suie des cheminées de Londres*. Elle devait avoir une trentaine d'années, à peu près l'âge de Paul. Yolande, sans autres ornements que son anneau de mariage et quelques fleurs dans les cheveux, se sentait mal à l'aise dans sa simple robe de mousseline blanche.

La femme discourait sans répit de la pièce, de l'auteur, de la cour, du roi, de la reine, mais c'était l'insistance de son regard qui fascinait Yolande. Paul l'avait dévisagée ainsi, il y avait bien longtemps. Pressée par la marquise, elle but plusieurs coupes de champagne pour accompagner la collation. Elle avait perdu l'habitude du vin, et les bulles lui taquinaient agréablement le palais, faisaient fondre sa réserve, lui déliaient la langue.

Quand une cameriste fit son apparition, l'actrice laissa glisser à terre son peignoir, se montrant sans façon en bas et chemise. Elle se fit lacer dans un costume censé figurer celui d'une servante en Espagne, où se déroulait l'action : justaucorps brun fort échancré, gansé d'argent, jupe jaune descendant à mi-jambe. La marquise saisit à nouveau la main de Yolande et l'entraîna dans un escalier, puis dans un couloir qui menait à une petite loge surplombant la fosse d'orchestre. Elle s'empressa d'abaisser la grille.

— Voilà, ma douce amie, qu'en dites-vous ? Ne sommes-nous pas parfaitement à l'aise ici ? Oh... regardez qui est là, et dans une loge ouverte !

La marquise pointait du doigt un homme corpulent, qui ressemblait fort au roi, en habit de satin gris brodé.

— Le comte de Provence, frère de Sa Majesté. Après que le roi avait dit que la pièce ne pourrait être jouée tant que la Bastille serait debout ! Si vous voulez mon avis, c'est un défi pur et simple. On dit que Leurs Majestés s'attendaient à un échec retentissant, mais vous avez vu cette cohue...

Madame de Préval laissa échapper un petit rire de satisfaction et fit asseoir Yolande à ses côtés.

— Oh, ma chérie, je suis si heureuse d'être ici, si heureuse de vous avoir rencontrée, d'avoir le plaisir de votre compagnie.

Le rideau se leva, et Yolande se laissa captiver par la pièce, qu'elle trouva d'abord légère et charmante. Figaro, valet du comte Almaviva, s'apprêtait à célébrer son mariage avec Suzanne, femme de chambre de la comtesse, quand il apprenait avec horreur que son maître avait l'intention de déflorer la promise avant la nuit de noces.

Au milieu du premier acte, la marquise, sans quitter la scène des yeux, saisit la main de Yolande, l'attira dans les plis de ses jupes soyeuses pour en caresser la paume, la porta à ses lèvres. Les baisers remontaient le long du poignet, à l'intérieur de l'avant-bras, jusqu'au coude. Yolande ferma les yeux. Ces familiarités étaient inconvenantes, surtout de la part d'une femme qu'elle connaissait à peine, mais les caresses réveillaient le souvenir de plaisirs oubliés depuis plus d'un an. Elle s'abandonnait à Camille, dont les doigts chargés de pierreries se déplaçaient sur le côté de son cou, puis le long de sa gorge, pour descendre jusqu'au plus profond du décolleté.

Les choses allaient trop loin, trop vite. Ses seins de nourrice étaient sensibles, elle n'aimait pas le sourire de la marquise, qu'elle trouvait condescendant, elle méprisait son étalage de bagues étincelantes, qui appelait l'attention sur des doigts assez courts et épais. Sans un mot, Yolande repoussa la main intruse. Les attentions de la marquise, tout agréables qu'elles fussent au premier abord, étaient totalement déplacées, et, de surcroît, elles l'empêchaient de consacrer à la pièce l'attention qu'elle méritait.

Sur scène, Figaro excoriait la noblesse : *La fortune, le rang, la position, tout cela vous rend si fiers ! Qu'avez-vous fait pour mériter tant d'avantages ? Vous avez pris la peine de naître, rien de plus*. À la stupéfaction de Yolande, madame de Préval riait aux larmes. Ne voyait-elle pas que ces propos s'appliquaient à elle ? Il n'était pas étonnant que le roi eût été indigné par la pièce et en eût interdit la représentation pendant des années. Figaro continuait : *Seuls les petits hommes ont peur des petits écrits*. Le public accueillait ces tirades par des trépignements d'enthousiasme, des acclamations assourdissantes. Ce n'était pas une comédie, c'était une collection de diatribes d'une audace fulgurante. Dès le tomber du rideau, la dernière chanson achevée dans un tonnerre d'applaudissements, la marquise s'empara à nouveau de la main de Yolande.

— Qu'en avez-vous pensé, ma chère ? C'était merveilleux, n'est-ce pas ?

— Oui, j'ai trouvé la pièce d'une hardiesse inouïe, et elle m'a émue aussi. Ce mari blasé, infidèle, qui revient, repentant, se jeter aux pieds de son épouse...

— Cela vous a émue, vraiment ? Eh bien, pas moi ! Si mon mari tient à se jeter quelque part, je préfère que ce ne soit pas à mes pieds.

— Nous n'aurons pas le temps d'échanger plus avant nos impressions. Je vous remercie de votre obligeance, et dois vous quitter.

— Oh, non, pas déjà !

Yolande se dirigeait d'un pas ferme vers le petit couloir. Camille se leva en hâte pour la suivre et lui jeta les bras autour de la taille. La rencontre de leurs lèvres se transforma en un baiser pressant, profond. La réminiscence de pareilles caresses tourbillonnait autour de Yolande, lui donnait le vertige, lui faisait éprouver une puissante secousse. Cette inconnue la désirait comme son mari jadis. C'était fort étrange, fort inattendu, fort plaisant aussi.

— Yolande chérie... Je vous attendrai au magasin de modes de madame Georgelin, rue des Arcis. Mardi, dans une semaine, à trois heures. N'ayez crainte, ma toute belle, nous serons très, très prudentes. Oh, je vous en supplie, soyez-y !

Yolande s'enfuit. Qu'avait-elle fait ? Que s'apprêtait-elle à faire ? Dans le fiacre qui la ramenait chez elle, ses seins engorgés commençaient à la tourmenter, ils devaient fuir dans les coussinets qu'elle portait sous sa chemise. Elle était mariée, mère d'un bambin, et pourtant elle avait laissé une étrangère la caresser, l'embrasser, éveiller son désir, et elle y avait trouvé une grande volupté.

À la maison, Marc tendit les bras à sa maman. Roucoulant, elle le serra contre son cœur et le berça doucement. Lorsqu'il chercha avidement son sein, elle recula en se rappelant le champagne qu'elle avait bu. On disait qu'une nourrice qui buvait du vin ou des liqueurs pouvait rendre l'enfant ivrogne. Comment avait-elle pu oublier si complètement qu'elle était mère ?

— Louise, faites tiédir du lait. Monsieur Marc est sevré.

La bonne la dévisagea sans un mot et se rendit promptement à la cuisine.

Paul était rentré à temps pour son souper habituel, au cours duquel il se montra, comme à l'accoutumée, morose et peu disert. Yolande se retira dans sa chambre dès la fin du repas, passa un déshabillé et s'installa dans un fauteuil près de la cheminée. Marc, après avoir maugréé un moment quand elle lui avait de nouveau refusé le sein, s'était endormi dans son berceau. Elle était plongée dans la lecture des *Lettres angloises, ou Histoire de Miss Clarisse Harlove* : enlèvement, séquestration, viol, maladie fatale, rien n'était épargné à la tragique héroïne. Un cliquetis la fit sursauter : la porte ouvrant sur la chambre de Paul. Elle était toujours fermée à clé, personne n'ayant l'occasion de l'ouvrir. La poignée bougea à nouveau, plus fortement, puis il y eut un coup sec, une voix courroucée :

— Yo-LANDE !

La seconde syllabe, sur un ton plus fort, se détachait de la première comme si la colère étranglait Paul à mi-chemin. Elle courut ouvrir, son mari se tenait devant elle en robe de chambre écarlate, l'air sévère. Ce n'était manifestement pas une visite amoureuse. Souhaitait-il voir leur fils ? Tout aussi improbable. Avait-il deviné que quelque chose d'inhabituel s'était passé ce jour-là ? Elle ne fit aucun geste pour l'inviter à entrer, mais il pénétra néanmoins dans la pièce et, après avoir fait quelques pas, jeta un regard circulaire autour de lui.

— Il paraît que tu as sevré Marc. Je n'arrive pas à y croire ! Je pensais que tu attendais qu'il parte au collège.

Rosalie, bien sûr, avait jaboté après souper. Les yeux glacés de Paul ne quittaient pas Yolande.

— Veux-tu m'expliquer pourquoi tu n'as pas jugé bon de m'en parler ?

Elle entendit des gémissements provenant du berceau et, de crainte de réveiller l'enfant, baissa la voix :

— Je pensais que tu ne t'en souciais pas.

— Tu te trompes, répondit-il sur son ton habituel, je me soucie au plus haut point de mon fils, et de tout ce qui se passe chez moi. Puisque tu as sevré Marc, je ne vois plus aucune raison pour qu'il dorme avec toi. Tu lui feras préparer ma chambre d'enfant. Il y couchera dès demain.

D'instinct, elle se rapprocha du berceau.

— Certainement, balbutia-t-elle. Il y fera ses siestes au début, pour s'y habituer, et au bout de quelques semaines...

— Tu ne m'as pas entendu ? Il y couchera *demain*.

Elle ravala ses larmes inutiles. Paul ne se laissait jamais fléchir par des pleurs, du moins ceux de sa femme. Elle s'attendait à ce qu'il s'en allât, mais son regard était toujours fixé sur elle avec une intensité douloureuse.

— Pourquoi cette porte était-elle fermée à clé ? demanda-t-il.

Elle se tut de peur de révéler le tremblement de ses lèvres et de sa voix.

— Dois-je me répéter ? Est-ce toi qui l'as fermée à clé ?

— Je ne m'en souviens pas, je suppose que oui.

— Pourquoi ?

— Je l'ai fait sans réfléchir. Je ne pensais pas que tu voudrais venir ici.

— Je suis maître chez moi. Je peux pénétrer partout dans cette maison, en particulier dans ta chambre, comme je l'entends, sans avoir à frapper, sans que tu me fasses attendre comme un visiteur importun.

Il s'empara de la clé, qui disparut dans sa poche.

— Bonne nuit, Yolande.

Frissonnante, elle contemplait Marc, la poitrine qui se soulevait doucement sous la couverture, les petits poings fermés, les cils noirs, si longs qu'ils projetaient des ombres sur les joues rebondies. C'était la dernière nuit que l'enfant passerait avec elle.

La clé en elle-même était sans importance: Paul n'aurait eu aucun mal à forcer la porte d'une simple poussée de l'épaule. Mais désormais, il pourrait s'introduire dans la chambre de Yolande sans bruit, sans avertissement. Une menace terrifiante.

Pendant quelques jours, les seins de Yolande restèrent engorgés au point qu'elle pouvait à peine mouvoir ses bras. Immobilisée, elle avait tout loisir de réfléchir à ses choix. Les derniers couplets du *Mariage de Figaro* lui revenaient:

Si un mari est infidèle,
Il s'en vante, et tout le monde rit;
Si sa femme cède à un caprice,
S'il l'accuse, elle est punie.

Yolande se souvenait de sa conversation d'autrefois avec Paul sur le châtiment des femmes adultères. Il ne se contenterait pas d'une lettre de cachet, il se montrerait implacable. Elle se voyait séparée de Marc, emmurée à perpétuité à la Salpêtrière, partageant la misérable existence sans espoir de criminelles.

Et au-delà la crainte de la punition, et même de celle du péché, l'adultère qu'elle était tentée de commettre lui semblait une souillure irrémédiable sur son mariage. Les mots du confesseur lui revenaient: «Conservez-lui une fidélité absolue.»

Cependant, une liaison avec une autre femme, au cours de laquelle aucune grossesse n'était à redouter, était-elle vraiment un adultère? Camille et Yolande deviendraient amies, amies très chères, à peine plus qu'amies. Les amies ne s'embrassaient-elles pas, ne se caressaient-elles pas, ne se déshabillaient-elles pas l'une l'autre? C'était, disait-on, ce que la reine faisait avec la duchesse de Polignac quand elles se retiraient dans leur intimité à Trianon.

Chapitre 12

La semaine suivante fut empreinte de malaise et de confusion. Yolande, en dépit de ses efforts, et à sa grande surprise, était incapable de se remémorer le visage de l'entreprenante marquise. Pourtant, elle se rappelait avec une parfaite clarté sa robe, ses bijoux, ses mains, ses propos, mais ses traits ne lui revenaient que furtivement, par bribes, pour se brouiller de nouveau. Cherchait-elle à se protéger de la tentation, à échapper à celle dont la rencontre l'avait si fort émue ? Était-elle capable d'éprouver du plaisir avec une femme ? Et, du reste, que lui ferait exactement Camille ? Cependant, au fil des jours, les doutes s'estompaient, balayés par la curiosité, et le désir devenait plus intense.

Yolande fit une fausse confidence à madame Tardieu, déjà remise de son indisposition :

— Figurez-vous, ma tante, que j'ai retrouvé par hasard à la première de *Figaro* une amie, perdue de vue depuis la naissance de Marc. Elle a une loge à la Comédie-Italienne et m'a aimablement offert de m'y emmener tous les mardis. Je suis tentée d'accepter.

— Accepte donc, ma chérie ! Tu vois, j'avais raison : tu avais besoin de sortir un peu pour reprendre goût à la compagnie et aux spectacles. Je suis ravie que ce soit arrivé si vite.

— Je n'ose en parler à Paul de peur qu'il me l'interdise. Je pourrais lui raconter que je viens chez vous, si vous aviez la bonté d'appuyer mes dires.

— Bien sûr, j'appuierai tout ce que tu voudras. Ton mari t'a honteusement délaissée depuis plus de dix-huit mois, et à présent il te défendrait de partager quelques heures de plaisir innocent avec une amie ?

Yolande, en embrassant affectueusement sa tante, se sentit un pincement au cœur à l'idée de lui mentir ainsi.

Le jour dit, elle sauta dans un fiacre et rejoignit le magasin de modes de la rue des Arcis. Camille y était ostensiblement plongée dans l'examen de bobines de rubans. Elle était en fait extrêmement jolie. Radieuse, elle prit Yolande par la main, comme elle l'avait fait au théâtre, poussa la porte de l'arrière-boutique, et s'empressa de la mener par un escalier étroit jusqu'à une petite chambre.

Yolande vacilla en apercevant les murs nus, d'une couleur indéfinissable, le satin d'un blanc douteux qui drapait le lit, le jour maladif qui suintait de la fenêtre, le bidet de faïence ébréchée. La vulgarité du lieu l'arrêtait : c'était donc là que la marquise avait coutume d'abriter ses liaisons, car ce n'était certainement pas la première. Elle songea au vaste appartement jaune à La Danerie, avec ses tentures ensoleillées, sa vue sur le bassin octogonal et l'allée de tilleuls. Et maintenant, dans cette pièce lugubre, louche, elle demeurait interdite à l'idée d'une telle déchéance. Mais Paul l'avait chassée à jamais du monde où elle avait connu un bonheur trop bref, et la vie ne lui offrirait désormais que des aventures triviales. Mieux valait en prendre son parti.

Camille avait fermé la porte, poussé le verrou, le moment n'était plus aux hésitations. Le cœur battant, Yolande s'assit sur le lit tandis que la marquise s'agenouillait devant elle pour lui enlever ses chaussures, relever ses jupes, dénouer ses jarretelles, baisser ses bas. Elle saisit l'un des pieds de Yolande pour une longue série de baisers qui partaient de la cheville, remontaient la jambe, s'attardaient langoureusement à l'intérieur de la cuisse, pour atteindre enfin les tendres plis, d'un rose nacré de coquillage, cachés au milieu du duvet pâle. Yolande se laissa glisser à la renverse sur les oreillers. Elle ferma les yeux tandis que sa peau s'éveillait à la caresse longtemps oubliée des doigts, des lèvres, de la langue. Elle sentit le picotement exquis, presque douloureux, annonçant le point de non-retour, qu'elle ne chercha pas à retarder, et compta les vagues successives qui la secouaient. Sept... Femme à nouveau.

Yolande s'était attendue à être bourrelée de remords, mais au contraire, elle se laissait griser par la joie des jours les plus longs de l'année, le parfum des marronniers en fleurs aux Tuileries, la douceur de l'air, l'espoir de la belle saison. Elle cessa de prêter attention au décor équivoque de la chambre rue des Arcis ; seul comptait le corps de Camille, agréablement galbé, les seins menus, comme les siens l'avaient été jadis, le brun clair de la peau et du duvet des parties secrètes, si différent des coloris roses et blonds de Yolande. Tous les mardis, elle retournait d'un pas vif au magasin de modes, impatiente, un demi-sourire aux lèvres, la chair délicieusement tourmentée dans l'attente du moment où sa bouche retrouverait celle de son amante.

Si le désir et le grand plaisir étaient les mêmes qu'avec Paul, les chemins que lui faisait suivre Camille se révélaient bien différents. Il n'y avait plus de cette urgence à monter au prochain degré de la volupté, tout se passait avec la plus grande lenteur, pour que chaque baiser fût savouré, qu'il pût s'amplifier jusqu'à se fondre dans la caresse suivante. Musicienne du plaisir, Camille faisait palpiter Yolande comme une violoniste fait vibrer de son archet les cordes de l'instrument.

Un jour de juin, en rejoignant Camille, Yolande avait découvert des jouets de différentes tailles, accompagnés d'une ceinture de cuir, posés sur la coiffeuse. Elle ne put s'empêcher de pouffer devant ces simulacres de virilité.

— Où as-tu déniché cet attirail grotesque ? Tu l'as acheté à la Georgelin, je parie. J'aurais dû me douter que cette femme ne limitait pas son commerce aux chapeaux et aux colifichets. Sans doute aussi un peu maquerelle à ses heures...

Yolande faisait la moue en passant les doigts sur les sangles de l'étrange harnachement. Camille, clignant des yeux, avait rougi violemment.

— J'avais imaginé..., dit-elle, je croyais que peut-être ces choses-là te manquaient.

— Pourquoi ne pas m'en parler d'abord, au lieu de me réserver cette délicate surprise ? Je vais être claire : Paul est le seul à avoir pénétré en moi, il le restera. Après lui, plus personne, plus rien, n'entrera en cette part de moi par laquelle Marc est venu au monde. Tu peux rendre ce bric-à-brac à la Georgelin.

Des larmes commençaient à baigner les paupières de Camille. Yolande s'approcha d'elle pour la prendre par la taille.

— Allons, marquise, je sais que tu croyais bien faire. En vérité, tu me rends déjà parfaitement heureuse.

— Et s'*il* t'invitait de nouveau à partager son lit ? Tu accepterais, n'est-ce pas ? Tu l'aimes encore ?

— Est-ce donc ce qui te tracasse ? Sois sans crainte, ma pauvre chérie, Paul n'a plus aucune envie de moi, je te l'ai déjà dit.

— Faut-il qu'il soit aveugle pour dédaigner une femme telle que toi ! Mais toi, as-tu encore envie de lui ?

— Non, bien sûr ! Serais-tu jalouse, par hasard ? Voyons, ce serait parfaitement ridicule. Suis-je jalouse de Préval, moi ?

Elle éclata d'un rire léger.

— C'est moi qui devrais me défier de toi, dit-elle. Combien de tes amantes la Georgelin a-t-elle vues défiler ici ?

— Mais avec toi, bredouilla Camille, tout est différent, je suis si...

Yolande lui posa l'index sur les lèvres.

— Tu ne me dois aucune explication, marquise. Encore une fois, je ne suis pas jalouse. Ce que tu as fait avec d'autres femmes, ce que tu continues de faire avec ton mari, tout cela ne me regarde pas. La seule chose qui m'importe est ce qui se passe ici entre nous.

Elle se laissa tomber sur le lit, fit glisser ses souliers de cuir vert sur le tapis, prête à se livrer à son amante.

— Assez causé, dit-elle, ne me fais plus attendre.

Une élégance altière balaya bientôt les derniers vestiges de la gaucherie de Yolande, ou, si l'on préférait, de sa candeur virginale. Elle renonça sans regret aux friandises, ce qui lui valut de conserver l'éclat nacré de ses dents et de retrouver sa minceur. Ses armoires s'emplirent d'une nouvelle collection inspirée des gravures du *Cabinet des modes,* qu'elle parcourait désormais avec une attention soutenue. Les tenues *en gaule* avaient été remplacées par des robes ajustées qui soulignaient la finesse de sa taille et l'épanouissement de sa gorge. Elle s'habillait le plus souvent en blanc, mais des détails de sa mise, souliers, ceinture, broderies, ombrelle, bijoux, rappelaient la couleur de ses yeux. Afin de garnir les larges chapeaux de paille qu'elle portait sur ses boucles savamment arrangées, elle achetait des roses et des œillets aux petites vendeuses des rues, et revenait de chez la Georgelin avec des rubans et des plumes. Pour le reste, elle avait gardé le dédain de l'ostentation et des fanfreluches que lui avait inculqué Paul.

Non qu'elle se souciât de plaire à son époux, ni même à son amante, mais elle ressentait une satisfaction vengeresse à s'être réconciliée avec son corps de dix-neuf ans, qui n'avait pourtant rien des douces rondeurs dictées par les canons de la beauté. La seule chose qui la chagrinait était son ventre plat, qu'aucune grossesse ne viendrait plus gonfler.

Tante Sophie s'extasiait :

— Je te trouve très épanouie, ma chérie. Tu as beaucoup changé en si peu de temps, tu n'as jamais été si séduisante, et surtout, tu as retrouvé ta joie de vivre. Cela fait plaisir à voir.

Yolande se demandait parfois si madame Tardieu était dupe de la fable de l'obligeante amie et de sa loge aux Italiens. Une question qu'il valait mieux ne pas aborder.

La marquise, au bout d'un mois, suggéra de porter leurs rencontres à deux fois la semaine, mais Yolande refusa catégoriquement. Répéter plus souvent le manège des prétendues visites à sa tante eût attiré les soupçons des domestiques, en particulier de la cuisinière, qui se serait fait une joie d'avertir Paul.

C'était toujours Camille qui dévêtait d'abord Yolande, tendrement, amoureusement. Captivée par le corps de son amante, elle ne se lassait pas de couvrir de baisers et de caresses les seins amples et fermes, les hanches légèrement rebondies, les longues cuisses fines, les fesses compactes. Yolande avait pris goût à cette adoration charnelle, que même Paul ne lui avait pas prodiguée. Quand elle était nue, Camille lui ôtait ses bijoux un à un, gardant pour la fin l'anneau nuptial, qu'elle jetait avec un air de dépit dans le tiroir de la table de chevet.

Mi-juillet, après une étreinte délicieuse, Yolande, soupirant d'aise, s'était étirée et avait roulé sur le côté, les yeux mi-clos, la masse de ses boucles couvrant l'oreiller. Camille glissait les doigts dans l'épaisseur de sa chevelure.

— Ma lionne... Une crinière de fauve. *Il* ne te l'a jamais dit ?

— Non. D'ailleurs, je ne suis pas sûre que ce soit un compliment. Mais continue, marquise, je me sens tout alanguie, je crois que je vais m'assoupir.

Camille lui secoua l'épaule.

— Pas maintenant. Regarde-moi, Yolande.

Elle se retourna sur le dos et ouvrit les yeux à regret. Camille, qui, elle, gardait ses bijoux au lit, enleva l'une de ses bagues pour la lui passer à l'annulaire gauche. Stupéfaite, Yolande contemplait le joyau couleur de bleuet, en forme de losange, qu'elle avait toujours vu à la main de son amante.

— C'est le plus beau de tous mes bijoux, dit Camille, le plus précieux. Le diamant a été taillé dans la même pierre que le *Bleu de France* des collections royales. Je veux qu'il soit à toi maintenant, que tu penses à moi en le portant.

Yolande, sidérée, se redressa sur le coude. La bague, trop large, flottait autour de son doigt effilé, elle la faisait tourner, admirant l'éclat des facettes scintillantes. Elle ignorait la valeur exacte d'un diamant de cette taille, de cette provenance, de cette couleur extraordinaire. Il devait valoir au bas mot des dizaines de milliers de livres.

— Je... je ne sais que dire, balbutia-t-elle, je suis extrêmement touchée que tu veuilles me faire un tel présent, mais je ne puis accepter. Paul ne veut pas que je porte d'autre bague que mon anneau nuptial.

Camille se passa la main sur le front en laissant échapper un profond soupir.

— Lui, lui, toujours lui ! Quand vas-tu enfin te libérer de son emprise ? Eh bien, fais donc transformer ce bijou en pendentif. Ce sera encore mieux, tu le porteras près de ton cœur.

— Tu n'y songes pas ? Paul ne manquerait pas de le remarquer. Imagine ses soupçons, sa colère, sa vengeance.

— Tu n'auras qu'à lui dire que c'est un saphir.

D'un geste ferme, elle remit la bague au doigt de Camille.

— Le crois-tu incapable, lui qui est habitué au luxe depuis son enfance, de reconnaître un diamant ? Non, je t'en prie, sois raisonnable, il faut que tu le gardes.

Yolande se leva.

— De toute manière, dit-elle, il est grand temps de nous quitter. Sois un ange, et aide-moi à me vêtir.

Mais Camille détournait le regard, l'air peiné. Yolande lui posa un baiser léger sur la joue.

— Allons, marquise chérie, ne sois pas fâchée. Je te suis infiniment reconnaissante du cadeau que tu voulais me faire, mais il nous faut être prudentes, tu le sais bien.

Il y avait un autre motif au refus de Yolande, un motif qu'elle ne souhaitait pas évoquer : elle n'accepterait jamais rien qui ferait d'elle l'obligée de son amante et la mettrait sous la coupe de celle-ci.

Yolande avait cessé de se confesser : le prêtre lui aurait refusé l'absolution si elle n'avait renoncé à Camille et aux plaisirs de la rue des Arcis. Elle ne pouvait donc plus recevoir la sainte communion, allait de moins en moins à la messe, et n'entrait plus guère à Saint-Louis-en-l'Isle que pour de brèves prières en dehors des heures des offices. Le bon abbé Fournier, parrain de Marc, était décédé des suites d'une chute. Révolue aussi, l'époque de leurs longues discussions théologiques. Si Paul s'aperçut des changements dans la pratique religieuse de son épouse, il n'en fit pas la remarque. Il est vrai qu'il passait beaucoup de ses dimanches, sans qu'elle fût désormais conviée à l'accompagner, chez sa mère à La Danerie.

Marc, qui avait surmonté sans encombre la double épreuve du sevrage et de l'exil de la chambre de Yolande, l'observait bouche bée, l'appelant *Maman jolie*. Il saluait les rares apparitions de son père en le pointant du doigt, les sourcils froncés, et en s'écriant d'un ton étonné : *Monsieur !*

Le soir, Yolande accueillait son époux en déshabillé de taffetas ouvert sur les volants brodés de son jupon et la vallée profonde qui séparait ses seins, aisément devinés à travers la dentelle de sa chemise. Des effluves de roses, légers et pénétrants, avaient remplacé les odeurs de l'allaitement.

Quand il posait le regard sur sa femme, Paul semblait parfois surpris de sa métamorphose, de sa grâce hautaine, des cascades de boucles pâles tombant majestueusement jusqu'à sa taille, du nouvel éclat métallique de ses yeux verts.

LIVRE II

L'échappée

Chapitre 13

Marc allait sur ses huit ans quand, durant l'été 1790, Paul avait déclaré, au cours d'un souper à La Danerie, que l'enfant était dorloté comme un petit prince, qu'il était en train de devenir veule et efféminé, que les méthodes de son précepteur manquaient de fermeté et en feraient un bon à rien, un incapable, un singe savant. Il était grand temps de remédier à cela : dès la rentrée d'octobre, il serait élevé parmi d'autres garçons, chez les oratoriens de Juilly, à dix lieues de Paris. Marc était demeuré interdit à cette annonce, le menton tremblant, retenant ses larmes devant son père, dont il avait grand-peur.

Comme à l'accoutumée, Paul était resté sourd aux arguments, aux prières désespérées de son épouse. Sa mère, qui n'avait guère semblé surprise, n'avait dit mot. Plus tard, elle avait consolé de son mieux sa belle-fille en insistant sur l'excellence de l'éducation dispensée à Juilly, et aux amis que Marc ne manquerait pas de s'y faire. Dès le lendemain, ces dames avaient entrepris de préparer le trousseau de collège de l'enfant. Au retour à Paris, Yolande l'avait accompagné à Juilly, pour le revoir seulement à Noël et à Pâques. Les mois, les saisons avaient passé, il achèverait bientôt sa première année dans la section des minimes, réservée aux élèves de huit à neuf ans.

La Révolution allait entrer dans son troisième été. En ce dernier jour du printemps 1791, Yolande, en déshabillé brodé de rose et de vert, s'assit à la table laquée de rouge que la suivante avait posée près de la fenêtre grande ouverte de sa chambre. Depuis le départ de Marc pour Juilly, les heures de la matinée étaient devenues les plus plaisantes, et elle veillait à se lever assez tard pour éviter de croiser son mari avant qu'il parte à l'Hôtel-Dieu. Son regard vagabondait sur la Seine, irisée au soleil de juin, et, sur la rive gauche, dominée par le dôme nouvellement achevé du Panthéon, doré sous le ciel couleur de pervenche. L'odeur forte du café se mêlait à celle, subtile, de la brioche, encore chaude du four du boulanger.

Yolande entendit sonner la cloche de la porte d'entrée. La petite bonne revint avec un billet qu'elle tendit à sa maîtresse après une légère révérence.

— Y a un messager qu'a apporté ça pour madame.

Il était fort peu probable que ce fût de Camille. Elles se voyaient toujours le mardi, au même endroit, à la même heure, et évitaient de s'écrire. Elle était devenue veuve à l'automne précédent, mais Yolande, elle, était toujours mariée. Certes, la Bastille avait été démolie dans la liesse presque deux ans plus tôt, la Révolution avait aboli les lettres de cachet qui permettaient à un mari de faire enfermer sa femme, et l'adultère, pas plus que la sodomie ou l'inceste, n'était désormais un crime. Les amantes jugeaient néanmoins prudent de rester discrètes.

Au reste, l'écriture du billet, serrée, gauche, souillée de pâtés, ne ressemblait en rien à l'élégante cursive de Camille. Yolande arqua le sourcil.

> *Je vous écry, madame, pour vous dire que je m'en vas casser la gueule à votre jean-foutre de mary s'y jamais je l'y reprend à coucher avec la demoyselle Nanette. Vous pouvez luy montrer ma lettre, à ce cul pourry, pour le faire trembler.*

Yolande se mordilla la lèvre. Elle s'était fait une règle d'éviter de penser à son époux avant l'heure du souper. Cependant, ce jour-là, il lui rappelait son existence de bon matin, il lui gâchait ce moment privilégié en lui jetant à la figure la vulgarité de ses liaisons. La jalousie avait depuis longtemps cessé de la tourmenter, mais la grossièreté du billet l'humiliait, insultait l'harmonie raffinée des choses dont elle aimait à s'entourer.

Elle posa la lettre sur le plateau du déjeuner, entre la cafetière d'argent et la tasse de Chantilly, dont elle avait choisi avec soin la porcelaine au délicat motif de grues dansantes. Les oiseaux pouvaient s'envoler au loin, eux, ils signifiaient la liberté dont elle était privée, enchaînée qu'elle était à son époux. Et la beauté des objets lui rappelait que sa vie n'était pas sans ses joies, qu'il lui restait encore ces miettes de bonheur quotidien, qui la consolaient du naufrage de son mariage et de l'absence de Marc.

Elle ne montrerait pas le billet à Paul, bien sûr. Qu'y gagnerait-elle, sinon une explosion de rage, des invectives plus blessantes encore que d'habitude ? Son premier geste fut de déchirer le bout de papier, mais elle se ravisa. Il rejoindrait ses autres secrets dans la cassette qu'elle gardait chez tante Sophie.

Au décès de l'oncle Tardieu, trois ans plus tôt, Yolande avait persuadé sa veuve de déménager dans un logis plus vaste, plus commode, plus lumineux, au deuxième étage d'une maison de l'île Saint-Louis, rue Le Regrattier. Elle défrayait de sa poche le loyer et les gages d'une bonne qui venait tous les matins vaquer aux gros travaux de ménage, car l'oncle n'avait pas laissé grand-chose. C'était elle aussi qui avait acheté des meubles neufs et fait installer des rideaux blancs, de sorte que rien ne venait rappeler la rue des Lombards. Paul ne demandait à son épouse aucun compte de l'usage de la bourse qu'il continuait de lui remettre chaque mois, et elle rognait volontiers sur ses dépenses plus frivoles pour procurer un peu de confort à sa tante et la savoir toute proche.

Yolande se coupa une tranche de brioche, délaya une cuillerée de crème dans la tasse de café, mais la lettre lui avait coupé l'appétit. Le temps était inhabituellement chaud pour la saison, l'air matinal déjà lourd. Elle reposa sa serviette sur la table et demanda à Cécile, la nouvelle femme de chambre, si son bain était prêt.

Elle s'assit dans la baignoire de cuivre, protégée de la brûlure du métal par un linge drapé dans l'eau. Cécile apporta la tasse de café, que Yolande savourait à petites gorgées, les yeux mi-clos.

Elle songeait à la visite qu'elle allait rendre à un inconnu. Ce ne serait pas simple : le mettre à l'aise, lui inspirer confiance, dégager une aisance de bon aloi, sans ostentation, éviter l'allure d'une ingénue comme celle d'une gourgandine.

Cécile, serviette à la main, s'agenouilla pour sécher les jambes de Yolande. Les relents de café de son haleine la dérangeaient, et elle se brossa les dents avec une pâte à la cannelle. Trouvant le rouge aussi vulgaire que par le passé, elle laissait son visage à sa pâleur naturelle. Elle passa le doigt sur le grain de beauté translucide qui s'était formé sur sa pommette gauche. En vérité, il n'était plus tout à fait translucide, il commençait à prendre une teinte brunâtre, à s'élargir, à s'épaissir, ses contours étaient devenus irréguliers. Un cancer, disait Paul, qui, dans un rare moment de bienveillance, avait proposé de l'opérer. Elle n'avait pas assez confiance en lui pour accepter.

Yolande se rendit au boudoir pour passer la revue de ses robes. Elle sortit d'une armoire une tenue de soie blanche, au motif de feuilles de lierre brodées autour des manches et des jupes. Après que Cécile la laça, elle s'assit à sa coiffeuse pour ouvrir son coffret à bijoux et examiner sa collection de boucles d'oreilles. Les perles étaient trop luxueuses, mais une autre paire, en filigrane d'or sertie de minuscules émeraudes, ferait l'affaire. C'était aussi un cadeau de Paul, remontant aux jours lointains de sa seconde grossesse, quand il lui faisait encore des présents, quand il se souvenait de la couleur de ses yeux. Elle ajusta un chapeau de paille sur ses boucles, y épingla une cocarde tricolore et un voile de mousseline, qu'elle drapa sur ses épaules et devant son visage.

Yolande traversa la Seine d'un pas vif par le pont de la Tournelle, où un petit vendeur de journaux braillait les titres des *Révolutions de France et de Brabant*: l'enlèvement du roi par sa femme et sa sœur Élisabeth était imminent ! Yolande passa son chemin. De telles rumeurs circulaient depuis des mois, elle n'y prêtait plus aucune attention. Les détails restaient toujours des plus vagues, et, quand ce n'était pas Marie-Antoinette qui était accusée d'ourdir ces sinistres complots, ils étaient attribués aux puissances étrangères, aux « aristocrates », aux émigrés. Pendant ce temps, Louis XVI était toujours en sûreté aux Tuileries.

Elle aimait à se promener dans Paris par tous les temps, mais elle avait beau jouer de l'éventail, la chaleur lui pesait, et elle voulait arriver chez l'inconnu fraîche, reposée. Elle monta dans un fiacre place Maubert et, après un court trajet, leva les yeux quand il s'arrêta devant l'adresse qu'elle avait indiquée, rue du Théâtre-Français, à quelques pas de l'endroit où elle avait rencontré Camille sept ans plus tôt. La rue accordait aux piétons le rare luxe de trottoirs, et la maison, de construction récente, bien tenue, offrait aux regards de grandes croisées et une porte cochère. Elle se renseigna à la loge du portier, monta l'escalier jusqu'au troisième. Une vieille femme lui ouvrit la porte, la dévisageant en silence lorsqu'elle s'enquit du comte de Morangiés.

Un homme de taille moyenne, bien bâti, apparut derrière la servante et la poussa doucement de côté. Yolande le dévisagea avec une intense curiosité. Ni beau, ni laid, le nez long et droit, les lèvres pleines, sensuelles, le front légèrement fuyant, les sourcils d'un blond grisonnant, les yeux d'un bleu vif, les cheveux poudrés, ou peut-être naturellement blanchis, noués par un catogan, à la mode de l'Ancien Régime.

L'homme la regardait, lui aussi, d'un air singulier.

— Hélas, madame, vous arrivez trop tard, le comte de Morangiés n'est plus. Les titres de noblesse ont été abolis l'année dernière, dois-je vous le rappeler ? Mais la Nation, dans sa générosité, m'autorise à garder mon nom, Jean-François de Molette. Et vous, qui êtes-vous ?

— Madame Tardieu. Yolande Tardieu.

Elle avait longuement réfléchi au nom dont elle userait. Celui de Tardieu lui avait semblé commode : si l'homme se renseignait, il pourrait vérifier qu'un chirurgien de ce nom avait exercé son art rue des Lombards. Il s'inclina et s'effaça pour la laisser entrer.

— Je m'excuse de vous recevoir de façon si modeste, mais j'ai connu des jours plus fastes. Ma pension de maréchal de camp ne m'est plus versée depuis des mois.

Les volets étaient à demi fermés au salon. Yolande distinguait de beaux meubles dorés, recouverts de tapisserie, et, à côté de la cheminée vide, la pelle, les pinces, et surtout le tisonnier, luisant dans la pénombre, qui lui rappelait son bannissement de la maison Raynal. Plus de dix ans déjà... L'homme lui avança une bergère.

— Yolande. Un bien beau nom, qui rappelle les grandes dames du temps jadis.

— Il signifie *violette* en latin, et en grec aussi, je crois.

— Oui, la fleur, et la couleur aussi : la pourpre impériale. Vous le portez très bien. Et avec un nom si altier, vous avez épousé un simple monsieur Tardieu.

L'histoire de Yolande était toute prête :

— Un chirurgien. Ni ma naissance ni ma fortune ne m'autorisaient de plus hautes ambitions. J'ai grandi à Saint-Flour, fille d'un marchand de toile. J'étais venue à Paris rendre visite à une tante, grâce à laquelle j'ai rencontré monsieur Tardieu, un ami de mon oncle. Il demanda ma main, j'en fus ravie, et mon père accepta ses offres par retour de poste. Hélas ! notre bonheur ne devait pas durer. Une attaque bilieuse m'a arraché mon mari voici trois ans.

— Permettez-moi de vous présenter mes condoléances. Vous n'avez pas d'enfants ?

— Le grand regret de ma vie, murmura-t-elle.

— Veuve, sans enfants... vous devez parfois vous sentir bien seule.

— J'essaie de garder l'esprit occupé. Je suis de près la politique depuis le début de la Révolution, je vais parfois assister aux débats à l'Assemblée nationale, je lis *Le Moniteur* et toutes sortes de journaux. Des romans aussi, à l'occasion. Je joue assez bien du pianoforte, que je pratique assidûment.

— Vous vous ennuyez donc. Moi aussi, je dois l'avouer. Puis-je vous demander à quoi je dois l'honneur de votre visite ?

Yolande hésita un instant.

— Vous allez probablement me trouver bien impertinente, monsieur, mais j'ai rêvé de vous. Je vous assure que j'ai hésité avant de venir vous déranger pour un motif si futile.

— Chère madame, vous avez bien fait de venir. Je suis flatté d'être admis dans les songes d'une belle inconnue. Les rêves sont le refuge de nos pensées inavouables, ils nous révèlent les replis les plus intimes de notre âme. Nous sommes-nous déjà rencontrés ?

— Je ne le pense pas. Mais j'ai entendu parler de vous.

— Tiens donc ! Depuis la malencontreuse affaire Verron, qui fit tant de bruit en son temps, la plupart des gens qui ont entendu parler de moi tendent à éviter ma compagnie. Je suis heureux que vous fassiez exception à cette règle décourageante. J'ai été l'hôte des cachots de la Conciergerie, comme vous avez dû l'apprendre, avant d'être lavé de toutes charges par le parlement de Paris. Ces Verron, ces financiers véreux, avaient honteusement abusé de ma naïveté.

— Vous, naïf ? J'ai ouï dire qu'on vous avait surnommé *langue d'or*, pour vos prouesses verbales, entre autres. Vous pouvez embobeliner qui vous voulez, paraît-il, homme ou femme.

L'homme gloussa.

— On me fait trop d'honneur, madame. Il n'en demeure pas moins que je ne connais rien à la finance, ce qui fit de moi une victime aisée pour ces malfaiteurs. D'ailleurs, le grand Voltaire lui-même n'avait-il pas pris publiquement ma défense ?

— Je me demande pourquoi. D'ordinaire, il ne se mêlait pas d'affaires d'escroquerie.

— Je vais vous faire une confidence : c'était un parent à moi, si l'on veut, le fils naturel d'un cousin prêtre. Feue ma grand-mère avait convaincu le brave notaire Arouet d'endosser la paternité du petit François-Marie.

— Il était fort généreux de sa part d'assurer l'avenir d'un enfant illégitime.

— Voltaire n'a jamais oublié ce qu'il lui devait. Mais parlons plutôt de votre rêve.

— Il se passe de nuit, dans un endroit inconnu. Je suis seule, à cheval.

— À la nuit tombée ? Fort dangereux pour une dame. Vous auriez pu faire une funeste rencontre.

— C'est précisément ce qui m'arrive. Ma monture renâcle et s'arrête net. Je vois quelque chose de pâle au milieu de la route, au milieu d'une grande flaque sombre. Je descends de cheval et, en m'approchant, je vois que la chose blanche est le corps nu, éventré d'une jeune fille, les seins dévorés, les bras et les jambes écartés. La flaque sombre doit être son sang.

— Affreux. Et ce cauchemar ne vous a pas réveillée ?

— Étrangement, non, pas à ce moment-là. Je regarde autour de moi et je vois se détacher, au sommet d'une éminence, un château, de la lumière provenant des fenêtres d'une tour ronde. J'y grimpe par un chemin escarpé, je pousse la grande porte, qui est entrouverte, je monte deux volées de marches et je me retrouve face à vous dans un vaste salon brillamment éclairé.

— Face à moi ?

— Vous êtes vêtu d'un uniforme, habit bleu foncé, gilet rouge, le tout galonné d'or, avec un ruban, rouge aussi, au côté gauche de la poitrine. Une décoration militaire, je suppose. Vous m'accueillez sans montrer de surprise, avec un sourire narquois. Vous me dites : *Ainsi, vous vous étonnez d'avoir un cancer ? Vous n'en guérirez point tant que je ne vous aurai conté tous mes secrets*. C'est alors que je me suis réveillée en sursaut, et je n'ai cessé d'y penser depuis.

— Je me flatte d'être plus courtois que cela envers les dames. Vous avez donc fait non pas une, mais deux rencontres malencontreuses dans votre rêve. D'abord la mort, sous l'une de ses formes les plus cruelles, puis ce sinistre imposteur. Pourquoi pensiez-vous qu'il s'agissait de moi ? S'est-il présenté ?

— Non. Je ne saurais vous l'expliquer, monsieur, mais j'étais sûre que cet homme était le comte de Morangiés.

— Me ressemblait-il ? Vous avez pu voir mon effigie dans des pamphlets publiés du temps de l'affaire Verron.

— Oui, il vous ressemblait, d'une certaine manière. Il avait des yeux du même bleu que vous. Cependant, si je puis me permettre, il semblait plus jeune de quelques décennies.

— J'ai soixante ans passés, dit l'homme avec un long soupir. Et qu'en est-il de cette affaire de cancer ?

— Un *ulcère rongeur*, comme l'appellent les chirurgiens. Sur ma pommette gauche. On m'a conseillé de le faire enlever promptement, sinon il va me dévorer la peau, puis l'os, puis l'œil.

L'homme se leva pour ouvrir les volets. Il se saisit de lunettes d'or, passées entre deux boutons de son gilet, et se pencha sur le visage de Yolande, qui releva son voile.

— Cela n'a pas l'air méchant, mais, nous le savons tous deux, les apparences peuvent être trompeuses. Je l'avais pris pour une mouche, ce que je trouvais charmant, bien qu'un peu suranné. Je comprends que cela vous tracasse, mais votre guérison me semble dépendre plus de l'habileté d'un chirurgien que des confidences d'un inconnu. Pourquoi ne pas vous faire opérer ?

— Je crains que cela me défigure.

— Ne craignez-vous pas que le cancer vous défigure bien plus que l'opération, ou même de perdre l'œil ?

Il la considéra d'un air dubitatif.

— Ah, mais je comprends ! Ces *secrets* dont vous souhaitez m'entendre parler doivent avoir trait à la macabre affaire de la Bête du Gévaudan, à laquelle j'ai été mêlé, de loin, il y a plus de vingt-cinq ans. Je ne pensais pas qu'on s'intéressait encore à ces histoires anciennes de nos jours, au milieu de notre glorieuse Révolution.

Il s'arrêta, le regard perdu au loin.

— La Bête est morte depuis bien longtemps, voyez-vous. Sa carcasse galeuse a été enterrée à Paris, non loin d'ici, du reste. Elle a pourri au fond de quelque trou oublié dans les jardins de l'hôtel de La Rochefoucauld. Parler d'elle ne la fera pas revenir d'entre les morts, n'est-ce pas ? Je veux bien vous entretenir d'elle si cela vous amuse.

— Je vous en serais reconnaissante. Pour être franche, j'avais peur que vous me mettiez dehors.

— Pourquoi ferais-je une chose pareille ? Je suis vieux, seul, ruiné. Je serais bien sot de me priver de la compagnie d'une personne telle que vous.

Le bout de ses doigts effleura le bras nu de Yolande pour se glisser sous les volants de mousseline brodée de ses manches. Elle se redressa dans son fauteuil et le dévisagea. Il retira sa main, le sourire inquiétant de l'homme du rêve flottant sur ses lèvres.

— Ce n'était qu'un geste d'innocente amitié, chère madame. De quel droit troublerais-je la paix de votre veuvage ? D'ailleurs, vous a-t-on déjà dit que votre regard est perçant jusqu'à la dureté ? C'est fort dommage, car vous avez des yeux étonnants. On pourrait les dire verts, mais cela ne leur rendrait pas justice. Ce sont leurs paillettes d'or qui, de loin, leur donnent cette couleur. Si on y regarde de près, comme je viens de le faire, on y voit des cercles concentriques de différentes nuances de bleu, avec un anneau très sombre au bord externe de l'iris. On pourrait imaginer ces yeux, alanguis par la tendresse et le plaisir, à demi voilés derrière des paupières battantes...

— Vous digressez. Et je n'entends pas qu'on me touche sans ma permission.

— Vous avez bien raison ! Je vous prie de pardonner mon impertinence. Mettons cela sur le compte du caprice inoffensif d'un vieillard, si vous le voulez bien.

— Jamais je ne deviendrai votre maîtresse.

— Oh ! je n'entretiens aucune illusion sur ce point. Je vous conterai l'histoire que vous souhaitez entendre, du moins le peu que j'en sais, sans rien attendre en retour, mais sachez que votre rêve est à rebours : c'est vous qui voulez l'entendre, et je ne suis pas particulièrement enclin à en parler. Sauf, bien sûr, pour le plaisir d'avoir une auditrice telle que vous. Voici donc ce que je propose. Vous viendrez ici une fois par semaine, à cette heure-ci. Vous êtes veuve, ce qui nous arrange bien, car les maris peuvent se montrer embarrassants. Nous redoublerons néanmoins de prudence et nous nous conduirons comme si le regretté monsieur Tardieu était toujours de ce monde. N'échangeons ni lettres ni messages, et convenons de nous revoir à jour fixe. Disons tous les mardis, chez moi, à la même heure, à partir de demain ?

— Je ne suis pas libre le mardi. Le vendredi plutôt.

— Oh... Un homme vous aiderait-il à supporter la solitude de votre veuvage ? N'ayez crainte, madame, je ne me permettrai pas de vous importuner de ma jalousie.

— Je prends le thé avec ma tante tous les mardis.

L'homme se mit à rire doucement.

— Le thé ? avec votre tante ? Oh, madame Tardieu, chère madame Tardieu ! Je l'aurais deviné. Et j'en suis d'autant moins jaloux. Au contraire, je trouve les dames et leurs bonnes amies fascinantes. Nous nous verrons donc tous les vendredis, et je vous livrerai mon histoire. Qu'en dites-vous ?

La lumière du plein jour aveugla Yolande après la pénombre du logis de Morangiés. Elle se sentait un peu étourdie, mais un poids lui était tombé des épaules. L'homme n'avait pas l'air menaçant, néanmoins, comme il l'avait dit, les apparences pouvaient se révéler trompeuses. Elle avait trouvé ses attouchements répugnants, pas assez cependant pour la dissuader de revenir.

Elle décida de rentrer chez elle à pied, traversa la Seine, longea la façade des Tuileries, et fit un détour par le Palais-Royal. Flânant dans les jardins et les galeries au milieu de la foule attirée par les boutiques et les cafés, elle s'arrêta devant l'étal d'un libraire, débordant de copies d'un roman anonyme intitulé *Justine ou les malheurs de la vertu*, prétendument imprimé en Hollande, et plus probablement sorti de presses cachées dans quelque cave à Paris. En feuilletant le livre, Yolande retint son souffle. Non seulement les illustrations étaient-elles obscènes, elles représentaient des scènes d'une cruauté stupéfiante. Le libraire lui assura qu'il devait sans cesse en commander de nouveaux exemplaires pour suffire à la demande. Après une brève hésitation, elle acheta l'ouvrage. Cela la changerait des romans habituels, pleins d'amour et de beaux sentiments, qui ne s'accordaient guère avec sa présente situation. Et, en prévision de ses visites à Morangiés, il ne lui serait pas inutile de se familiariser avec les sombres fantaisies qui hantent l'esprit des hommes.

À la maison, Rosalie informa Yolande que monsieur travaillerait tard. Il avait gardé cette habitude d'envoyer un mot à la cuisinière lorsqu'il entendait rentrer après l'heure du coucher des domestiques. Et d'exiger qu'elle l'attendît pour lui servir son repas. Pour affirmer son autorité maritale, sans doute, ce qui restait de sa possession d'elle. Il prenait plaisir à l'obliger à partager sa table des années après l'avoir bannie de son lit, à l'humilier en se montrant ainsi à elle, les sens rassasiés, empestant l'odeur d'une autre.

Yolande, après son propre souper à huit heures, s'installa, en manteau de lit vert pâle garni de cygne, les jambes allongées dans l'alcôve de son boudoir, pour entamer la lecture de *Justine*.

L'héroïne, élevée dans un couvent, avait été chassée par les religieuses après la faillite de son père. Sans un liard à Paris, elle s'était retrouvée à la merci d'un assortiment d'avares, de débauchés, de misérables, de crapules, tandis que sa sœur aînée Juliette trouvait la sûreté, et finalement la prospérité, dans un bordel. Yolande songeait à son propre sort. Si Paul n'était pas par quelque miracle tombé amoureux d'elle, elle se serait sans doute retrouvée aussi démunie que Justine, aussi seule, aussi vulnérable. Si étrange que cela pût paraître, elle ne pouvait s'empêcher de ressentir une certaine gratitude envers son époux.

Ce sentiment se dissipa dès qu'elle entendit le claquement de la porte d'entrée, le bruit de la barre qu'on remettait en place. Elle se hâta de reposer le volume et descendit promptement l'escalier. Il n'aimait pas qu'on le fît attendre.

— Yo-LANDE !

Elle entra dans la salle à manger au moment où il posait sa canne sur une console. Un bel objet, une arme redoutable aussi : le lourd pommeau d'argent était ciselé en forme de tête de loup aux babines retroussées sur des crocs impressionnants. Paul aimait à la porter lorsqu'il se déplaçait seul dans les rues de Paris, la nuit en particulier. L'amoureux de la demoyselle Nanette, à supposer même qu'il fût aussi grand et solidement bâti que son rival, ferait bien de prendre garde.

Les époux ne se regardaient pas, ne s'approchaient pas l'un de l'autre. Les mules de satin rayé vert et blanc claquaient contre les talons nus de Yolande tandis qu'elle s'affairait entre la table et l'office, où Rosalie avait laissé dans un garde-manger un repas pour lui : persillade de bœuf froid, compote de cerises, bol de framboises. Yolande ne pouvait échapper à l'odeur charnelle, musquée, que dégageait son mari, mêlée à des relents d'œillet, un parfum lourd, vulgaire, éventé. Elle alla pêcher un abricot à l'eau-de-vie dans un bocal de cristal posé sur la desserte. Assise en face de Paul, les yeux baissés, elle dégustait le fruit piqué au bout de sa fourchette, s'efforçant de le faire durer aussi longtemps que son souper à lui.

Elle se représentait la dénommée Nanette, se figurait une petite brune potelée au sourire enjôleur, aux yeux sombres, langoureux. Tout ce qui faisait défaut à Yolande. Nanette devait être une grisette, apprentie ou ouvrière chez une modiste. Son amant dédaigné, qui tenait assez à elle pour être jaloux, savait écrire. Paul avait dû courtiser la jeune femme, lui offrir de petits bouquets, des rubans, des colifichets, en plus des inévitables présents d'argent. À trente-huit ans, dans la force de l'âge, il n'avait rien perdu de sa prestance, bien que son visage parût encore plus long que jadis à cause du front qui commençait à se dégarnir. Néanmoins, ses cheveux, coupés plus court, restaient d'un noir mat, sa silhouette droite, ses épaules carrées, sa taille mince.

Au bout de quelques mois, il rentrerait plus tôt, à l'heure où les domestiques lui serviraient son souper. Yolande saurait alors qu'il se serait lassé de sa maîtresse, qu'il se mettrait en quête d'une nouvelle. Le bon ami de la grisette, s'il se montrait assez patient pour attendre le terme de l'aventure, finirait par remettre la main sur sa belle. Rien de nouveau à cela.

La voix de Paul fit sursauter Yolande.

— Tu ne manges rien ?

Elle ne répondit pas. Il savait qu'elle avait soupé seule et n'aimait pas à se charger l'estomac avant l'heure du coucher. Il s'empara de la carafe et se versa un verre de chambertin. C'était le signal. Elle regrettait le mépris tranquille qui avait suivi la naissance de Marc. Il allait se lancer dans l'inévitable tirade, qui ne variait guère d'un soir à l'autre, l'épanchement d'une colère jamais apaisée.

— Une épouse sans scrupules ! Tu négliges tes devoirs, tu n'as aucun respect pour ton mari. Aucun respect pour quoi que ce soit, en fait.

Le ton montait.

— Après que je t'ai tirée, sans un liard, des mains de ta répugnante famille. Comme ton père a été soulagé, du fond de sa province boueuse, de trouver l'imbécile qui le débarrasserait de toi ! Ce dégénéré, ce dévoyé, ce maquereau, prêt à abandonner à un inconnu la virginité de sa fille, une enfant de seize ans ! Après cela, j'aurais dû savoir à quoi m'en tenir sur ton compte.

Depuis bien des années, rares étaient les jours où la lettre de maître Raynal ne revenait pas sur le tapis.

— Si seulement j'avais écouté mère ! Elle avait tout prévu, tout compris, elle m'avait averti que notre mariage serait un désastre. Oh, j'ai bien vite retrouvé mes esprits !

Quand Marc était à Juilly, que les domestiques dormaient de l'autre côté de la cour, rien n'entravait l'animosité de Paul.

— Tu es la pire des épouses ! La pire, sans exception aucune ! La pire !

Elle s'efforçait de fixer son attention sur l'abricot. La couleur du fruit, un orange moucheté de rouge, la réconfortait. Elle laissait le goût acidulé, mélangé à celui du cognac, envelopper sa langue, se répandre sur son palais, elle plongeait dans ce plaisir infime. Il y eut une pause dans la voix.

— Yo-LANDE !

Elle sursauta.

— Je t'ai demandé ce que tu avais fait de ta journée.

— Oh ! rien d'extraordinaire. J'ai lu les journaux, j'ai avancé dans ma transcription pour pianoforte de l'*Andromaque* de Grétry. Et il faisait si beau que je suis allée me promener au Palais-Royal.

— Le Palais-Royal ! L'égout dans lequel se déversent tous les vices de Paris. Estime-toi heureuse que je t'entretienne ainsi, vautrée dans le luxe et l'oisiveté, parfaitement inutile.

Yolande jeta un coup d'œil à l'assiette de son mari. Il en était déjà à la compote de cerises, d'un beau rouge profond. La pendule de la cheminée sonnait minuit lorsqu'il claqua la porte. Elle finit l'eau-de-vie au fond de sa coupelle. La petite bonne débarrasserait au matin.

Enfin libre ! Bâillant de soulagement, Yolande remonta à l'étage, alla chercher *Justine* dans le boudoir et s'installa au lit, calée contre les oreillers. La mélancolique héroïne, après son évasion des cachots de la Conciergerie, était tombée aux mains du brigand Cœur-de-Fer et de ses affreux acolytes. L'homme se lançait dans une apologie enflammée de la sodomie : *Essayez, Thérèse, essayez, et nous serons tous deux contents*. Il poursuivait par une dissertation philosophique sur les rôles respectifs des sexes, *les femmes n'existant que pour servir de jouissance aux hommes*. Yolande éclata d'un rire léger. Il y avait tant d'années qu'elle n'avait servi à la jouissance d'un homme. Son mari était d'accord avec le brigand : elle était parfaitement inutile.

Chapitre 14

Justine avait tenu Yolande éveillée jusque tard dans la nuit. Une héroïne attachante, courageuse, vive, intelligente. Ses infortunes étaient dues à sa conviction inébranlable que les bonnes actions, les siennes en particulier, seraient récompensées. Peu importaient les leçons de plus en plus rudes que lui assénait la vie, elle n'apprenait rien, ne vacillait jamais dans ses convictions.

Le fracas du tonnerre réveilla Yolande en sursaut. Non, c'était le son du canon, qui semblait avoir été tiré tout près. Elle s'était endormie, le livre à la main, et les bougies de la table de chevet avaient brûlé jusqu'aux bobèches. Elle courut ouvrir les volets et se pencha par la fenêtre. Il faisait grand jour et, sur la rive gauche, quai de la Tournelle, une foule énorme, grondante, semblait rouler vers l'ouest, en direction des Tuileries. Parmi des cris indistincts, elle distinguait quelques mots. *Le roi... l'Autrichienne... enlevé...* Le journal de la veille disait donc vrai ! La vague humaine se rapprochait, s'amplifiait, passait sous ses yeux, mue par une force irrésistible.

Toutes les fenêtres étaient ouvertes, les gens s'interpellaient d'une maison à l'autre, quémandant des nouvelles. On criait que le roi et la reine avaient disparu pendant la nuit : dans leurs appartements aux Tuileries, les lits n'étaient même pas défaits. Madame Élisabeth ainsi que leurs enfants, la petite Madame et le prince Louis-Charles, envolés de même ! Yolande songea à feu le dauphin Louis-Joseph, né durant sa première grossesse, mort de consomption au début de la Révolution. À présent, du reste, on ne donnait plus à l'héritier du trône le titre de dauphin.

Elle entendit d'abord résonner les appels profonds, à la cadence pressante, de l'énorme cloche de l'Hôtel de Ville, suivie du bourdon de Notre-Dame, encore plus proche. Saint-Louis-en-l'Isle, tout à côté, puis toutes les églises de Paris, les unes après les autres, s'y joignirent à l'unisson. Le tocsin, qui avertissait les Parisiens des incendies, des guerres, des désastres. L'air ébranlé vibrait du roulement des tambours, de l'éclat des trompettes, appelant les gardes nationaux aux armes. Bientôt ils accoururent, fusil en main ou sabre au clair, certains encore en train de boutonner leur uniforme, pour se joindre à la foule.

Les pensées de Yolande se tournèrent aussitôt vers Camille. L'enlèvement du roi, s'il était avéré, risquait de mettre en danger tous les nobles de Paris, qu'on accuserait de complicité. L'idée qu'il pourrait arriver malheur à son amante, grâce à laquelle elle avait surmonté les misères de son mariage, la glaçait.

Elle sonna la femme de chambre, qui parut, attachant les cordons de son tablier.

— Habillez-moi, Cécile, vite.

— J'apporte pas le déjeuner à madame ?

— Je n'ai pas faim. Préparez les effets que je portais hier.

— Et le bain à madame ?

Yolande, rejetant la tête en arrière, leva les yeux au ciel.

— Mon Dieu, Cécile ! Vous n'avez pas entendu le canon, le tocsin, les tambours ? Où est monsieur ?

— Il est parti à l'Hôtel-Dieu tout de suite après son déjeuner, comme d'habitude. Il doit déjà y être.

Dix minutes plus tard, Yolande avait traversé le pont de la Tournelle, et s'était laissé emporter par la marée humaine, les pieds touchant à peine terre. La foule ralentit pour traverser la Seine par le pont Royal, et Yolande parvint à s'en extraire en s'accrochant des deux mains aux volets encore fermés d'un magasin. Elle regarda un moment les gens, étrangement calmes et silencieux, s'engouffrer dans le château des Tuileries, puis profita d'une accalmie pour se frayer un chemin à contre-courant, dans la direction de l'hôtel de Préval, rue du Bac.

Le portier, qui ne la connaissait pas, l'accueillit, l'air ébahi d'une visite si matinale. Après qu'un laquais eut introduit Yolande dans un salon, elle se jeta dans les bras de Camille, encore en déshabillé.

— Ma chérie ! s'écria celle-ci, les yeux écarquillés. Que viens-tu faire ici ? Et à cette heure ?

— J'étais folle d'inquiétude. Le roi a été enlevé, toute sa famille a disparu. Tu sais ce que cela signifie pour la noblesse de Paris.

— Oui, j'ai entendu le tocsin, et j'ai envoyé mes laquais s'enquérir de ce qui se passait. Tout est calme par ici. Ceux qui ont de bonnes raisons de s'alarmer, bien plus que les nobles, sont ces pauvres serviteurs du château, et les gardes de service, qui seront à coup sûr soupçonnés de connivence.

Camille fronça les sourcils.

— Je ne te comprends pas, Yolande, tu viens chez moi en dépit du bon sens, au risque de me compromettre, et surtout de te compromettre. C'est cela qui devrait te préoccuper.

Yolande resta silencieuse.

— C'est toi qui es en danger, toi qui es mariée à cette bête jalouse, reprit Camille.

— Tu sais bien qu'il ne peut plus me faire enfermer. Et il vient de prendre une nouvelle maîtresse. Il ne se soucie plus de moi depuis bien longtemps.

Camille soupira.

— Il se soucie assez de toi pour être jaloux de son propre fils.

— Peut-être, mais il n'est pas jaloux des femmes.

— Attends qu'il ait vent de mon existence. S'il ne peut supporter Marc, il doit être jaloux des draps de ton lit, de ta chemise, de tes livres, de ton pianoforte, de tout ce que tu touches, de tout ce que tu aimes. Si tu avais un animal de compagnie, il lui tordrait le cou. Il n'a pas encore soupçonné ma présence, car nous avons toujours été prudentes. Mais aujourd'hui, après toutes ces années de précautions, tu viens ici, ouvertement, en plein jour, à cette heure inconvenante, devant mes gens !

— C'est donc ce qui t'inquiète, qu'il découvre ton existence ?

— En effet, tu m'as mise en danger en venant ici. Mais c'est toi qui vis avec lui, sous son toit. Tu te trouves quotidiennement à sa merci. S'il veut nous faire du mal, par où penses-tu qu'il commencera ?

— Je suppose que nous ne nous verrons pas cet après-midi.

— Attendons que la situation se calme. La semaine prochaine, assurément.

Yolande se leva d'un bond. Camille lui saisit la main.

— Ma chérie, ne vois-tu pas que je ne pense qu'à toi ?

Elle se dégagea brusquement et, sans un mot, s'en retourna chez elle, pensive, déçue, préoccupée. Elle se sentait ridicule de s'être ainsi laissé bouleverser.

Dans les rues, la foule compacte, tumultueuse, avait disparu, comme avalée par les Tuileries, mais des attroupements s'étaient formés un peu partout. Elle s'arrêta à plusieurs reprises pour demander des nouvelles à des inconnus. Certaines des quarante-huit sections de Paris refusaient désormais de reconnaître l'autorité du général La Fayette, commandant de la garde nationale, soupçonné de collusion dans l'enlèvement du roi. À tous les coins de rue, des officiels annonçaient, au son des tambours et trompettes, de nouvelles mesures : compte tenu des circonstances sans précédent, l'Assemblée allait rester en session sans discontinuer jusqu'au retour du chef de l'État. Il en irait de même pour le conseil municipal, sous l'égide du maire, Bailly.

Rentrée chez elle sans encombre, Yolande pensait toujours à Camille. Après des années de plaisante routine, leur liaison s'était récemment ravivée, la flamme attisée par les plans qu'elles avaient commencé à faire pour l'avenir. Elles en parlaient à chacune de leurs rencontres.

Les journaux évoquaient une réforme, ou plutôt une véritable révolution du mariage, qui se ferait bientôt par simple déclaration civile devant les autorités municipales, sans nul besoin d'une cérémonie religieuse. Il ne serait plus alors question d'indissolubilité, le divorce serait autorisé, et les femmes, tout comme les hommes, pourraient le demander.

Yolande s'empresserait de le faire, bien sûr. Elle n'ignorait pas qu'elle se retrouverait pauvre comme Job, privée de sa part de communauté par son contrat de mariage. Camille l'engagerait comme dame de compagnie, et elles vivraient ensemble, ouvertement, tranquilles, heureuses, à l'hôtel de Préval, sans que personne n'eût rien à y redire.

Pourtant, Yolande était parfois assaillie de doutes : elles seraient maîtresse et suivante. Comment leur liaison s'en trouverait-elle affectée ? Camille abuserait-elle de leur nouvelle situation, deviendrait-elle hautaine, exigeante, méprisante ? Yolande accepterait-elle l'autorité d'une femme dont elle avait jadis été l'égale ? Et Marc, qu'en penserait-il ? Se rangerait-il du côté de son père, auquel il semblait vouer, malgré la froideur de celui-ci, une admiration sans bornes, mêlée de crainte ?

Ce soir-là, Paul rentra tôt. Durant le souper, devant les domestiques, il n'adressa pas un mot à sa femme. Mais dès qu'ils furent au salon, il lui désigna un siège du doigt et se planta devant elle, le visage dur.

— Il paraît que ce matin, sans même prendre le temps de déjeuner, tu es allée te joindre à ces hordes qui ont envahi les Tuileries. As-tu perdu l'esprit ?

— Aurais-tu peur de devenir veuf ?

— Plus que tu sembles le penser. Je n'ai aucune envie que ma femme se fasse violenter ou mettre en pièces par une foule en furie. Même sans en arriver là, tu aurais pu te retrouver les fesses à l'air, fouettée en public par une troupe de poissardes. La *discipline patriotique*, ainsi qu'on l'appelle. Réfléchis-y, la prochaine fois que tu seras tentée par ce genre d'excursion.

Yolande frissonna.

— Les gens étaient étonnamment calmes. Je ne les ai pas suivis à l'intérieur du château.

— Il n'aurait plus manqué que cela ! Tu aurais voulu participer au sac des Tuileries ?

— Je ne crois pas qu'il y ait eu le moindre dégât. Le sentiment dominant semblait être la stupéfaction.

— Te rends-tu compte que l'humeur de la populace peut changer en un instant, au moindre incident ? Je sais que tu tends à oublier que tu es mariée, mais souviens-toi au moins que tu es mère. À l'avenir, je t'interdis de te mêler à ce genre d'événement. M'entends-tu, Yolande ?

Elle soupira. Il n'avait pas tort, elle avait pris un risque démesuré en se précipitant chez Camille, qui, au reste, n'en avait ressenti que de l'irritation.

— Oui, je t'ai entendu, je suivrai ton conseil.

— C'est un ordre.

Il se retira dans son cabinet de travail.

Le lendemain réserva à Yolande, comme au reste des Parisiens, une surprise majeure : *Le Moniteur* publiait des extraits d'une lettre écrite par le roi, trouvée dans sa chambre après son départ. Le document, long de seize pages, prouvait qu'il n'avait nullement été enlevé, qu'au contraire, il était l'artisan de sa fuite. Il y rejetait beaucoup des acquis de la Révolution. Il y dénonçait la Constitution, à laquelle il avait pourtant juré fidélité en grande pompe lors la fête de la Fédération le 14 juillet précédent, devant Dieu, l'Assemblée et une foule immense : des Parisiens, des délégués venus de toute la France. Yolande et son époux, pour une fois réunis, avaient assisté à la cérémonie, qui s'était tenue au Champ-de-Mars, ils avaient cru que l'union de la monarchie et la Nation était irrévocablement scellée devant leurs yeux. Il y avait de cela moins d'un an...

Yolande ne sortit pas ce jour-là. Même sur les quais de la paisible île Saint-Louis s'agglutinaient des groupes, mêlés d'hommes et de femmes, bourdonnant de colère, et elle entendait depuis ses fenêtres la reine traitée de *bête puante et féroce*, de *poule d'Autriche*, ce qui n'avait rien d'inhabituel, mais aussi des épithètes jamais encore appliquées au roi : *menteur*, *traître*, *lâche*, *fourbe*, *Louis le faux*.

Elle aussi s'indignait de la désertion de Louis XVI, mais surtout elle était fort inquiète. Tout indiquait qu'il entendait prendre la tête d'une armée à la frontière et marcher sur la capitale pour noyer dans le sang tous ceux qui avaient soutenu la Révolution. Était-elle de ceux-là ? Certes, elle était restée chez elle lors de la prise de la Bastille, elle réprouvait la violence des grandes journées d'émeutes, et, sauf la veille, ne s'était jamais jointe aux foules grondantes de Paris. Cependant, comme d'ailleurs son mari, elle n'avait rien perdu à la chute de l'Ancien Régime, elle attendait au contraire beaucoup de ce monde nouveau qui émergeait sous leurs yeux.

Paul rentra vers onze heures ce soir-là, mais il n'empestait pas la gueuse, et Yolande supposa d'abord qu'il revenait de l'hôpital. Il s'adressa à elle d'un ton calme après avoir posé sa canne sur la console.

— J'étais à l'Assemblée. Des dizaines de milliers de citoyens y sont allés prêter serment de fidélité à la Nation à la lueur des bougies. Une scène inoubliable : des bourgeois, des sans-culottes, des femmes portant des enfants à la mamelle, des gardes nationaux en uniforme, des forts des Halles en grands chapeaux ronds, même des boulangers enfarinés brandissant des miches de pains fichées au bout de piques.

— Toi aussi, tu as prêté serment ?

— Assurément. C'est alors qu'a éclaté, dans un tonnerre d'acclamations, la grande nouvelle : Louis et sa famille ont été arrêtés ! Dans une ville du nom de Varennes, à quelques lieues seulement de la frontière. Tout ce beau monde est déjà sur le chemin du retour.

— Grâce au ciel, nous avons échappé à la guerre. As-tu obtenu des détails ?

— L'affaire avait été menée en dépit du bon sens. La famille royale voyageait avec de faux passeports dans une énorme berline jaune citron, qui se trouve être la couleur des émigrés. Jaune également, la livrée des prétendus domestiques, en fait des gardes du corps déguisés. Et, faisant cortège à la berline, une autre voiture transportait les bonnes des enfants royaux. Tout était fait, en somme, pour attirer l'œil. Louis, en s'arrêtant pour aller pisser, a poussé l'aveuglement jusqu'à aller causer avec des paysans qui faisaient les foins, et qui l'ont reconnu sans peine.

— Évidemment, son profil figure sur toutes les pièces, sur tous les assignats.

— A-t-il seulement manié une pièce de monnaie de sa vie ? Ou bien croyait-il que les idées de la Révolution ne s'étaient pas propagées au-delà des barrières de Paris ? Nous allons en tout cas nous retrouver avec un roi fantoche dont personne ne saura que faire.

— Et la Fête-Dieu qui tombe demain... La procession du Saint-Sacrement, les hymnes chantés en chœur par les fidèles, toutes les rues de Paris pavoisées. J'y assiste d'habitude.

— Mais d'habitude, Louis et Antoinette y président. Dieu sait comment les choses vont tourner cette fois. Tu resteras tranquille ici. Envoies-y ta femme de chambre, si elle a envie d'y aller.

Cécile y alla. En guise d'hymne religieux, les gens avaient entonné une nouvelle version du patriotique *Ça ira*, qu'elle chanta d'une voix aigrelette à sa maîtresse. Elle lui rapporta fièrement une image rehaussée de couleurs vives, *La famille des cochons ramenée dans l'étable*, représentant le roi, la reine et leurs enfants, sous forme de porcs à figure humaine, reconduits aux Tuileries dans un tombereau garni de paille.

Dans l'après-midi du 25 juin 1791, Yolande était postée sur le pont Marie pour contempler le cortège royal, qui devait longer les quais de la rive droite pour regagner les Tuileries, quand des passants l'avertirent qu'elle attendait en vain. Ils l'invitèrent à les suivre : Louis et Antoinette allaient entrer dans Paris par la barrière des Ternes, un long détour destiné à éviter le faubourg Saint-Antoine, où l'on redoutait qu'ils se fissent écharper par des sans-culottes. Elle n'avait aucune intention de traverser la capitale pour assister au spectacle, remercia les bonnes gens et s'en revint chez elle. Bien lui en prit, car il s'en fallut de peu que l'arrivée de Leurs Majestés au château tournât à l'émeute.

CHAPITRE 15

Avec le retour de la famille royale, la vie à Paris reprit son cours ordinaire, et Yolande ses habitudes. Un matin, en sortant de chez elle pour faire quelques menues emplettes rue des Deux-Ponts pour tante Sophie, elle se figea en apercevant une figure surgie du passé : son frère se tenait de l'autre côté du quai. Fort grandi, un long cou de poulet qui émergeait de manière incongrue d'un col de chemise trop large, des épaules qui se voûtaient sur la poitrine étroite, comme pour dissimuler la vilenie du cœur. Le portrait craché de père. Le meurtrier de Marianne.

— Grande sœur, dix ans déjà !

Habit et gilet de laine noire, boucles de souliers couleur de bronze : il devait porter le deuil de maman, décédée un mois plus tôt. Elle resta immobile, mais il traversa le quai, les yeux levés pour contempler la maison Tournay.

— Splendide demeure, situation exceptionnelle. Combien vaut-elle ? Deux, trois cent mille livres ? Plus, peut-être ? Tu as fait un mariage avantageux, Yolande.

— Que viens-tu faire ici ?

— Je suis devenu premier clerc de père, en attendant de lui succéder. Il m'a envoyé porter à un confrère parisien des actes originaux, qui ne pouvaient être confiés à la poste. Je suis descendu à l'hôtel de la Mule, en place de Grève.

Il brandissait un petit volume relié de cuir.

— Je n'étais jamais venu dans la capitale, et j'entends visiter les monuments les plus remarquables. Je me suis procuré à cette fin le *Plan raisonné* de Paris. Surtout, je voulais mettre à profit mon séjour pour te saluer.

Il pencha la tête d'un air chagrin.

— Tu sais que nous avons perdu maman le mois dernier.

— Oui, tante Sophie me l'a dit.

— Et père t'a écrit à cette occasion, n'est-ce pas ?

La seule lettre que Yolande eût jamais reçue de maître Raynal. Que savait Bernard de son contenu ? Il la toisa.

— Tu ne portes pas le deuil. Il est vrai que ce vert te sied à merveille, ainsi que cette parure de camées. Maman disait que tu ne promettais guère, mais je me doutais qu'elle se trompait. Te voici devenue une vraie Parisienne.

— Vas-tu rester longtemps ? Il paraît que tu t'es marié au début de l'année, tu dois être impatient de retrouver ton épouse.

— D'autant que la chère petite femme est grosse de notre premier rejeton. Elle devrait accoucher vers la Toussaint. Je ne passerai qu'une semaine ici.

Le cœur de Yolande se souleva de dégoût et de pitié à l'idée de la pauvre créature obligée de porter l'enfant du monstre.

— Ce qui nous laissera quand même le temps de renouer des liens fraternels regrettablement rompus, dit-il avec un sourire narquois.

Il lui tendit la main, qu'elle ignora.

— Allons, grande sœur, tu vois que je suis venu dans un esprit de réconciliation. Je comprends que tu préfères ne pas me recevoir chez toi, mais je t'attendrai cet après-midi à mon hôtel pour d'affectueuses retrouvailles. Disons à trois heures ?

Il lui saisit le poignet, elle se dégagea vivement.

— Lâche-moi, misérable !

Il lui jeta un regard de haine.

— Ah, c'est ainsi que tu le prends ! Tu t'en repentiras, ma belle. J'irai trouver ton mari, je lui dirai tout.

— *Tout* ? Il sait déjà tout, il n'en éprouve que plus de révulsion pour père et toi. Va donc le voir, au lieu de menacer une femme, il te rossera comme tu le mérites.

Elle fit volte-face pour rentrer chez elle, frémissante, et ne ressortit que l'après-midi, pour rejoindre en fiacre, comme tous les mardis, Camille rue des Arcis. Cette fois, attentive à tout signe de la présence de Bernard, elle regarda soigneusement autour d'elle en montant en voiture. Fort heureusement, une visite à une boutique de modes, pourvu qu'elle fût de courte durée, pourrait sembler innocente.

Dès qu'elle pénétra dans le magasin, Yolande remarqua la disparition du grand portrait du roi, une estampe qu'elle avait toujours vu trôner à la place d'honneur, derrière la caisse. Remplacée par une croûte hideuse, Danaé, les cuisses indécemment écartées, recevant du ciel une pluie d'or qui rappelait un jet d'urine. La chose était d'une laideur si remarquable que l'œil ne pouvait s'empêcher de s'y arrêter.

D'ordinaire, la première arrivée de ces dames attendait l'autre dans la chambre. Cette fois, Yolande resta au magasin, où elle passa le temps en se faisant montrer une série de chapeaux à la dernière mode, moins larges, plus hauts, expliquait la Georgelin. La sonnette tinta, Camille parut. L'air surpris, elle s'approcha.

— Tu n'es pas montée ? murmura-t-elle.

— Pas aujourd'hui, répondit Yolande sur le même ton. Je ne puis m'attarder. Il s'est passé quelque chose ce matin. Mon frère me guettait devant chez moi. Il m'a peut-être suivie.

— Ton frère ? Tu as un frère ?

Yolande, si elle avait confié bien des choses à son amante sur son mariage, n'avait jamais évoqué son enfance, au-delà de ses années de pension à la Visitation de Saint-Flour. Camille, élevée chez les ursulines de Poissy, ne les avait quittées que pour épouser le marquis de Préval, choisi par ses parents, et qu'elle n'avait jamais rencontré auparavant. La vie de couvent lui était familière et elle n'avait guère posé de questions. De la maison Raynal, de Marianne, de Bernard, de père, de maman, Yolande n'avait jamais soufflé mot. Camille la dévisageait, l'air stupéfait.

— Oui, j'ai un frère, un scélérat. Il est venu de Saint-Flour me menacer.

— Te menacer de quoi ? Yolande, je suis sidérée qu'en *sept ans*, tu ne m'en aies jamais parlé. Que me caches-tu d'autre ?

— Il eût été trop douloureux de remuer le passé. Tu n'aurais pas compris.

— Comment cela, pas compris ? Imagines-tu à quel point je me sens trahie ?

— Mon frère va encore rester quelques jours à Paris, je ne peux pas prendre le risque qu'il nous surprenne. Je t'expliquerai tout la semaine prochaine, dit-elle d'un ton ferme.

Tout. En fait, Yolande ne révélerait à Camille que le minimum. Ce n'était pas par manque de confiance. Le passé de Yolande, avec son cortège de misères, lui appartenait, à elle seule. Même à Paul, au temps de leurs amours, elle s'était fort peu confiée.

Elle pressa les doigts de son amante, acheta le premier chapeau qui lui tomba sous la main et, après un dernier regard à l'infâme Danaé, s'éclipsa.

Tous les matins, en prenant son déjeuner, Yolande apercevait par la fenêtre ouverte Bernard qui l'épiait et se découvrait pour la saluer avec une politesse moqueuse. Saisie d'une bouffée de colère, elle se levait pour lui faire une révérence. Et tous les soirs, elle attendait dans la terreur le retour de son mari, qui, évidemment, ne savait pas *tout*. Cependant, les jours s'écoulaient sans incident particulier. Ce lâche de Bernard devait redouter, à juste titre, de se faire étriller par Paul.

Le mercredi suivant, son frère n'était plus là pour la narguer pendant son déjeuner. Quand elle se rendit à l'hôtel de la Mule pour s'enquérir de lui, la patronne l'informa que monsieur Raynal avait payé son écot et s'en était retourné en Auvergne. Il pouvait certes causer de graves ennuis à sa sœur depuis Saint-Flour, écrire à Paul, en particulier, mais l'idée de le savoir loin d'elle, loin de Paris, lui procura un immense soulagement.

Durant le séjour de Bernard, toute visite à Morangiés eût été des plus imprudentes mais Yolande retourna chez lui pour la deuxième fois le vendredi suivant. Son sourire de bienvenue semblait sincère, autant qu'elle pût en juger.

— Vous m'avez fait faux bond la semaine dernière, chère amie, je craignais de ne plus vous revoir.

— J'avais mes raisons.

— Vous voulez sans doute parler de la désastreuse escapade royale ? Je ne pense pas que ce pauvre Louis ait sérieusement envisagé les conséquences d'un échec. Cette lettre qu'il a laissée aux Tuileries ! Il était si malavisé de l'écrire avant d'être arrivé à destination. Il faut dire que les Bourbons se sont montrés fort décevants ces derniers temps.

— Vous n'avez pas non plus beaucoup apprécié son prédécesseur, je suppose.

— Grand Dieu, non ! La guerre de Sept Ans, quelle catastrophe... Toute ma carrière militaire s'est déroulée sous le long règne calamiteux de Louis XV. Chez lui, l'homme ne valait guère mieux que le roi, d'ailleurs. Il a causé un mal incalculable à ma famille, terni notre honneur, détruit notre fortune, fait porter à mon cher père la responsabilité d'erreurs militaires commises au département de la Guerre à Versailles, sous son nez. Mais, avant que nous parlions de feu Louis XV, peut-être pourriez-vous répondre à une question que je me suis posée depuis votre première visite : comment m'avez-vous retrouvé ?

— Oh, cela ? Rien de plus facile. Vous étiez maréchal de camp, et le ministère de la Guerre garde la trace de tous les officiers généraux. Je n'ai eu qu'à me renseigner là-bas.

— Et l'on vous a donné mon adresse, tout simplement ! C'est bien ce que je pensais : vous pouvez adoucir l'éclat de ces yeux verts quand vous voulez vous en donner la peine. Je me figure la scène : un jeune commis, un peu gauche, pas bien beau, timide, peut-être puceau, ou du moins sans grande expérience avec les dames. Votre somptueuse chevelure, votre silhouette... Et puis votre sourire, car, j'en suis sûr, vous savez sourire. Comment le pauvre diable aurait-il pu vous refuser quoi que ce fût, même des informations qu'il était censé garder confidentielles ?

— Vous regrettez donc que je vous aie retrouvé ?

— Au contraire, j'en suis enchanté. Asseyez-vous, chère madame.

Il prit une chaise aux côtés de Yolande.

— Où habitez-vous ? Question légitime, puisque vous avez découvert mon adresse.

— Rue des Lombards.

— Rue des Lombards ! Je ne vous voyais pas là-bas.

— Pourquoi pas ?

— Difficile à dire, car vous êtes une personne assez insaisissable. Si vous étiez un personnage de roman, je ne saurais que penser de vous.

— Mais vous continueriez à lire.

— Certes. Rien en vous ne s'accorde avec le quartier des Halles. Vous n'avez jamais vécu à la cour, car vous ne possédez pas l'obséquiosité, l'ostentation qu'on y acquiert, ou plutôt qu'on y acquérait. Vous n'avez rien de provincial non plus, bien que je vous imagine passer vos étés à la campagne, dans quelque château. Quel est votre nom de naissance ?

— Gineste. Il est vrai que je n'ai jamais fréquenté la cour, bien que feu mon mari m'ait parfois emmenée à Versailles.

Et, comme je vous l'ai dit, je suis provinciale, de naissance comme d'éducation.

— Yolande Gineste, donc, fille d'un marchand de toile de Saint-Flour, demeurant rue des Lombards. Si vous le dites... Vous avez pris la peine de venir ici pour entendre une histoire, et je vais vous la conter. Quand êtes-vous née ?

— En quoi cela vous importe-t-il ?

— Cela importe pour les besoins de ma narration, car j'essaie de vous situer dans l'histoire de la Bête. Vous avez dû naître durant ces années-là.

— En 1764, le 25 décembre.

— Donc à la fin de la première année de la Bête. Savez-vous qu'à en croire un conte de bonne femme, les personnes nées à la Noël sont prédisposées à devenir loups-garous ?

— Je croyais que naître ce jour-là était de bon augure. Et je pensais que les loups-garous étaient mâles.

— Vous étiez mal informée, ma chère. Témoin l'épisode singulier arrivé à un chasseur dans votre beau pays d'Auvergne au début du siècle dernier. Attaqué par un loup énorme, l'homme se défendit vaillamment et parvint à couper une patte avant du fauve, qui prit la fuite en claudiquant. À la nuit tombée, il atteignit le château d'Apchon, où demeurait son meilleur ami, et sortit de sa besace ce qu'il pensait être la patte du loup. Tenez-vous bien ! Non seulement était-ce une main de femme, mais elle portait une bague que le seigneur d'Apchon reconnut comme étant celle de son épouse. Ils allèrent tous deux confronter la dame, qui était assise au coin du feu, blême, cachant l'un de ses bras dans ses jupes. Son mari lui ordonna de leur montrer sa main.

— Elle avait été tranchée au poignet ?

— Eh, oui ! Le seigneur d'Apchon, atterré, traduisit immédiatement son épouse en justice. Elle nia farouchement pendant trois jours, mais, une fois mise à nu et tondue, elle avoua tout ce qu'on voulait, sans qu'il fût besoin d'avoir recours à la torture. Pour elle, il n'y avait qu'une seule issue, le bûcher. En une semaine, la belle dame du château fut réduite en une poignée de cendres dispersée au gré des vents.

— Je suppose que le seigneur d'Apchon ne manqua pas d'assister à son supplice, pour la regarder se tordre dans les flammes. Concocter l'histoire du loup-garou avec son ami le chasseur, puis couper la main de son épouse... La haine qui peut naître d'un mariage est terrifiante.

— Qu'en savez-vous, vous qui avez connu la félicité conjugale auprès du regretté monsieur Tardieu ? Mais nous digressons encore, chère madame, revenons à l'histoire qui vous amène. Grandissant à Saint-Flour, vous étiez à l'abri des ravages de la Bête. Voyez-vous, elle attaquait dans les champs, à l'orée des bois, parfois même au milieu des villages. Mais pour les besoins de mon récit, je vous demanderai de quitter un instant le ventre de votre mère, où vous étiez si confortablement logée en cet été 1764. Vous atteignez l'âge de quinze ans, pour chausser les sabots d'une bergère, une jeune fille aux longs cheveux de lin, aux yeux d'un bleu qui paraît vert. Y êtes-vous, ma chère ?

Les paupières de Yolande papillonnaient.

— Je crois.

— Vous filez la laine dans l'air immobile de cette fin d'après-midi, qui se rafraîchit déjà. Vos moutons paissent autour de vous, pas plus d'une douzaine de bêtes, car vos parents sont pauvres. Les sonnailles tintent gaiement, les mouches bourdonnent. Bientôt, vous penserez à rentrer chez vous, car le soleil se couche tôt derrière les montagnes, et, au crépuscule, des choses commencent à rôder dans les campagnes, des choses que vous ne voulez pas rencontrer. *Entre chien et loup*, comme on appelle ce moment-là. Il est plus dangereux que la nuit elle-même, lorsque les tendres jeunes filles ont regagné leur chaumière. En cette heure incertaine, sans attendre l'obscurité, certaines créatures voient leur poil s'épaissir, leurs crocs s'allonger, des griffes sortir de leurs pattes.

La voix de l'homme était douce, mais Yolande frissonnait.

— Vous vous levez donc, vous rassemblez votre petit troupeau, vous êtes prête à rentrer chez vous, où vous attendent votre famille, votre souper, votre sûreté. Soudain vous vous figez, car vous avez aperçu quelque chose que vous ne reconnaissez pas, quelque chose qui vous observe depuis l'orée du bois. Vous pensez à un chevreuil, à cause du pelage roussâtre, et vous commencez à distinguer dans le crépuscule une grande tache blanche en forme de cœur sur le poitrail, puis des rayures noires sur les flancs. Ce ne peut donc pas être un chevreuil, mais l'animal ne ressemble pas non plus à un loup. Vous connaissez bien les loups, le Gévaudan en est infesté, leur tête est mise à prix. Ils sont dégingandés, rapides, rusés, prudents, vous savez les faire fuir en entrechoquant vos sabots. Mais cette bête est trapue, elle a la tête carrée, le cou énorme, ce pourrait être un très grand molosse.

Yolande se sentait envahie d'un malaise grandissant.

— Vous entendez alors l'étrange créature. Un grognement grave, certains y ont reconnu le son d'une voix humaine en colère, puis tout va très vite. Votre courte vie touche à son terme, et ces quelques secondes de terreur semblent s'étendre à l'éternité. Le fauve, dressé sur ses pattes arrière, vous saisit la gorge entre ses énormes mâchoires, la pestilence de son haleine vous entoure. La dernière chose que vous voyez en ce monde, ce sont des yeux d'un rouge brunâtre, vous sentez du sang, votre propre sang, couler entre vos jeunes seins. Grâce à Dieu, vous êtes déjà morte quand elle vous traîne dans les bois pour se repaître à loisir de vous.

Yolande se leva brusquement.

— Vous êtes cruel ! Vous prenez plaisir à narrer cela.

L'homme la toisa d'un air froid.

— Vous vouliez entendre cette histoire. Pensiez-vous que ce serait un conte à l'eau de rose ?

Bouleversée, elle se leva brusquement, sans prendre congé, et se sauva, poursuivie jusque dans la rue par les propos de Morangiés, qui avaient réveillé un souvenir d'enfance.

C'était à Saint-Flour, à la maison Raynal, Yolande et Marianne, toutes petites, étaient assises sur l'un des bancs du cantou. La cuisinière préparait une tarte au caillé en chantonnant en langue d'oc l'histoire d'une jouvencelle qui s'en allait porter une galette et un pot de beurre à sa grand-mère, et rencontrait dans la forêt un homme fort grand, puant, d'allure étrange.

Les enfants, n'ayant jamais entendu parler du *Petit Chaperon rouge*, à l'index chez maître Raynal, découvraient le conte dans la version de la cuisinière.

Arrivée chez sa grand-mère, la jeune fille retrouvait l'homme monstrueux dans le lit de celle-ci.

— Déshabille-toi, mignonne, lui disait-il, et viens te coucher avec moi.

— Que dois-je faire de mes habits ?

— Jette-les au feu, tu n'en auras plus besoin.

Une fois dévêtue, la candide héroïne rejoignait docilement le loup-garou, s'étonnant de trouver l'aïeule entièrement nue, si velue, si bizarrement faite. Bien entendu, il ne faisait qu'une bouchée d'elle.

Yolande entrevoyait le sens caché de l'histoire : sa destinée de femme y était annoncée. Elle avait dû coucher nue dans le lit d'un homme, se livrer à lui, et il finirait par la dévorer. Le fauve n'était-il autre que son mari ?

CHAPITRE 16

D'ordinaire, dans la chambre de la rue des Arcis, les amantes se précipitaient pour s'embrasser dès qu'elles se retrouvaient, mais cette fois, Camille, assise sur le lit, ne se leva pas.

— Tu es encore fâchée, marquise chérie ? demanda Yolande en s'installant près d'elle.

— Quelle question ! Je n'ai arrêté de penser à ce que tu m'as dit, à ce que tu ne m'as pas dit. Je croyais te connaître, je me trompais. Tu te caches sous des voiles. Quand on en soulève un, et qu'on croit te découvrir, on en trouve un autre.

— Ces voiles dont tu parles, ce sont les vêtements de l'âme. Comme nos habits, ils nous sont nécessaires, ils nous protègent du regard, du jugement des autres. En effet, il est des choses que tu ne me sais pas sur moi. Je vais te les dire maintenant. J'ai bien un frère cadet, Bernard. J'avais aussi une petite sœur, Marianne, d'un an plus jeune que lui, la plus douce créature qui fût. Nous étions toutes deux pensionnaires à la Visitation, elle était tout ce que j'avais. Contrairement à toi, nous rentrions chez nos parents durant les vacances. Et mon frère aussi, pour notre tourment, revenait de chez les oratoriens à ce moment-là.

Les yeux de Yolande se brouillèrent, les malheurs passés lui revenaient.

— J'étais laide, trop grande, grêle, gauche. Cela n'empêchait pas Bernard de me lorgner, de m'approcher, de me peloter. Marianne était infiniment plus jolie que moi, mais il ne s'intéressait pas à elle de cette manière. Il se contentait de la faire tomber, de lui tirer les cheveux, de lui faire mal, parce qu'il savait que cela me faisait mal.

— Je n'ai jamais eu de frère, dit Camille, mais il me semble que les garçons tendent à se conduire ainsi.

— Exactement ce que disait ma mère : les garçons aiment à taquiner leurs sœurs. Pour ma part, j'étais punie presque tous les jours à la maison, mon père me fouettait au moindre prétexte.

— La plupart des parents en font autant. Je suis sûre que ton mari aussi fouette ton fils.

— Non, il n'a jamais corrigé Marc. Pour en revenir à mon frère, le misérable se postait à la porte du cabinet de père pour m'écouter crier sous les coups, il s'en vantait. Il menaçait de se plaindre de moi pour faire redoubler le châtiment. Amusements anodins, me diras-tu.

Camille restait coite.

— Un jour, la veille de Noël, j'ai giflé Bernard après qu'il avait attaqué Marianne. Et, venant de moi, il ne s'agissait plus d'une innocente taquinerie : j'étais une harpie, un monstre. Mon père m'a aussitôt chassée, ma mère m'a envoyée chez ma tante à Paris. J'ai fait le voyage en diligence seule, à seize ans à peine.

Nul besoin de parler du tisonnier, ni d'ailleurs d'autres choses qui n'étaient pas pertinentes, comme les visites à Morangiès, par exemple.

— Ma pauvre chérie ! C'est donc ainsi que tu as rencontré Tournay.

— J'avais cru trouver refuge auprès de lui. Mais je n'en avais pas fini avec ma famille. Un an après mon départ, quand je n'étais plus là pour protéger Marianne, Bernard l'a poussée dans l'escalier, il l'a tuée. J'étais grosse de mon premier enfant, j'ai fait une fausse couche en apprenant cette horreur.

— Cela s'est passé chez tes parents ? Et ils n'ont rien fait, rien dit ?

— Bernard n'est pas stupide, il n'y avait aucun témoin, mais je le sais comme si je l'avais vu.

Camille écarquillait les yeux.

— Voyons, Yolande, comment peux-tu, sans aucune preuve, proférer une accusation pareille ?

— Dis que je suis folle, tant que tu y es ! Voilà pourquoi je ne t'ai parlé de rien durant toutes ces années. Les innocentes taquineries de Bernard, la sévérité justifiée de mon père, la mort accidentelle de Marianne, mes accusations sans fondement... On fouette une enfant par pure cruauté, une autre meurt à quinze ans, le cou rompu, de la main de son frère : rien de grave. Tu vois, même quand j'essaie de t'expliquer tout cela, tu n'y comprends rien.

Camille, radoucie, saisit la main de Yolande pour la caresser tendrement.

— Si, je commence à te comprendre.

— Ma mère est morte en mai, je n'ai pas voulu prendre le deuil, qui m'aurait de nouveau liée à mon père, à mon frère, au passé. De cela non plus, je n'ai pu te parler, il aurait fallu tout te révéler.

— Tu m'as dit l'autre jour que ton frère t'avait menacée. De quoi ?

— De parler à Paul.

— Lui parler de quoi ? Encore une fois, tu me caches des choses.

— Dieu sait quelles calomnies pourraient traverser l'esprit de Bernard. Quoi qu'il raconte, tu peux imaginer la réaction de Paul.

Camille lui passa le bras autour de la taille.

— Je te l'ai souvent dit, Yolande, tu ne te méfies pas assez de ton mari. Il est bien plus dangereux que ton frère.

— Qu'en sais-tu ? Tu ne les connais ni l'un ni l'autre. Je préfère mille fois avoir affaire à Paul qu'à Bernard.

— Ton frère est-il encore à Paris ?

— Il a quitté son hôtel, semble-t-il. Il peut néanmoins écrire à Paul.

— Qui, lui, est toujours ici, avec lequel tu vis. Je me fais tant de souci pour toi.

— Ma chérie, soupira Yolande, la tête sur l'épaule de Camille, je ne vais pas passer ma vie dans la terreur. Quoi qu'il arrive, un jour j'aurai ma liberté, et nous pourrons oublier tous ces tracas. Quelques mois peut-être...

Camille défit l'épingle à chapeau de Yolande, déroula ses cheveux, la dévêtit lentement, tendrement, posant des baisers, légers comme un souffle, sur la peau qu'elle découvrait. Yolande ferma les yeux, se laissa aller, s'allongea sur le ventre, respirant plus vite. Après toutes ces années, la volupté n'avait rien perdu de sa douceur. Camille avait repoussé les cheveux de son amante pour lui dégager le dos, ses doigts et ses lèvres allaient de la nuque à la naissance des fesses. Yolande frémissait, gémissait. Cependant, quand les mains de Camille tentèrent de se glisser entre les cuisses de Yolande, elle les referma brusquement.

— Non, pas cette fois.

Un reste de rancœur.

Durant la semaine de Varennes, Paul était devenu moins discourtois, il était rentré moins tard. Simple accalmie, hélas. Il avait repris ses anciennes habitudes, et Yolande devait désormais l'attendre jusques après minuit. Captivé par les appas de sa Nanette, de toute évidence.

Elle hésita avant de retourner rue du Théâtre-Français. Morangiés s'était-il froissé de son départ abrupt ? Non, il semblait serein, même amical.

— Je suis heureux de vous voir remise de vos émotions, chère madame. Loin de moi l'idée de vous épouvanter. J'essayais simplement de vous faire comprendre ce que les gens avaient vécu en Gévaudan. Mille jours de terreur. Parfois on ne retrouvait rien qu'une paire de sabots abandonnés dans le champ, parfois un torse à demi dévoré, ou une tête presque réduite au crâne, quelques mèches de cheveux encore attachées, des yeux qui fixaient les vivants depuis des orbites décharnées. J'ai contemplé ces choses-là, elles me hanteront jusqu'à la mort.

— La vérité était déjà bien assez effroyable, pourquoi m'avoir conté ces histoires de loups-garous ?

— Parce qu'aux yeux des illettrés, la Bête en était un. Les témoignages ne manquaient pas. Un brave paysan, un dénommé Bégou, sorti de grand matin pour satisfaire un besoin naturel, avait ainsi aperçu un individu de haute taille qui se baignait dans la rivière en contrebas de chez lui. L'homme bondit hors de l'eau, soudain changé en Bête, et s'élança sur Bégou, qui eut tout juste le temps de s'enfermer dans sa masure. Le pauvre garçon en fut si épouvanté qu'il tomba malade.

— Peut-être était-il un peu simplet.

— Peut-être, mais d'autres avaient rencontré par les chemins de campagne un homme « bourru », dont les longs poils noirs couvraient les mains, dépassaient par l'échancrure de la chemise. Son apparition annonçait une attaque de la Bête dans les parages.

— Et vous, que pensiez-vous de la Bête ?

— Je suis un homme de mon temps, madame, imprégné d'idées philosophiques, au fait des dernières découvertes de la science. Durant les premiers mois de la Bête, je pensais à une hyène d'Afrique, échappée de quelque ménagerie ambulante remontant la vallée du Rhône. Je m'attendais à ce que le fauve, habitué aux chaleurs tropicales, pérît dans la désolation glacée du rude hiver de nos montagnes.

— Vous vous étiez trompé, semble-t-il. Vous, l'homme éclairé, le philosophe, que faisiez-vous en ce temps-là ?

— Sans doute avez-vous, grâce à l'obligeance du ministère de la Guerre, consulté mes états de service. Peu m'importe, je n'ai rien à cacher. Je suis né en 1728, au château de Boy, le premier-né d'une des plus grandes lignées du Gévaudan, destiné à suivre la carrière des armes, dans laquelle mes aïeux s'étaient illustrés. Je vis le feu dès l'âge de quinze ans, à Dettingen, et je fus de bien d'autres batailles de la guerre de Sept Ans, parfois aux côtés du marquis mon père. Ypres, Fontenoy, Rocroi, Lawfeld... Je reçus la croix de l'ordre royal et militaire de Saint-Louis.

— Le ruban rouge que vous portiez dans mon rêve.

— Ou plutôt celui qu'y usurpait l'imposteur, tout comme il usurpait mon uniforme de maréchal de camp. Je devins colonel-propriétaire du régiment d'infanterie du Royal-Languedoc. Nul besoin de vous parler de la tournure désastreuse que prit la guerre.

— Vous vous êtes marié durant ces années-là, n'est-ce pas ?

— En effet, à Marie-Paule de Beauvilliers, fille du duc de Saint-Aignan, pair de France. Jeunes époux, nous fréquentions assidûment la cour durant mes congés. Hélas, ma pauvre Marie-Paule, après m'avoir donné deux fils, périt en couches après seulement trois ans d'une heureuse union. Je repris mon service, mais ne vous ennuierai pas avec le détail des tribulations du Royal-Languedoc, qui furent les miennes. Nous fûmes finalement déployés à Minorque. Deux ans d'une vie misérable dans cette île perdue, balayée par un vent glacial tout l'hiver, où le moindre morceau de viande avariée se vendait à prix d'or. Atteint d'une toux opiniâtre, je crachais le sang, je pensais ne jamais revoir mon pays.

— Puis la paix est arrivée.

— Aussi calamiteuse que l'avait été la guerre : la perte de la Nouvelle-France, de nos comptoirs des Indes, du Sénégal... Et de Minorque, ce qui me valut d'être rapatrié en 1762, deux ans avant votre naissance. J'espérais que mes longues années de loyaux services aux armées me vaudraient quelque reconnaissance. Que nenni ! Mon père était sous le coup d'accusations injustes et infamantes à la suite de sa reddition à Minden, et sa disgrâce rejaillissait sur mon frère et moi. Quand j'essayai de revenir en cour, le bureau de la Guerre à Versailles me mit un marché en main : j'étais brigadier, on me nommerait maréchal de camp, je serais pensionné comme tel, mais il me faudrait vendre mon régiment. À trente-cinq ans, je voyais ma carrière militaire brisée. De surcroît, ma santé ne s'était pas arrangée, les médecins m'affirmaient qu'il s'agissait de consomption, ils ne donnaient pas cher de ma vie.

— S'ils avaient eu raison, le cours de l'histoire eût été changé.

— Vous vous moquez, ma chère.

— Le cours de *votre* histoire, s'entend.

— Je décidai donc de rentrer en Gévaudan pour me soigner et, si les choses devaient en arriver là, finir mes jours dans mon pays natal. Mes pas me menèrent tout naturellement vers les eaux de Bagnols, réputées depuis l'Antiquité pour les affections de poitrine. J'étais le seigneur du lieu, comme on disait en ce temps-là.

— Vous vous en êtes fort bien trouvé, dirait-on.

— C'est exact, je n'ai eu qu'à me féliciter de ce séjour. J'avais trouvé les thermes romains en piteux état, mais on y voyait encore de beaux chapiteaux à feuilles d'acanthe. Les fouilles que j'engageai mirent au jour des urnes, des médailles, un grand bassin octogonal. Je fis dégager la source, restaurer les bâtiments, réparer l'hôtellerie de *La Grande Auberge*, où je séjournais moi-même, et qui accueillait les malades et leur famille.

— Vous avez dû y faire des rencontres intéressantes.

— Les améliorations que j'avais effectuées commençaient à attirer des personnes de qualité, je ne le nierai pas.

Il hésita un moment, le regard lointain.

— Cependant, cela ne concerne pas directement l'affaire qui vous intéresse, et il n'y a pas lieu de ne nous y attarder. Une fois guéri au printemps 1764, je m'en retournai à mon château de Saint-Alban, à une douzaine de lieues de là.

— À quoi ressemble-t-il ?

— Une belle bâtisse ancienne, à portail et parements de grès rose, à tours rondes, construite sur une éminence dominant la ville.

— Comme dans mon rêve.

— Dois-je vous rappeler que je n'étais pas dans votre rêve ? En tout état de cause, c'était là que je résidais quand est apparu, l'été de cette même année 1764, le fauve qui allait semer la désolation en Gévaudan et en Auvergne, et accessoirement ridiculiser Sa Majesté Louis XV.

— Et vous, que faisiez-vous pour sauver le pays de la désolation ?

— Je dirigeais les premières battues, je rendais des visites de condoléances aux malheureux auxquels la Bête avait arraché des proches, je leur offrais des secours. Et j'écrivis au cabinet de la Guerre à Versailles pour demander une réponse militaire massive : un régiment entier.

— Dont vous auriez pris la tête ?

— J'étais plus qualifié que quiconque, de par ma connaissance du pays, des habitants, de leur langue, et de par mon expérience militaire. La solution retenue par Versailles fut bien plus modeste, et l'on ne fit pas appel à mes services, mais à ceux d'un certain capitaine Duhamel, bon soldat du reste, à la tête d'une trentaine de dragons du régiment de Clermont. Compte tenu du territoire à couvrir, c'était bien peu. Les dragons eux-mêmes ne savaient pas un mot de langue d'oc, la seule parlée par les paysans, et leurs incivilités les rendirent vite impopulaires. L'hécatombe se poursuivait, Duhamel et ses dragons furent renvoyés à leur caserne au bout de quelques mois.

— Si seulement on vous avait écouté à Versailles...

— On se contenta en haut lieu de nous envoyer deux aventuriers, les d'Enneval, père et fils, nobles normands. Sans chercher à cacher leur mépris pour nous autres culs-terreux du Gévaudan, ils se vantaient d'avoir abattu trois mille loups de par le royaume, se faisaient fort de tuer la Bête en quinze jours. Les espérances étaient à la mesure de leurs fanfaronnades.

Morangiés soupira profondément.

— Car ce n'étaient que fanfaronnades. Ils ne manquaient certes pas d'excuses : leurs chiens, pour quelque raison, étaient restés à Saint-Flour, puis ce fut la neige, la grêle, la pluie, bref, ce pays de sauvages. Des montagnes coupées de vallées profondes, couvertes de bois épais pleins de cavernes servant d'abri aux loups, ou pire.

— Ces mêmes d'Enneval, ce me semble, ont proféré des accusations assez choquantes à votre égard.

— *Choquantes* est le mot. Comment sont-elles parvenues à vos oreilles ?

— Le souvenir des ravages de la Bête est encore vif autour de Saint-Flour, les rumeurs ne se sont pas éteintes.

— Le fils d'Enneval, qui était à peu près de mon âge, osait me reprocher, en termes à peine voilés, d'abriter la Bête dans mes bois, de désarmer les paysans en confisquant leurs fusils, d'entraver les battues.

— Pourquoi cette hargne à votre encontre ?

— J'avais écrit au *Courrier d'Avignon*, le premier journal à s'être emparé de l'affaire, que les d'Enneval semblaient plus enclins à passer leur temps à l'auberge de la Croix Blanche, au Malzieu, au milieu des chopines, qu'à chasser la Bête. Le sieur Morénas, directeur de cette excellente publication, était toujours ravi de publier mes lettres. Je les ai traités d'imposteurs, ces soi-disant chasseurs émérites qui n'avaient même pas tué un seul loup en Gévaudan. Après cela, il n'est guère étonnant qu'ils aient cherché à répandre d'atroces rumeurs sur mon compte.

Morangiés regardait fixement Yolande.

— Puis-je vous demander, madame, pourquoi, dans l'intention manifeste de m'offenser, vous venez me jeter à la figure les ragots de ces scélérats ?

— Je voulais vous entendre les réfuter, et vous assure que mon intention n'a jamais été de vous offenser. Si je l'ai fait, je vous présente mes excuses.

Évidemment, l'homme nierait toujours. Yolande avait encore des questions cruciales à lui poser, et, en le quittant, elle se reprocha d'avoir éveillé sa méfiance.

CHAPITRE 17

Depuis la rencontre avec son frère, Yolande était des plus attentives aux humeurs de son mari. Fils toujours affectueux et dévoué, il se rendait chez sa mère deux fois par mois les samedis et dimanches. À son retour ce lundi-là, il semblait fort préoccupé.

— Comment va mère ? demanda Yolande.

— Je l'ai rarement vue si bouleversée. Elle est allée hier à la grand-messe à Droué, comme à son habitude. Tu sais que le curé a refusé de prêter serment à la constitution civile du clergé.

— Je croyais qu'en qualité de prêtre réfractaire, il avait été démis de ses fonctions après Pâques.

— Certes, mais il n'en continuait pas moins de célébrer les offices, en toute illégalité. Il clamait en chaire qu'il n'avait pas d'ordres à recevoir des autorités civiles, qu'il ne cèderait jamais la place au prêtre constitutionnel nommé pour le remplacer. Je ne comprends pas pourquoi le procureur-général-syndic n'avait pas dépêché la garde nationale pour l'expulser. C'est cette faiblesse inexcusable qui a déclenché l'incident d'hier. Une troupe de mégères venues de Versailles, armées de poignées de verges, a fait irruption en pleine messe pour traîner dehors la ci-devant baronne d'Aigremont et sa dernière fille célibataire, toutes deux partisanes déclarées du curé. Elles ont été fessées sur les marches de l'église, cul nu, au milieu des applaudissements, des sifflets, des éclats de rire, des cris obscènes.

— Mon Dieu ! Il n'est rien arrivé à mère ?

— Elle en a été quitte pour la peur. Des villageois lui ont fait un rempart de leur corps et l'ont escortée indemne jusqu'à sa voiture. Elle est bien connue aux alentours pour ses secours aux malheureux, c'est ce qui a dû la sauver de la *discipline patriotique*.

— Pauvre mère...

— Je me suis âprement reproché de ne pas l'avoir accompagnée, par égoïsme, pour m'épargner l'ennui de cette mômerie de messe... Du moins, j'étais là pour la réconforter à son retour. Je lui ai fait promettre de ne pas remettre les pieds à l'église.

Il jeta un regard sombre à Yolande.

— Quant à toi, je t'interdis la messe, m'entends-tu ? Au reste, Saint-Louis-en-l'Isle va fermer au culte, je viens de l'apprendre, le bâtiment doit être transformé en entrepôt.

Qu'adviendrait-il de la dépouille de monsieur Tournay père dans le caveau de famille ? Paul ne semblait pas s'en soucier et Yolande s'abstint de l'interroger. Pour sa part, même si elle n'avait pas perdu la foi et continuait d'adresser ses prières à Dieu et à la Sainte Vierge, elle avait depuis longtemps cessé d'assister aux offices, sauf avec mère durant les séjours à La Danerie. Même cela serait désormais terminé.

L'Assemblée nationale avait hésité à maintenir les festivités du 14 juillet, car, après Varennes, on redoutait que l'apparition publique du roi n'enflammât les foules. On décida finalement de ne pas inviter Sa Majesté, et on répara les gradins et la pyramide de l'autel de la Patrie au Champ-de-Mars pour les cérémonies. Yolande jugea prudent de s'en tenir à l'écart et de se passer de visite à Morangiés cette semaine-là.

Les jours suivants, Yolande remarqua, un peu partout en ville, des affiches du club des Cordeliers devant lesquelles les passants s'attroupaient, ceux qui savaient lire en déclamant les termes à haute voix pour les illettrés : les patriotes étaient conviés à se rassembler au Champ-de-Mars le 17 pour signer une pétition exigeant la destitution du roi.

Le samedi 16, Paul annonça abruptement à son épouse qu'il partait pour La Danerie. Elle en fut étonnée, car d'ordinaire il ne s'y rendait pas deux semaines de suite. Sans doute, après les troubles du dimanche précédent, voulait-il rassurer sa mère.

Le lendemain dimanche, en milieu de journée, Yolande entendit retentir des clameurs au-dehors et se risqua jusqu'au pont Marie pour découvrir ce qui se tramait. Des gardes nationaux en uniforme, des gendarmes à cheval, des hommes en civil accouraient en direction de l'Hôtel de ville. Curieusement, pas de femmes. Cela avait sans doute trait à la pétition du Champ-de-Mars. Le calme retrouvé de Paris demeurait précaire.

De retour chez elle, elle monta à son boudoir, où elle reprit *Justine*, abandonnée à ses infortunes depuis la rencontre avec Bernard. L'air stagnant de la cour n'apportait aucune fraîcheur, elle ne pouvait fixer son attention sur la lecture. Vers les cinq heures, elle eut la surprise de reconnaître le pas et la voix de Paul en bas. Quand elle le rejoignit, il était debout dans la salle à manger, prenant une collation sur le pouce.

— Tu es déjà de retour ? Je ne t'attendais pas avant demain.

— Je suis libre de mes mouvements, ce me semble.

Tout accoutumée qu'elle fût à l'animosité de Paul, elle fut prise de court par la manière dont il évitait son regard, on eût dit que sa seule présence le rendait furieux. Une pensée traversa l'esprit de Yolande : il n'aurait pas fait le voyage de La Danerie pour vingt-quatre heures. De toute évidence, il revenait du garni où il avait dû installer sa Nanette, dans les bras de laquelle il avait dû passer la nuit et une bonne partie de la journée. Pour la première fois en dix ans de mariage, il avait découché. Elle se surprit à en éprouver un pincement au cœur, non qu'il n'y eût rien à sauver de leurs amours passées, mais elle y voyait une preuve de mépris inédite.

— Il se passe des choses au Champ-de-Mars, reprit-il, une émeute. Bailly vient d'y envoyer La Fayette à la tête de la garde nationale, la loi martiale a été proclamée. Je m'en vais de ce pas à l'Hôtel-Dieu, on pourrait nous amener des blessés. Je t'interdis de sortir, cela va de soi. Ne m'attends pas ce soir.

Il s'en fut sans aucune forme de salutation.

Heureuse de se retrouver seule, elle soupa tranquillement à huit heures. Fidèle à son habitude, elle se servit un abricot après le repas, puis, après avoir fini l'eau-de-vie au fond de la coupelle, décida cette fois d'en prendre un second. Tout en grignotant les fruits, elle pensait au Champ-de-Mars, à l'émeute, à la loi martiale. Que se passait-il là-bas ?

Elle se coucha tôt pour replonger dans *Justine*. L'héroïne s'était jetée, mue par une pieuse intention, à la merci de moines débauchés, meurtriers, qui vivaient une orgie sans fin dans un vaste souterrain où ils séquestraient un groupe de femmes. L'un d'eux la menait dans un dédale obscur :

Une sueur froide s'empare de moi, je chancelle ; il faisait nuit, nulle lumière ne guidait nos pas, mon imagination effrayée me fait voir le spectre de la mort balançant sa faux sur ma tête ; mes genoux fléchissent...

Yolande rêvait tout éveillée, elle frissonnait malgré la moiteur de la soirée d'été. Les mots, répétés en écho par une voix profonde, résonnante, s'enchevêtraient dans le labyrinthe d'un cauchemar. Respirer lui coûtait un effort intense, elle haletait sans pouvoir reprendre haleine, les rideaux du lit s'envolaient autour d'elle, comme affolés par un souffle d'orage, le plafond de sa chambre tournoyait à une vitesse effrayante. Brûlante de fièvre, elle repoussa vivement les draps. Le livre lui glissa des mains.

Des pas feutrés, une présence muette, attentive, à ses côtés, la tirèrent un instant de sa torpeur. *Le spectre de la mort balançant sa faux sur ma tête*. Elle tenta d'appeler Paul au secours, mais non, il la haïssait, elle s'en souvenait maintenant, il ne lui viendrait jamais en aide. Le vertige la reprit, elle se noyait à nouveau dans les horreurs du roman. Elle essaya de lever les paupières, qu'une chape de plomb semblait alourdir, mais une lumière lui brûla aussitôt les prunelles. Le palpitement d'une migraine lui martelait le front au-dessus du sourcil gauche, des bouffées de nausée se succédaient.

Quand elle réussit enfin à ouvrir les yeux, elle reconnut, à la lueur des bougies agonisantes, les repères familiers dans la pénombre : la cheminée, la commode, les bergères, les rideaux tirés. Dieu merci, elle n'était plus prisonnière du rêve.

Elle aperçut alors sur la table de chevet un objet qui n'aurait pas dû y être : un pistolet à silex. Chargé, à coup sûr : chien armé et couvre-bassinet fermé. Aux ciselures d'argent de la crosse, mascarons aux yeux exorbités, têtes de lion, trophées de chasse, elle reconnut l'une des armes préférées de Paul. Il avait soin de la glisser dans sa ceinture quand il partait à cheval pour La Danerie.

Elle sauta du lit, frappée d'épouvante. À travers le brouillard de ses pensées, une urgence s'imposait : se débarrasser à tout prix de cette chose mortelle. Sans même enfiler ses mules, elle se saisit du pistolet, qu'elle serrait comme un enfant contre son sein, s'enfuit, dévala l'escalier de pierre au risque de se rompre le cou. À la lumière des réverbères du quai, qui perçait par l'encadrement des fenêtres du vestibule, elle vit avec un immense soulagement que la porte n'était pas barrée. En fait, elle n'était même pas fermée à clé. Paul devait être sorti, Yolande avait une chance de se sauver.

Une fois dehors, elle se remit à courir sur le quai, la poussière du pavé collant à ses pieds nus. Elle franchit la courte distance qui la séparait du pont de la Tournelle, s'arrêta au milieu, et, à bout de souffle, posa le pistolet sur le parapet. Elle essayait de retrouver ses esprits, de comprendre ce qui s'était passé, mais rien n'avait de sens. La présence qu'elle avait sentie dans sa chambre, était-ce celle de Paul ? La détestait-il donc au point de vouloir la tuer ? Pourtant, c'était bien lui qu'elle avait voulu appeler au secours. Elle contemplait le pistolet sans pouvoir en détacher les yeux, comme s'il contenait la clé de ces mystères. Elle était venue le jeter à la Seine, et ne pouvait s'y résoudre.

Au moment où elle se penchait pour contempler les flots sombres qui charriaient pêle-mêle le reflet des étoiles, de la lune, des réverbères, elle sentit quelque chose d'énorme, de chaud, à la puissante odeur animale, lui envelopper le dos. Deux bras s'étaient refermés sur elle avec une force terrifiante. Sa première pensée fut celle d'un monstre, une sorte d'ours, dressé sur ses pattes arrière. Elle se mit à hurler à s'en déchirer la gorge. Une main se plaqua sur sa bouche, son nez, ses yeux.

— Allez-vous vous taire ? dit rudement une voix de basse. Vous allez ameuter tout le quartier.

Elle essaya de se dégager. L'étau se contracta, l'étouffa, elle cessa de se débattre.

— Voilà qui est mieux, dit la voix. Tenez-vous tranquille. Vous n'allez plus essayer de sauter à l'eau ?

Elle tenta de faire un signe de la tête. La main qui lui emprisonnait le visage alla rejoindre celle qui lui maintenait toujours le torse.

— Je voulais simplement me défaire de ce pistolet, dit-elle, haletante. Lâchez-moi.

— Et c'est pour cela que vous vous promenez sur les ponts de Paris en pleine nuit, pieds nus, en chemise ? Il faudra m'expliquer.

— Je vous expliquerai tout ce que vous voudrez. Lâchez-moi, de grâce. Je ne me jetterai pas à la Seine.

L'étreinte se desserra. Elle se retourna pour faire face à un géant vêtu de noir, le teint cuivré, les cheveux aussi sombres que les yeux qui la dévisageaient sans aménité. Mâchoire forte, sourcils proéminents, nez long et aquilin, des traits trop accusés pour un homme si jeune, car, vu de près, il ne semblait guère plus âgé qu'elle. Elle se demanda comment un individu de cette stature avait pu l'approcher sans qu'elle l'entendît.

— Vous m'avez fait si peur, dit-elle.

— Plaignez-vous ! Vous aussi.

— Qui êtes-vous ?

— Pierre-André Coffinhal, je suis homme de loi.

— Ma tante, madame Tardieu, m'a parlé de vous. Vous habitez rue Le Regrattier.

En effet, tante Sophie avait confié à Yolande, quelques semaines plus tôt, qu'elle était allée consulter un jeune avocat natif de Vic, un voisin, pour recouvrer des créances relevant de la succession de l'oncle. Elle avait en effet décrit un homme taillé en Hercule.

— Elle m'a aussi parlé de vous, dit-il. Vous êtes mariée à Tournay.

— Vous le connaissez ?

— Tout le monde connaît Tournay dans l'île, et sa réputation de chirurgien n'est plus à faire.

Il saisit le pistolet sur le parapet, le soupesa, l'examina.

— *Niquet le jeune à Liège*. Une pièce de toute beauté. Pourquoi vouliez-vous l'envoyer par le fond ?

— Cette arme appartient à mon mari.

— Ce qui n'explique rien. Je vais la garder. Au train où vont les choses, je pourrais en avoir l'usage.

Il ouvrit le couvre-bassinet, souffla sur l'amorce pour la faire envoler et glissa le pistolet dans sa ceinture.

— J'attends avec impatience les éclaircissements que vous me devez, ma payse.

— Sitôt après être allée me coucher, je me suis sentie terriblement mal. J'étais assommée, je respirais à grand-peine, j'avais des nausées, une migraine, de la fièvre. Je me débattais au milieu de visions affreuses. Quand je me suis réveillée en sursaut au milieu de la nuit, j'ai trouvé ce pistolet sur ma table de chevet, j'ai pris peur, je me suis enfuie sans réfléchir.

— Où se trouve le sieur Tournay ? Chez vous ?

— Je ne crois pas. La porte de la maison n'était pas fermée à clé, ce qui est fort inhabituel de nuit, et la barre n'était pas mise. C'est lui qui s'en charge quand il rentre tard, car nous n'avons pas de portier et nos gens couchent de l'autre côté de la cour. Peut-être mon mari est-il encore à l'Hôtel-Dieu. Il m'a dit qu'on y amènerait les blessés du Champ-de-Mars.

Le visage de l'avocat se durcit, le regard noyé dans les eaux de la Seine.

— Il n'y a pas de blessés au Champ-de-Mars. J'en reviens. J'y étais allé avec un ami chirurgien dans l'espoir de soigner les survivants. Je suis médecin, même si j'ai cessé d'exercer pour devenir homme de loi. Nous n'avons pu secourir qu'une femme, cachée sous un tas de cadavres. Nous avons décompté plus de cinquante morts, mais les gendarmes avaient déjà achevé les blessés et poussé la plupart des corps à la Seine. Une atrocité, de pauvres gens sans défense, des hommes, des femmes, des enfants, des jeunes, des vieux, sacrifiés par La Fayette et Bailly pour maintenir ce traître de Louis sur le trône. Combien de temps va-t-il pouvoir s'y cramponner, je me le demande ? Cela se paiera, soyez-en sûre, les victimes de ce soir reviendront hanter leurs assassins.

Il se tourna vers Yolande.

— Pour en revenir à votre époux, son absence n'a rien à voir avec le Champ-de-Mars.

Le regard de l'homme se fit plus insistant.

— Vous avez été droguée. Des symptômes comme les vôtres, apparus subitement, évoquent une intoxication à l'opium. Une bonne dose de laudanum, rien de plus facile pour un chirurgien. Comment vont les choses dans le ménage Tournay ?

Yolande se remémorait Paul, debout dans la salle à manger. Son expression de fureur. À côté de lui, le bocal aux abricots, à sa place sur la desserte. Le goût puissant de l'eau-de-vie, qui avait dû masquer celui du laudanum.

— Mon mari... il ne m'aime plus.

— Un euphémisme, dirait-on. Mais il aurait pu vous faire sauter la cervelle, ou bien vous administrer un poison violent, de l'arsenic, par exemple. Il y a renoncé. Pour le moment.

— Alors que me voulait-il ce soir ?

— Qui sait ? Méfiez-vous de cet homme-là, ma payse. Six pieds de haut, remarquablement bien bâti, il doit peser dans les deux cents livres. Pour ma part, je n'aurais aucune peine à le mettre à la raison, mais vous ? Vous est-il arrivé d'observer ses mains ? Presque aussi grandes que les miennes. Il passe ses journées à trancher dans les muscles et les tendons, à scier les os. Le jour où l'envie lui prendra de devenir veuf, il n'aura nul besoin de pistolet ou de poison, il vous brisera comme un fétu de paille.

Yolande frissonna.

— Qu'y puis-je ?

— Quitter Paris. Retourner en Auvergne, par exemple.

— Ma famille ne veut plus de moi.

— Mon frère Jean-Baptiste est procureur-général-syndic du Cantal. Je vous donnerai une lettre de recommandation, vous serez sous sa protection, vous ne risquerez plus rien. Si vous avez besoin d'argent pour le voyage ou pour vous établir là-bas, je vous en prêterai. Mais partez, pour l'amour du ciel !

— Vous êtes fort généreux envers une inconnue, monsieur. Mais mon fils va finir son année à Juilly dans quinze jours. Je dois passer deux mois avec lui à la campagne, chez ma belle-mère. Je ne puis y renoncer, et il ne m'arrivera rien là-bas.

— Et à votre retour à Paris, que vous arrivera-t-il ? Vous ne m'écoutez pas.

— Si, je vous écoute, mais essayez de me comprendre.

— Pour l'instant, qu'allez-vous faire ? Vous n'allez pas passer la nuit à la rue, dans cette tenue. Je vous emmène chez votre tante.

— Non, la porte d'en bas est fermée la nuit, et je n'ai pas la clé.

— Alors venez chez moi. Je ne vous ferai aucun mal. C'est plus que je puis dire de Tournay.

Elle leva la tête et le regarda fixement. Pour une raison qu'elle n'aurait su expliquer, elle lui faisait confiance. Cependant, si elle le suivait, qu'adviendrait-il de l'été tant désiré avec Marc ?

— Non. Mon mari ne me laisserait jamais revoir mon fils. Mais m'accorderiez-vous une grande faveur ?

— Vous venez de refuser les faveurs que je vous proposais, je n'ai plus grand-chose à vous offrir.

— Voudriez-vous me prendre dans vos bras ?

Il se découvrit, enleva son habit, qu'il posa sur le parapet à côté de son chapeau.

— Vous m'excuserez, mes vêtements sont tachés de sang.

Il l'attira à lui et l'enveloppa, doucement cette fois. Elle sentit une main lui appuyer la tête contre la poitrine colossale, lui caresser les cheveux. C'était la première fois qu'un homme la touchait ainsi, sans haine et sans désir, par amitié, par pitié. Les larmes de Yolande coulaient en silence.

— Allons, ma pauvre payse, dit-il enfin, je vais vous ramener chez vous, puisque c'est ce que vous souhaitez.

Devant la porte de la maison Tournay, qui était restée entrouverte, il l'arrêta par le coude.

— Si un jour vous avez besoin d'aide, souvenez-vous de moi.

Écrasée de lassitude, s'accrochant à la rampe de pierre, elle monta à pas lents à sa chambre, se laissa tomber sur le lit et s'endormit d'un sommeil qu'aucun rêve ne vint plus troubler.

Paul avait de nouveau découché cette nuit-là. Au matin, Yolande, qui soupçonnait depuis quelque temps la petite bonne de voler des abricots, alla déverser le contenu du bocal dans le ruisseau devant la maison. Elle demanda à la cuisinière de ne plus en acheter. Dommage, c'était sa seule consolation lors des tête-à-tête avec son époux.

CHAPITRE 18

Paul avait-il voulu effrayer Yolande pour la forcer à renoncer aux pitoyables vestiges de son statut d'épouse ? Profiterait-il de son séjour estival à La Danerie pour installer Nanette à demeure sous le toit conjugal ? La lui imposerait-il comme servante à son retour, serait-elle forcée de la côtoyer, insolente, triomphante, d'écouter leurs ébats depuis sa chambre ? Humiliations insupportables, les seules qu'il lui eût épargnées jusque-là. Accoutumée aux infidélités de son mari, Yolande n'avait pas mesuré le danger de cette nouvelle liaison.

Le lendemain soir, Paul reprit le chemin de la maison de l'île à l'heure habituelle du souper, comme si de rien n'était. À son arrivée, il jeta un long regard pensif à sa femme et poussa même la prévenance jusqu'à s'enquérir de sa santé. Durant le repas, il se montra d'une politesse froide, sans fournir aucune explication sur son absence de la nuit précédente. Sitôt après, au grand soulagement de Yolande, il partit s'enfermer dans son cabinet de travail. Elle résolut de ne parler du pistolet à quiconque. Pourquoi inquiéter sa belle-mère, Camille, tante Sophie ? Qu'y pourraient-elles, d'ailleurs ?

Yolande retourna chez Morangiés le vendredi, la dernière visite avant le départ pour La Danerie.

— J'ai regretté votre absence la semaine passée, lui déclara-t-il. J'espère que rien de fâcheux ne vous est arrivé.

— Rien en particulier. Je ne suis guère sortie, je n'ai pas assisté aux festivités du 14 juillet. Qui ont dû être assez tristes cette année.

— Moi aussi, je suis resté chez moi. Les anciens nobles, à mon avis, ont tout intérêt à se faire oublier en ces temps agités. Voulez-vous que je reprenne ma narration pour revenir au règne précédent, celui du bien-aimé Louis, quinzième du nom ?

— C'est pour cela que je suis ici. Outre le plaisir de votre compagnie.

— Nous en étions restés aux échecs cuisants essuyés successivement par les envoyés de Versailles, le brave capitaine Duhamel et les déplorables d'Enneval. L'affaire prenait de l'ampleur. Non seulement le *Courrier d'Avignon* continuait-il à en faire ses choux gras, mais même la *Gazette de France* ne put éviter d'en parler. Bientôt, les journaux étrangers, la *Gazette de Cologne*, la *Gazette de Leyde,* s'en mêlèrent. Partout, à Londres, en Allemagne, aux Pays-Bas, à Boston, au Canada, on se gaussait de l'impuissance de notre bon roi. Les choses en vinrent au point où, l'été 1765 venu, Louis XV décida de frapper un grand coup : il nous envoya son porte-arquebuse, l'homme qui dirigeait ses propres chasses, monsieur François Antoine, avec des gardes des princes du sang, des chiens des écuries royales. Et la Bête fut enfin vaincue !

— Vraiment ? Ce n'est pas ce que j'avais entendu dire.

— Ce fut du moins la version officielle. La carcasse fut envoyée à Clermont, chez l'intendant d'Auvergne, pour être embaumée par un chirurgien et un apothicaire, et de là elle prit le chemin de Versailles.

— L'avez-vous vue ?

— J'avais l'insigne honneur de me trouver dans l'antichambre de la reine quand Louis XV lui-même la présenta en grande pompe à la cour, avant qu'une foule de visiteurs ne défilât pour l'admirer dans les semaines qui suivirent. Si j'avais été mauvais esprit, à Dieu ne plaise, j'aurais eu l'effronterie de noter que la fameuse Bête ressemblait à un loup empaillé des plus ordinaires.

— La tuerie ne reprit-elle pas ?

— La tuerie, oui, mais l'affaire était officiellement close. Le roi avait bien d'autres chats, ou bêtes, à fouetter, la fronde du parlement de Bretagne, son impopularité croissante, les rumeurs qui l'accusaient de vouloir affamer le peuple.

— Quand la vraie Bête fut-elle abattue ?

— Presque deux ans plus tard, par un cabaretier du nom de Jean Chastel. Un étrange bonhomme, le père Chastel, que monsieur Antoine avait fait emprisonner, avec deux de ses fils, pour avoir envoyé ses officiers de chasse s'embourber dans un marécage et les avoir mis en joue.

— Crimes qui auraient pu envoyer Chastel et ses fils aux galères, n'est-ce pas ? Ils devaient bénéficier de certaines protections. Les connaissiez-vous ?

— De loin. Il est vrai que j'ai des cousins *de* Chastel, et il n'est pas impossible que ces individus descendent d'une branche bâtarde de cette noble famille.

Morangiés eut un sourire narquois.

— Figurez-vous d'ailleurs, chère madame, que l'affaire vient de ressurgir. L'exploit de Chastel avait eu lieu lors d'une battue arrangée par l'un de mes cousins, bien attesté celui-là, le marquis d'Apcher.

— Décidément, vous êtes apparenté à tous ces personnages.

— Que voulez-vous, le monde est petit. Mon bon cousin d'Apcher a fait de nouveau parler de lui ces temps-ci. Il a été arrêté il y a quelques semaines, accusé, comme beaucoup de nobles depuis l'affaire de Varennes, de cacher des armes chez lui. Eh bien ! il vient d'être libéré et a même été porté en triomphe par ses métayers à son retour en son château.

— Et vous, personne ne vous a porté en triomphe ?

— Je n'ai jamais eu cet avantage. Pas plus du reste que le père Chastel, qui est mort juste avant la Révolution. Il était allé à Versailles présenter la carcasse de sa Bête à Louis XV, mais elle fut jugée trop puante pour approcher Sa Majesté.

— C'est donc la Bête de ce Chastel qui fut enterrée dans les jardins de l'hôtel de La Rochefoucault ?

— Celle-là même. Ainsi, madame, nous voici revenus au début de ma narration. Vous savez tout.

— Comment cela ? Vous ne m'avez pas tout dit !

— Je vous ai dit ce que je savais. J'avais quitté le Gévaudan pour Paris au printemps 1766, un an avant la fin de l'affaire. Après mon départ, je ne l'ai suivie que de loin, j'étais absorbé par d'autres soucis, de nature pécuniaire, qui m'ont amené à tomber entre les griffes des affreux Verron.

Yolande referma brusquement son éventail.

— Vous semblez déçue, madame.

— On le serait à moins. Vous deviez me livrer vos secrets.

— Quels secrets ? Je n'en ai point. N'était-ce pas plutôt l'homme de votre rêve qui voulait vous confier les siens ? À cause de ce cancer ? Voyons, cela n'a pas le sens commun. Mettez-vous entre les mains d'un excellent chirurgien, c'est le seul conseil que je puisse vous donner. Et sachez que, même si je n'ai rien de plus à vous révéler, j'aurai toujours grand plaisir à vous retrouver.

— Vous ne me reverrez pas de sitôt. Je vais partir à la campagne, chez la mère de feu mon mari, pour deux mois.

— Ainsi donc, j'avais vu juste : vous passez vos étés dans un château.

— Non, une simple maison.

Les jours suivants, les mots de Morangiés revenaient à Yolande : *Mettez-vous entre les mains d'un excellent chirurgien*. Comme si elle n'y était pas déjà !

Avant la mort du marquis de Préval l'année précédente, son épouse avait été contrainte de passer ses étés en sa lugubre compagnie au château de Gouvry, non loin de Tours, ce qui avait coïncidé avec les séjours de Yolande avec Marc à La Danerie. L'absence, si douloureuse fût-elle, était acceptée de part et d'autre comme inéluctable. Maintenant que Camille, veuve, était devenue libre, tout avait changé.

Les étreintes des amantes, les dernières avant la longue séparation avaient, malgré leur douceur, un goût d'amertume. Elles étaient nues, Yolande s'était assise à la table de toilette, Camille, debout derrière elle, la coiffait. C'était l'un des moments les plus voluptueux, quand les soies de la brosse, blondes elles aussi, se mêlaient aux longues boucles de Yolande, les tiraient avec une insistance enivrante. Le frisson pénétrait à l'intérieur du crâne, où il devenait vertige, pour redescendre ensuite jusqu'aux reins et s'étendre à tout le dos.

Frémissante, les yeux mi-clos, elle contemplait dans le miroir de la toilette le reflet de Camille.

— Seulement deux mois, marquise chérie, et nous nous retrouverons.

— Deux mois sans te voir, sans même pouvoir t'écrire. Je vois combien je dois te manquer ! Cela se comprend : toi, tu auras ton fils. Mais moi, que ferai-je toute seule à Gouvry ?

— Tu profiteras des joies de l'été à la campagne. Et si tu t'ennuies, tu pourras revenir à Paris à ta guise, sans en rendre compte à quiconque. Tu n'apprécies pas à sa juste valeur cette indépendance que tu as. Je te l'envie.

Camille s'était figée, la brosse toujours en main, le regard fixé sur la lumière verdâtre de la fenêtre.

— Quelque chose te soucie, Camille chérie ?

— L'un de mes cousins de Tours, le baron de Lormaie, vient d'être arrêté.

— Mon Dieu ! De quoi est-il accusé ?

— De cacher des armes. On a fouillé son château, et on y a saisi de vieux mousquets rouillés, d'antiques armures et des épées de famille. Ce serait la même chose à Gouvry.

Yolande se rappela l'arrestation du ci-devant marquis d'Apcher, mentionnée par Morangiés.

— Moi aussi, soupira Camille, je pourrais être arrêtée.

— Et toi qui m'affirmais, au lendemain de la fuite du roi, que je me tracassais pour rien ! Il faut absolument que tu ailles à Gouvry, que tu prennes les devants pour prouver ta bonne foi. Sitôt arrivée, rassemble toutes les armes que tu y trouveras, et écris au procureur-général-syndic pour les mettre à sa disposition. Promets-le-moi, mon cœur.

— Oui, tu as raison. Il n'empêche que je suis fort inquiète, avec tous ces fanatiques qui veulent détruire la monarchie...

— Ce sont le roi et la reine qui y ont le plus œuvré.

— Ils étaient pratiquement prisonniers aux Tuileries, ils n'avaient pas le choix.

— Si, ils avaient le choix, ils auraient pu rester tranquilles à Paris, où la popularité de Louis lui donnait encore beaucoup d'influence.

— Je crains que, sur ces questions de politique, tu ne sois tombée sous l'influence de ton scélérat de mari.

Yolande se leva brusquement pour faire face à Camille.

— Je ne suis pas une bécasse sans cervelle, je suis capable de me former une opinion toute seule. Il se trouve que je partage celle de Paul.

— Enfin, calme-toi, Yolande. Ce n'est pas ce que je voulais dire, bien sûr. Tu es si impétueuse !

— Et je ne veux pas t'entendre parler de lui de cette manière.

— Pourquoi pas ? Il se conduit comme un scélérat envers toi. Ne me dis pas le contraire, tu sais que c'est vrai.

Yolande songea aux abricots, au pistolet sur sa table de chevet. En effet...

— Mais quoi qu'il m'ait infligé, dit-elle, je me refuse à lui donner ce nom. De quel droit le ferais-tu, toi ? Paul est mon mari et le restera jusqu'à ce que je puisse divorcer. Ce sera toujours le père de mon enfant. Je vais passer deux mois chez sa mère, que Marc et moi chérissons tendrement. Pourrais-je la regarder dans les yeux après avoir insulté son fils, ou toléré qu'on l'insulte devant moi ? Je te demande donc un minimum de respect envers moi, Marc, ma belle-mère, et donc envers Paul.

— C'est incroyable ! À t'entendre le défendre, on dirait que tu l'aimes encore.

— On dirait que tu es toujours jalouse de lui.

Des larmes perlaient dans les yeux de Camille.

— Oui, j'en suis jalouse ! Jamais tu ne m'as aimée comme tu l'as aimé, lui qui n'a rien fait pour te mériter.

— Qu'en sais-tu ?

Quand elle vit Camille sangloter, Yolande sentit sa colère s'apaiser.

— Allons, marquise, ne pleure pas. Il n'y a aucune comparaison possible, tu dois bien le voir. Quand j'ai rencontré Paul, j'avais à peine seize ans, j'étais perdue à Paris. Il s'est épris de moi, il m'a épousée, il m'a sauvée, d'une certaine manière. Je ne puis l'oublier, même s'il n'existe plus rien entre lui et moi.

Elle serra Camille dans ses bras.

— C'est toi qui m'as tirée du marasme où j'avais sombré. Grâce à toi, je me suis retrouvée. Je te dois tant, je t'aime, je ne puis envisager le reste de ma vie sans toi. Paul est le passé, tu es le présent et l'avenir. Que puis-je te dire de plus ?

Elle prit le visage de Camille à deux mains et posa les lèvres sur les paupières pour arrêter les larmes qui en débordaient.

— Je t'en supplie, ne nous séparons pas sur une querelle sans objet, et surtout, surtout gardons espoir. Ce sera le dernier été que nous passerons séparées, j'en suis certaine.

Chapitre 19

À Juilly, Yolande attendait au parloir. Quand la porte s'ouvrit, Marc se précipita dans ses bras, et elle le pressa contre son cœur, couvrant de baisers ses cheveux noirs. Elle ne s'était pas attendue à le trouver si changé depuis Pâques. Il lui arrivait à l'épaule, et son gilet boutonnait à grand-peine.

Une fois la malle chargée par Gobert, le cocher, la voiture s'éloigna des imposants bâtiments. Durant le trajet, l'enfant discourait joyeusement du collège. Non content d'avoir remporté les prix de composition française, d'algèbre et de bonne conduite, il avait reçu les félicitations du père Pradines, le régent de sa classe, n'avait jamais été corrigé, ni même mis en retenue. Comme le préfet des études l'avait écrit à papa quelques semaines plus tôt, il allait être dispensé de la seconde année de la section des minimes pour passer directement en sixième à la rentrée. Marc était fier de faire honneur à ses parents chéris. De plus, certains de ses camarades avaient l'audace de le traiter d'échalas. Il était ravi de se retrouver parmi des élèves plus âgés que lui, parmi lesquels sa haute taille se remarquerait moins.

— Et vous, maman, comment allez-vous ?

— Très bien, Marc. Je me porte toujours bien.

Il passa un doigt timide sur le grain de beauté de la pommette.

— Est-ce que ça vous fait mal, ma pauvre maman ?

— Pas du tout. Il ne faut pas t'en inquiéter. Si c'était dangereux, ton père s'en occuperait.

— Et mon papa ? Pourrai-je le voir aujourd'hui ?

Marc prononçait *mon papa* avec une ferveur presque religieuse.

— Il sera à l'hôpital. Et il travaille à une présentation qu'il doit faire à l'Académie royale.

L'enfant hocha la tête.

— Mon papa est un grand chirurgien, le meilleur de Paris. Je serais bien égoïste de vouloir qu'il passe plus de temps avec moi, alors qu'il a tant à faire avec ses malades et ses recherches. Mais il nous rejoindra samedi chez bonne-maman, n'est-ce pas ?

— Certainement. Il y passera toute la journée de dimanche, il ne retournera à Paris que lundi à l'aube, comme à l'accoutumée. Je suis sûre qu'il te félicitera de tes progrès au collège. Pour aujourd'hui, nous partirons pour La Danerie sitôt après avoir dîné avec tante Sophie, qui se fait une joie de te revoir.

— Ma bonne tante va bien ?

— On ne peut mieux.

Yolande se tut un moment.

— Ta grand-mère de Saint-Flour est morte en mai. J'ai hésité à te l'écrire, comme tu ne l'avais jamais rencontrée, et je préfère te l'annoncer de vive voix.

— Comment était-elle ?

— Très jolie. Je ne lui ressemblais en rien.

— Vous êtes très jolie, vous aussi. Vous avez du chagrin ?

Yolande cherchait ses mots.

— C'était ma mère, oui, j'ai du chagrin. Tante Sophie en est très affectée. Elles étaient sœurs, elles avaient grandi ensemble, elles s'écrivaient toutes les semaines. Elles s'aimaient beaucoup, même si elles ne s'étaient pas vues depuis des années. C'est très dur de perdre une sœur.

— Ma bonne-maman Raynal n'a jamais eu envie de me connaître ?

— Elle ne voyageait pas. Cela n'a rien à voir avec toi. Elle n'avait jamais rencontré ton père non plus.

— Mais elle aurait pu m'écrire, ça m'aurait fait plaisir de savoir qu'elle pensait à moi. Au moins à Pâques et à Noël. J'étais son seul petit-fils, n'est-ce pas ?

Yolande eut une pensée pour la malheureuse épouse de Bernard. En effet, maman n'aurait connu aucun de ses petits-enfants.

— C'est la vie, Marc, il ne faut pas regretter les choses auxquelles nous ne pouvons rien. Tu as ta bonne-maman Tournay et ta tante Sophie, et moi. Nous t'aimons toutes trois beaucoup. C'est ce qui compte.

Ils arrivèrent à la maison de l'île, où madame Tardieu les attendait pour partager une collation. Puis il fut temps de repartir en direction de La Danerie.

Madame Tournay mère, tout sourire, vint les accueillir sur le perron. Elle demeurait rose et fraîche, même si ses cheveux étaient devenus d'un beau blanc argenté sans qu'elle eût la peine de les poudrer.

— Toujours aussi ravissante, ma chérie, dit-elle. Et quel plaisir de vous revoir !

Il sembla à Yolande qu'avant de l'embrasser, elle avait jeté un coup d'œil à sa pommette. Elle serra ensuite son petit-fils dans ses bras.

— Doux Jésus, Marc ! comme tu as poussé depuis Pâques. Tu deviendras aussi grand que ton père. Et ces épaules, déjà... Il faudra te commander un nouveau trousseau sans tarder. En attendant, allez bien vite vous installer tous deux.

Yolande était bannie de la grande chambre couleur de bouton d'or où elle avait passé sa nuit de noces, où son enfant mort avait été conçu, où elle avait dormi auprès de son époux au temps de leurs amours. C'était l'appartement du maître, qu'il était déjà, de fait sinon de droit. Et le maître, depuis longtemps, ne voulait plus d'elle dans son lit.

Elle avait désormais son propre appartement, plus petit, à l'arrière de la maison, donnant sur un verger de pommiers et l'allée de gravier qui menait aux écuries. C'était là où mère, avant son mariage, avait couché sous la courtepointe de soie rose, veillée par les moutons, les bergers et les bergères des tentures d'indienne. Loin de la chambre jaune et de ses souvenirs, la pièce évoquait une enfance heureuse et douce. Yolande avait toujours plaisir à s'y retrouver et, tandis que les servantes suspendaient ses robes dans les armoires et rangeaient son linge dans la commode, elle disposait sur la coiffeuse les pièces de son nécessaire de voyage, les brosses, les pots de pommade, les flacons de parfum, prenant un peu de recul pour juger de l'effet de la porcelaine verte sur la marqueterie.

Le lendemain matin, elle se réveilla en sursaut, déroutée de ne pas se retrouver dans son lit habituel. Après un instant de confusion, elle se souvint qu'elle était à La Danerie, avec Marc, sous la protection de sa belle-mère. Elle se leva pour tirer les rideaux, ouvrit la fenêtre et les volets. C'était l'heure blême, encore froide, qui précédait l'aube, bruissant du gazouillis des oiseaux, le parfum de l'herbe s'élevant du verger à travers un voile de brume. Elle inspira profondément, s'imaginant Camille à Gouvry, elle aussi à sa fenêtre. Seul Paris pourrait leur rendre leur liberté à l'automne.

Elle regardait, absorbée dans sa rêverie, la pâleur du ciel laisser place à un chatoiement nacré, puis à l'éclat orangé du soleil levant. Frissonnante, elle se recoucha, la fenêtre grande ouverte, et se rendormit aussitôt. Elle se réveilla à nouveau quand Marc, pieds nus, en chemise et caleçon, poussa doucement la porte. Il se glissa entre les draps, se blottit contre elle, lui caressa des lèvres la joue et le cou.

— Maman jolie...

Il usait encore de ce nom lorsqu'ils étaient seuls. Elle se tourna pour l'embrasser au front et, les yeux fermés, s'abandonna à la parfaite tranquillité de l'instant. Combien d'années de cette tendresse leur restait-il ? Marc aurait neuf ans en octobre, et elle venait de remarquer un soupçon de duvet noir sur ses jambes nues. Avant longtemps, il commencerait à devenir homme, sa ressemblance avec son père s'accentuant à l'approche de la puberté. Déjà son visage s'était allongé, il ne garderait d'elle que les pommettes saillantes. Peu à peu il s'éloignerait, pour ne plus retrouver les familiarités de l'enfance. En attendant, quel mal y avait-il à chérir ces précieux moments où il était encore son petit ? Bien sûr, Paul serait furieux s'il venait à l'apprendre, et elle aurait soin de fermer sa porte à clé les matins où il serait à La Danerie.

Elle secoua gentiment l'épaule de l'enfant.

— Allons, Marc, il est l'heure d'aller déjeuner. Ta grand-mère nous attend.

Il gémit et se serra contre elle.

— Restons un peu comme ça. Vous sentez si bon, vous êtes toute douce.

— Et les fraises, les framboises ? Tu ne les aimes plus ? Je suis sûre que bonne-maman en a fait cueillir exprès pour toi. Tu ne déjeunes pas de fruits et de brioche à Juilly, je crois ?

La première matinée fut consacrée à une longue promenade à cheval. Yolande avait gardé l'habitude de monter en vêtements d'homme, *en chasseur*, ainsi que le lui avait enseigné son mari. Marc et elle entrèrent dans les bois de chênes et de pins à l'est de la maison. L'ombre était délicieuse, un parfum d'humus et de fougères s'élevait du sol. L'enfant, conteur né, bavardait joyeusement, plein d'anecdotes sur Juilly, sur les régents, le père Pradines en particulier, qu'il regretterait bien à la rentrée, sur ses camarades.

L'après-midi, Marc, accompagné de ces dames, alla rejoindre Boyer, le garde forestier, sur les berges de la rivière. Peggy, la chienne de Paul, les suivait, les franges soyeuses de sa robe claire dorées par le soleil. L'anglomanie ne se limitait pas aux romans, et s'étendait à tout, depuis les noms de baptême jusqu'à la coupe des vêtements.

Le vieil homme, crinière blanche au vent, équipé de cannes à pêche, de filets et d'un seau, attendait près d'une passerelle de bois. Les poches béantes de sa veste recélaient toujours une collection d'hameçons, des sachets de pralines qu'il était allé quémander aux cuisines pour son jeune ami, des bocaux remplis de terre humide, grouillant de vers sous une couche de mousse.

Boyer était arrivé tout jeune à La Danerie, à l'époque lointaine où madame était encore la mignonne demoiselle Margot. Il était entré au service de ses parents, de braves gens ; il avait détesté son mari, monsieur Tournay père, dur, autoritaire, mal embouché. Un Parisien, en plus, celui-là ! Personne n'avait versé de larmes le jour où il avait cassé sa pipe et où monsieur Paul, à quatorze ans, s'était installé dans l'appartement du maître et avait commencé à prendre les choses en main pour aider sa mère. On voyait que, contrairement à son père, c'était un homme qui s'y entendait aux choses de la campagne, qui se plaisait à La Danerie : la preuve, il était venu y passer sa nuit de noces !

Dix ans plus tôt, Boyer, en apercevant pour la première fois madame Paul à sa descente de voiture, blanche comme sa robe, effarouchée comme un écureuil, n'avait guère été impressionné. Puis, en plein après-midi, les bonnes avaient annoncé à la stupéfaction générale que le maître ne viendrait pas aux cuisines recevoir les bons vœux d'usage avec la jeune épousée, car il l'avait fait mettre au lit au sortir de table, et il était déjà en train de coucher avec. Boyer s'en était tapé les cuisses : voilà un homme qui menait rondement ses noces, mais, tout fougueux qu'il était, il aurait grand-peine à faire pouliner ce bout de fille. Ça ne paraissait pas quatorze ans, ça avait tout l'air d'une écolière, c'était trop chétif pour enfanter, avait-il plaisanté avec les palefreniers ses amis tout en trinquant bruyamment au bonheur et à la santé des mariés.

Il avait ravalé ses mots quand, dès l'année suivante, elle avait mis bas, et un gros garçon, du premier coup ! Il y avait eu fête à La Danerie quand un messager était arrivé de Paris à bride abattue pour annoncer la grande nouvelle à madame. La naissance d'un mâle en pleine santé signifiait que le domaine resterait dans la famille, au lieu de passer sous la coupe d'un intrus comme feu l'exécré monsieur Tournay. Madame Paul, d'ailleurs, s'était remplumée, c'était devenu une belle femme au décolleté amplement garni, et gracieuse avec ça, toujours un sourire et un mot gentil.

Le vieil homme bedonnant et l'enfant élancé s'assirent côte à côte sur la passerelle tandis que ces dames continuaient leur promenade le long de la rivière avec la chienne. Bonne chasseresse, elle se figeait de temps à autre le long du chemin, la patte dressée, le cou tendu, avant de les rejoindre au petit trot. Mère, appuyée au bras de sa belle-fille, resta silencieuse un moment.

— Comment vont les choses avec Paul, ma chérie ?

— Elles n'ont fait qu'empirer.

— Il ne lève pas la main sur vous, j'espère ?

— Il m'a frappée durant mon accouchement, je vous l'ai dit.

— Il devait être fou d'inquiétude. Mais pas depuis ?

— Non. Il se contente de m'insulter, il m'a prise en aversion. Marc restera votre seul petit-enfant. Du moins, le seul légitime.

— Sainte Vierge ! Est-ce que...

— À vrai dire, je n'en sais rien. Paul continue de courir la grisette. Rien de nouveau à cela, mais les choses semblent plus sérieuses avec la dernière en date, une certaine Nanette. Les précédentes n'étaient que des passades. Je crains qu'il installe celle-ci à la maison en mon absence et me l'impose à mon retour.

Mère s'arrêta net.

— Yolande, je me suis fait une règle de ne pas me mêler de votre vie conjugale, mais si Paul devait vous infliger un tel affront, je n'hésiterais pas à intervenir. Je me flatte d'avoir conservé une certaine influence sur lui. Tranquillisez-vous, cela n'arrivera pas.

— Paul vous écoute, il est vrai.

— Votre situation m'attriste au plus haut point, ma pauvre chérie... Vous formez un si beau couple, vous avez cet enfant calme et gentil, d'une intelligence précoce, vous avez tout pour être heureux. Quel gâchis !

— Il faut vous faire à l'idée que Paul ne veut plus de moi. Je m'y suis résignée depuis longtemps.

— Lui qui disait que, s'il devait renoncer à vous, il ne se marierait jamais !

— Il m'a affirmé avoir refusé nombre de partis avantageux.

— Les jeunes filles qu'il dédaignait avaient tout pour lui plaire : jolies, instruites, confortablement dotées, d'excellente famille. Cependant, nulle ne trouvait grâce à ses yeux : leurs manières étaient effrontées, leur mise vulgaire, elles avaient lu des douzaines de romans qui leur avaient bourré la cervelle d'idées grotesques, elles avaient déjà dû s'amouracher d'une ribambelle d'hommes. Ses maîtresses avaient plus de modestie que ces *prétendues pucelles*, qui, sitôt épousées, le cocufieraient à la première opportunité. Je commençais à désespérer quand nous vous avons rencontrée aux Tuileries. J'étais loin de me douter que c'était vous qui le captiveriez.

— Vous ne sembliez pas avoir une haute opinion de moi.

— Comme Paul, je vous ai trouvée fascinante. Muette, si jeune, si timide, si pâle dans votre robe noire. Le vent qui jouait avec votre chevelure. Et l'expression de vos yeux : souffrance, curiosité, méfiance, force aussi. Sur le chemin du retour, il plaisantait que vous lui rappeliez une créature sauvage, lâchée en plein Paris, prête à mordre toute main qui tenterait d'approcher.

— Un portrait plutôt inquiétant, dit Yolande en souriant.

— Assez fidèle, à mon avis. Mes soupçons se sont éveillés au fur et à mesure que Paul continuait de se rendre aux Tuileries, sans moi, tous les dimanches à la même heure. Quand il m'a annoncé, deux mois plus tard, qu'il avait invité votre famille à dîner, j'ai compris qu'il s'était trop approché de sa créature sauvage.

— Ah, ce dîner ! Que lui en avez-vous dit ?

— Ce que j'en pensais : s'il voulait une épouse qui n'avait lu que des livres de dévotion, qui avait passé sa vie enfermée au couvent, qui n'avait jamais rêvé d'amour, jamais souri à un homme, il ne pouvait mieux faire.

— Vous étiez donc opposée au mariage ? Je m'en étais toujours doutée.

— Je vous trouvais trop jeune, plus jeune à seize ans que je l'avais été à quinze. Et je ne décelais en vous aucun signe d'affection envers lui. Vous le regardiez beaucoup, mais j'y lisais surtout de la crainte. Je l'ai prévenu que, si vous acceptiez de l'épouser, ce serait parce que votre famille vous y pousserait. Il a balayé mes objections : il saurait vous apprivoiser, il préférait que votre cœur n'eût jamais été touché, car ce serait lui qui l'éveillerait. Il vous rendrait si heureuse que vous ne pourriez que l'aimer en retour.

— En vérité, j'étais amoureuse de lui, même si j'étais trop naïve pour m'en rendre compte. Mais en effet, il me faisait aussi grand peur.

— Lui était éperdument épris, et pour la première fois. Je savais qu'il ne demanderait pas votre main sans ma bénédiction, j'ai surmonté mes réticences, je la lui ai donnée. Il a écrit à votre oncle sur-le-champ. Ma très chère Yolande, je ne l'ai jamais vu si heureux que lorsqu'il est revenu de la rue des Lombards le lendemain, après avoir reçu votre réponse de vive voix.

Mère s'arrêta devant un banc placé à l'ombre d'un vieux saule au feuillage argenté.

— Reposons-nous ici un moment, cette chaleur me brise les jambes.

Mère contemplait, au-delà des pointes des ajoncs et des iris, les reflets chatoyants de l'eau.

— Je m'inquiétais pour vous, ma pauvre enfant, vous me faisiez pitié dans votre innocence. J'ai prévenu Paul que vous n'aviez en rien de commun avec les petites friponnes qu'il avait connues au cours de sa vie d'homme, ni même avec les jeunes filles que je lui avais présentées, qu'il vous trouverait extrêmement timide au lit, terrifiée par les relations charnelles. Il m'a promis de vous traiter avec la plus grande douceur. Une fois le mariage célébré, il ne le consommerait pas tout de suite, il vous laisserait tout le temps qu'il faudrait pour vous habituer à lui. Des jours, des semaines même.

Yolande fut secouée d'un rire léger.

— Vraiment, il a dit cela ? J'ai bien cru qu'il allait me débarrasser de ma virginité dans la voiture qui nous amenait ici.

— Je me doutais qu'il avait trop envie de vous pour attendre. Cependant, quand vous êtes revenus à Paris, j'ai observé la manière dont vous vous blottissiez contre lui, dont il vous entourait de son bras, des gestes de confiance, de tendresse, qui en disaient long. Je suis partie à La Danerie libérée d'un poids écrasant. La conduite actuelle de Paul envers vous est sans excuse, mais vous avez au moins eu la chance d'épouser un homme jeune, beau, amoureux de vous.

Mère soupira.

— Je n'ai rien connu de tel. Voyez-vous, j'avais quinze ans, j'étais orpheline, un riche parti, quand mon oncle et tuteur me donna à monsieur Tournay, son meilleur ami et l'un des plus gros drapiers de Paris. Tout ce que je possédais, y compris La Danerie et ses métairies, passa à mon époux par contrat de mariage. Je me retrouvai entièrement dépouillée, contre une pension dérisoire de trois cents livres par an, et je dus renoncer à mon douaire de veuve ainsi qu'à ma part de communauté. Je partis vivre dans la maison de l'île Saint-Louis, que mon mari fit embellir et rehausser de deux étages grâce à ma fortune, mais je n'étais pas autorisée à mettre les pieds dans son magasin. Il était mon aîné de bientôt trente ans, d'un tempérament tyrannique, brutal, il ne m'aimait pas, il m'avait épousée par pure cupidité. S'il avait une qualité, c'était de connaître la valeur de l'argent et de savoir mener ses affaires.

— Ce beau portrait de vous dans la chambre de Paul à Paris... Vous semblez si triste. A-t-il été peint au moment de vos noces ?

— Un mois plus tard. Il est vrai que je n'avais nulle raison d'être heureuse. Je ne le savais pas encore, mais j'attendais déjà Paul, la seule joie que j'aie trouvée dans le mariage.

— Il m'a dit que son père, pour être autorisé à acheter une charge anoblissante, avait vendu son commerce.

— Avantageusement. Près d'un million, qu'il plaça, de manière fort avisée, en immeubles de rapport à Paris.

Yolande retint son souffle. Un million, en plus de la demeure de l'île ! Et depuis, Paul l'avait sans nul doute fait fructifier, un trait qu'il devait tenir de son père. Peut-être l'avait-il doublé. Le train de maison des Tournay était des plus confortables, mais sans commune mesure avec une telle fortune.

— Cette vente s'avéra une excellente chose, reprit mère, même si l'anoblissement ne put aboutir à cause du décès de mon époux. Imaginez-vous Paul reprenant le magasin, déployant des grâces mercantiles derrière le comptoir, montrant à ses clients des échantillons de velours et de soieries ? Il avait toujours été, depuis son enfance, passionné d'anatomie et de chirurgie. Et mon mari m'avait tenue rigoureusement écartée de ses affaires, j'eus été bien en peine de m'en occuper en attendant la majorité de notre fils.

— Vous vous êtes donc consacrée à lui après votre veuvage.

— Entièrement. La Danerie et tous mes biens étaient redevenus miens, les prétendants accoururent en foule, et tous furent éconduits. À trente ans, j'étais enfin libre, indépendante, je n'avais nulle envie de me mettre sous le joug d'un nouveau maître. Et surtout, je savais que Paul n'aurait pas toléré un beau-père.

Elles retournèrent à la passerelle, mère toujours au bras de Yolande. Boyer et Marc étaient assis, les pattes velues et noueuses du vieil homme ballant à côté des pieds longs et fins de l'enfant. Yolande observa les orteils rougis de son fils, dont les souliers, comme les habits, devaient le serrer. À l'intérieur du seau, un goujon solitaire nageait en rond. Elle échangea un sourire avec le garde.

— Ben oui, madame Paul ! Va falloir l'donner aux chats, il est trop p'tit. On attrapera jamais rien qui vaille, avec monsieur Marc qui m'conte ses histoires d'l'école, et moi qui rigole comme une vieille bête. Il a déjà la voix qui porte, comme son papa, et les poissons sont pas sourds.

Marc contemplait tristement le goujon.

— Le pauvre... Et si on le relâchait, au lieu de le donner aux chats ?

Le vieil homme déversa le contenu du seau dans la rivière en s'esclaffant.

— S'y avait qu'des pêcheurs comme vous, les poissons auraient pas d'mauvais sang à s'faire. Bon, jeune maît', vous voulez nager ? Sautez dans ma barque, j'vous emmène vous défrusquer un peu plus loin. Faut pas montrer à ces dames plus qu'elles veulent en voir.

À Juilly, Marc se lavait le visage tous les matins et les pieds tous les dimanches. Plonger nu dans les eaux vives de la Drouette serait l'un des luxes de son été.

Plus tard dans l'après-midi, lorsqu'il revint de la rivière, son habit et son gilet sur le bras, les cheveux dégoulinant sur les épaules, sa grand-mère sonna pour que les bonnes apportent au salon des serviettes chaudes et une chemise sèche. Les yeux fermés, la tête renversée en arrière, riant aux éclats, l'enfant restait assis aux pieds de Yolande pendant qu'elle lui frottait vigoureusement la tête.

Mère commanda la voiture pour aller chez le tailleur et le cordonnier à Versailles. En passant devant les grilles dorées du château, désormais désert, Yolande se souvint de ses premières visites avec Paul, quand, jeunes mariés, ils avaient vu l'endroit grouillant d'activité, le cœur battant du royaume. Seulement dix ans ! Courtisans, domestiques et visiteurs étaient depuis longtemps dispersés, la famille royale avait été traînée, bien contre son gré, aux Tuileries en octobre 1789, sans espoir de retour. Et c'était encore à Paris qu'elle avait été ramenée en juin.

Après souper, mère s'installa au pianoforte pour jouer des menuets, au son desquels Yolande et Marc se mirent à danser. Le divertissement fut interrompu lorsqu'une des servantes, essoufflée, fit irruption dans le salon pour annoncer que la jument Lavande, qui s'était montrée agitée toute la journée, était en train de mettre bas. Yolande résista aux instances de son fils, qui voulait se précipiter aux écuries, et lui demanda d'attendre une demi-heure. Quand ils arrivèrent, la jument, gris pommelé, câlinait des lèvres un poulain noir, assis dans la paille, l'air tout surpris d'être né, trop jeune encore pour se dresser sur ses jambes. Marc observait la scène, fasciné.

— C'est un poulain ou une pouliche ? demanda-t-il au palefrenier en chef, Mauduit, grand ami de Boyer.

L'homme cligna de l'œil.

— Un p'tit gars, comme vous, jeune maît' !

— Comment s'appelle-t-il ?

— Il a pas encore de nom. Faudra d'mander à madame vot' grand-mère qu'elle vous laisse l'choisir.

— Son père est noir, lui aussi ?

— Ben oui, c'est not' Néron. Y rate jamais son coup, même avec une jument qu'était pucelle comme Lavande. Et y la f'ra encore pouliner quand elle aura ses chaleurs de lait dans quèqu'jours.

Marc, l'air troublé, observait le poulain.

— Comme il est mignon !

— Ah, ça, tous les poulains sont mignons ! Mais z'avez raison, çui-là l'est p'têt' encore plus qu'les autres. Ça s'ra un beau ch'val comme son papa, mais ça s'ra jamais un étalon. L'maît' voudra qu'y soit châtré au printemps.

Marc pâlit.

— Qu'est-ce que ça veut dire ?

— On dirait qu'vous savez. Ça veut dire qu'on va y couper les couilles.

Yolande tira Marc vers la porte des écuries. Mauduit lança un regard contrit à la jeune femme.

— Faites excuse, hein, madame Paul.

Il se tourna de nouveau vers Marc.

— Si on l'laissait entier, voyez-vous, y d'viendrait vicieux. D'ici un an ou deux, y commencerait à chercher des noises à c'brave Néron, tout tranquille qu'il est. Y s'battraient. Vot' papa veut pas d'ça aux écuries, et il a raison.

— Mais pourquoi au printemps ? Ça pourrait attendre plus longtemps.

— Non, ça s'pourrait pas. L'maît' dit toujours qu'y faut l'faire avant qu'y fasse trop chaud et qu'les mouches s'y mettent.

— Alors, c'est lui qui va le châtrer ?

— Oh, ça m'étonnerait. Il a trop à faire pour s'occuper d'ça à c't'heure, y f'ra v'nir l'maréchal. Dommage, pa'ce que j'ai jamais vu personne d'si habile d'ses mains qu'vot' papa, un vrai plaisir à r'garder. La peau des bourses fendue, les parties coupées net, les veines brûlées, l'tout en un rien d'temps, et ça saigne presque pas après.

Les yeux et la bouche de Marc s'ouvraient tout grand.

— Faut pas vous faire d'la bile pour l'poulain, reprit Mauduit. Pour sûr, l'grand jour venu, y f'ra des histoires quand y sentira qu'on l'coupe. Mais une fois qu'y s'ra débarrassé d'ses grelots, il y pensera plus et...

Mauduit s'interrompit pour lâcher une bordée de jurons, tout en pointant du doigt une membrane rosâtre qui émergeait sous la queue relevée de la jument.

— Ah, 'scusez-moi encore, madame Paul ! Eh, jeune maît', v'nez donc dans la stalle voir Lavande passer l'arrière-faix.

Yolande, estimant que Marc en avait suffisamment appris en une soirée, annonça qu'il était l'heure de son coucher.

Le samedi après-midi, au salon, Peggy se leva en sursaut et bondit vers la porte en aboyant joyeusement. Si la chienne manifestait une bienveillance un peu distante envers les autres habitants de La Danerie, elle ne connaissait d'autre maître que Paul. Celui-ci pressa sa mère dans ses bras avant de lui baiser la main et la joue. Puis il se tourna vers son épouse et effleura des lèvres le front qu'elle lui tendait, manifestations d'affection conjugale inconnues à Paris, mais dont ils ne pouvaient se dispenser à La Danerie. Marc s'approcha de son père avec une crainte respectueuse, mais Paul semblait d'humeur bienveillante. Il posa sa vaste main sur la tête de son fils, ébouriffa les cheveux noirs et raides, si semblables aux siens, et lui tapota la joue.

— Mon garçon, dit-il, te voici bien grandi !

L'enfant rougit et bredouilla une phrase dans laquelle Yolande distingua « Mon papa ».

Pendant le repas, Peggy était couchée à la place qui lui revenait de droit, sous la table, aux pieds de Paul. Celui-ci relatait les dernières nouvelles de Paris :

— L'ordre est enfin rétabli, Dieu merci. L'Assemblée a confirmé l'abolition des titres de noblesse, une mesure salutaire. Et, après les excentricités royales, elle a pu reprendre la rédaction de la nouvelle constitution. Il serait grand temps qu'elle l'achève, cela fait bientôt deux ans qu'elle y travaille.

— Ici, dit mère, nous avons été bien tranquilles. Lavande a mis bas l'autre jour. Nous avons un joli poulain tout noir, que Marc a nommé Cassis.

Paul se tourna vers son fils.

— Cassis ! Joli nom pour un joli cheval. J'irai lui rendre visite au sortir de table. Qu'as-tu pensé du poulinage, jeune homme ?

— Je n'y étais pas, mon papa. Maman dit que je suis trop petit. Mais nous sommes allés voir Cassis juste après.

— *Trop petit* ? Tu vas avoir neuf ans ! Tu es d'âge à découvrir les choses de la nature, au lieu d'être tenu dans une ignorance crasse au nom de je ne sais quelle ridicule bégueulerie. Il est grand temps que tu te familiarises avec l'élevage des chevaux, n'en déplaise à ta mère. Lavande va revenir en chaleur et il faudra la présenter à Néron sans tarder. Je dirai à Mauduit de venir te chercher pour que tu aides les palefreniers. Et tu assisteras au prochain poulinage, même si tu dois passer la nuit aux écuries. Est-ce compris ?

— Oui, mon papa. Je serai bien content d'aller aider Mauduit et de découvrir les choses de la nature. Je vous remercie de penser à moi.

Les yeux de Yolande brûlaient d'humiliation et de colère : tout était bon pour miner son autorité sur son fils. Il y eut une pause dans la conversation. Marc, qui d'ordinaire n'osait adresser la parole à son père sans y être invité, prit une grande inspiration.

— Mon papa...

Paul fixa un regard intense sur son fils, qui déglutit.

— Mauduit dit que vous ferez châtrer Cassis au printemps.

— Oui, je suis d'avis de le faire avant le sevrage.

— Mais ça va lui faire tellement mal ! Et il ne sera plus jamais le même après. Vous savez, Cassis pourrait devenir un bel étalon, doux et tranquille comme Néron. Il pourrait vous être fort utile plus tard. Oh, je vous en supplie, mon papa !

Yolande ne pouvait s'empêcher d'admirer la bravoure de Marc lorsqu'il s'agissait de sauver son protégé du bistouri, mais l'expression de Paul n'augurait rien de bon. Mère aussi dut sentir venir l'orage, car elle intervint d'une voix enjouée :

— Marc, je sais que tu es entiché de ce petit poulain, mais je suis amusée de t'entendre conter de pareilles sottises. Ton père aussi, j'en suis sûre.

L'enfant baissa le front.

— Je ne voulais pas vous fâcher, mon papa.

Il leva de nouveau des yeux implorants vers Paul.

— Mais ce pauvre Cassis...

— Il n'y a pas de *pauvre Cassis*. C'est une opération bénigne et, quoi que tu en penses, indispensable. Pour te rassurer, je le châtrerai moi-même, durant ton séjour ici à Pâques. De la sorte, tu pourras aider les palefreniers à le laver et l'attacher, et tu me passeras les instruments durant l'opération. Je prendrai le temps qu'il faudra pour t'expliquer chacune des étapes, ce qui te donnera une excellente leçon d'anatomie. Tu vois, tu n'as aucune raison de t'inquiéter.

Le ton indiquait que la discussion était close. Marc ne semblait nullement rassuré, mais du moins la colère paternelle ne menaçait-elle plus. Paul se mit à parler avec sa mère de la situation de l'abbaye de Jouars, toute proche, qui allait être vendue comme bien national.

— Cela m'attriste que ces pauvres moines aient été chassés de la sorte, soupira-t-elle. Cependant, si quelqu'un doit se porter acquéreur de Jouars, je préfère que ce soit toi. Tu sauras du moins respecter les magnifiques bâtiments conventuels, au lieu de les vendre pierre par pierre. Et les terres de l'abbaye jouxtent La Danerie. Une fois qu'elle sera tienne, tu seras de loin le plus grand propriétaire foncier de la région.

Paul lui prit tendrement la main.

— Puissiez-vous rester maîtresse de La Danerie pendant de longues années, très chère mère. J'ai autre chose en tête : le château et les terres de notre bon voisin le ci-devant baron d'Aigremont. J'ai racheté ses traites, que ses créanciers ont été ravis de me céder à vil prix, car sa ruine est notoire. Il n'a jamais rien fait de sa vie que dissiper sa fortune en fêtes somptueuses, en chevaux de course et en habits brodés pour aller ramper aux pieds de Leurs Majestés à Versailles.

Il émit un rire bref.

— Vous souvenez-vous que j'avais juré de ne jamais remettre les pieds à Soissy ? Ce qui prouve la sagesse du proverbe : « Il ne faut pas dire : *Fontaine, je ne boirai pas de ton eau* », car je compte maintenant acquérir le château. Si l'envie m'en prenait, je pourrais envoyer ce vieil imbécile de d'Aigremont finir ses jours en prison pour dettes, aussi s'empressera-t-il d'accepter l'offre que je voudrai bien lui faire. Jouars et Soissy réunis formeront un bel ensemble. Il me faudra prendre un régisseur, car il va sans dire que je continuerai de vous aider à La Danerie, et je n'y suffirais pas. J'ai rendez-vous demain matin avec le procureur-général-syndic pour visiter l'abbaye. Surtout ne retardez pas votre dîner pour moi, je m'arrêterai au retour au Petit-Saint-Hubert pour y prendre une bouchée sur le pouce.

Yolande suivait la conversation avec le plus vif intérêt, se remémorant les propos de sa belle-mère sur la fortune de Paul. Il disposait de fonds suffisants pour mettre la main sur Soissy et Jouars à la fois, sans avoir besoin de vendre ses immeubles de Paris. Et elle s'inquiétait pour Camille, dont elle savait le château de Gouvry grevé d'hypothèques, lui aussi. Son amante s'acheminait-elle, comme les d'Aigremont, vers la faillite ?

Paul reporta de nouveau son attention sur son fils pour l'interroger sur ses études. Marc répondait sur un ton d'extrême déférence et avec force détails, tout en s'abstenant de répéter les anecdotes dont il avait amusé sa mère et son ami Boyer. Paul approuva de la tête.

— Parfait, je suis satisfait de tes progrès. Mais ne t'avise pas de relâcher tes efforts en sixième.

— Oh ! soyez sans crainte, mon papa. Je n'aurai garde de vous décevoir.

Yolande, dont la contribution à la conversation n'était pas sollicitée, n'avait pas prononcé un mot de tout le repas.

CHAPITRE 20

La présence de Paul emplissait La Danerie jusqu'en ses moindres recoins, même les pièces, comme la chambre de son épouse, où il ne pénétrait jamais. Marc savait que ses parents couchaient aussi loin l'un de l'autre que le permettait le plan de la maison, que papa, pour des raisons d'autant plus effrayantes qu'elles demeuraient obscures, semblait toujours en colère contre maman, trop en colère pour l'approcher nuitamment. Pourtant, tout pendant qu'il était là, un halo d'interdit, de terreur sacrée, de châtiment immanent entourait la chambre rose, d'ordinaire si accueillante. L'enfant avait soin de s'en tenir à l'écart le dimanche.

Madame Tournay mère, depuis l'incident de l'église de Droué, et même après le remplacement de l'ancien curé par un prêtre *jureur*, évitait les offices, ainsi qu'elle l'avait promis à son fils. Le dimanche matin, elle se retirait désormais pendant une heure dans sa chambre pour lire son missel.

Pendant qu'elle était absorbée dans ses exercices de piété, et une fois Paul en route pour Jouars, Yolande et Marc rendirent visite à Cassis dans une prairie derrière les écuries, où le poulain, entre deux gambades sur ses jambes trop longues, revenait téter Lavande. Ils partirent à cheval par les chemins de campagne, mais l'air étouffant fut bientôt secoué de rafales, l'horizon se couvrait d'un voile d'un gris plombé, les montures, oreilles plaquées en arrière, se mirent à cogner du sabot, à hennir sourdement au grondement du tonnerre. Yolande décida d'écourter la promenade.

De retour dans sa chambre, ayant ôté ses vêtements masculins, elle noua un jupon de taffetas autour de sa taille et laça un corset vert pâle par-dessus une chemise à manches courtes. Après un moment d'hésitation, elle détacha ses jarretières et retira ses bas. Pour rafraîchir sa nuque humide, elle enroula sa chevelure en une torsade lâche qu'elle ajusta sur le sommet de la tête, laissant les boucles éparses retomber à leur gré. Paul attendrait la fin de l'orage au Petit-Saint-Hubert tout en savourant l'excellente chère du relais de chasse, et elle aurait tout le temps de s'habiller avant son retour.

Après le repas, les fenêtres grandes ouvertes du salon laissaient entrer une torpeur moite. Mère s'éventait dans son fauteuil, tandis que Marc, ayant enlevé son habit et son gilet trop étroits, s'était assis, jambes croisées, sur le beau tapis de la Savonnerie. Il devait retrouver Boyer à la rivière dès que l'orage se serait éloigné, et, en attendant, il avait ouvert un grand livre de géographie. Il retraçait du doigt sur une carte le trajet suivi par la famille royale dans sa fuite, et prononçait à mi-voix le nom des étapes fatales : Claye-Souilly, Montmirail, Châlons-en-Champagne, Sainte-Menehould, Varennes. Il leva la tête.

— Maman, bonne-maman, savez-vous que la voiture du roi n'est passée qu'à deux lieues de Juilly ? En pleine nuit, quand tout le monde était endormi. Personne ne s'est douté de rien !

— Et à son retour, dit mère, il n'est guère passé loin non plus. Cependant, les choses étaient bien différentes. Des Parisiens étaient même partis à la rencontre de la famille royale. Voilà un trajet qui a dû paraître bien pénible à Leurs Majestés ! La lenteur du cortège, la chaleur, la poussière, surtout l'hostilité des foules qui les dévisageaient tout le long du chemin.

Yolande, qui venait d'apporter une tasse de café au lait à sa belle-mère, s'apprêtait à monter se changer quand elle entendit les jappements frénétiques de Peggy et un martèlement de sabots dans la cour. L'entrée de Paul, cravache en main, la chienne sur les talons, bouscula la quiétude de la scène : Marc referma son livre avec un bruit sec et se leva d'un bond devant son père. Yolande s'empressa d'aller remplir une nouvelle tasse, qu'elle offrit à son mari. Avec son plus gracieux sourire, et sans sucre, comme il aimait son café.

— Te voici enfin, Paul ! dit-elle. Nous craignions que l'orage te retarde.

Rejetant le café d'un mouvement du menton, il considérait d'un œil furieux son épouse, pieds nus dans des mules de satin vert pomme, les chevilles délicates que le jupon ne parvenait pas à cacher, la taille menue, pincée par le corset, la pluie de boucles couleur de lin qui dansaient autour du visage, frôlant les épaules découvertes et la naissance des seins.

— Qu'est-ce c'est que cette tenue ? As-tu perdu l'esprit, ma femme ? Tu t'exhibes ainsi devant ton fils ? Va t'habiller immédiatement ! Et coiffe-toi, tant que tu y es !

Elle se hâta de reposer la tasse sur le plateau, tandis que Paul se tournait vers sa mère.

— Vous n'êtes pas encore sortie ? Dès que votre belle-fille daignera paraître en toilette décente, nous irons tous quatre faire un grand tour à l'ombre de l'allée. L'orage ne menace plus, et l'exercice vous fera le plus grand bien.

Yolande se dirigeait vers la porte du salon quand Marc l'arrêta par le bras, tout en jetant un regard circonspect au dos robuste de son père.

— Maman, chuchota l'enfant, et la pêche ?

En alerte depuis la discussion de la veille sur Cassis, elle porta aussitôt l'index à ses lèvres en fronçant les sourcils. Trop tard, Paul avait fait volte-face.

— Marc, peux-tu me répéter ce que tu viens de dire à ta mère ?

Le ton était calme, mais l'enfant commençait à mesurer la gravité de sa faute. Les larmes lui étaient montées aux yeux et il haletait en silence. Sa tête fut projetée en arrière lorsque la cravache lui cingla le milieu du dos.

— Tu refuses de me répondre ? L'insolence de ce morveux !

Yolande entoura Marc de ses bras.

— Arrête, Paul ! Il me demandait s'il pouvait aller à la pêche, comme convenu avec Boyer. Il n'est pas insolent, il est pétrifié, tu le terrifies. Je t'interdis de le frapper !

— Tu me l'*interdis* ! De quel droit ? Lâche-le immédiatement.

De la main gauche, il saisit Marc au collet pour l'arracher à Yolande.

— Par ici ! Ainsi donc, tu préfères aller à la pêche ? Mais sans m'en demander la permission ? Tu voulais que ta mère t'incite à me défier ?

L'enfant peinait toujours à reprendre son souffle.

— Réponds-moi !

La cravache frappa à nouveau, cette fois sur les fesses, assez fort pour faire avancer Marc d'un pas.

— Petit impudent !

Le second coup avait fait rouler les larmes de Marc sur ses joues.

— Très bien, à ton aise ! Nargue-moi tant qu'il te plaît devant ta mère. Mais ce soir, après souper, tu iras m'attendre dans ma chambre. Crois-moi, la culotte descendue sur les chevilles, tu apprendras à me montrer un peu plus de respect.

Yolande, les jambes chancelantes, se laissa tomber sur une chaise. Du pommeau de la cravache, Paul releva le visage noyé de larmes de son fils. Sa voix tonnait.

— Tiens-toi droit, et regarde-moi quand je te parle ! À partir de demain, et pendant le reste de ton séjour ici, tu resteras enfermé à clé dans ta chambre, en pénitence au pain sec et à l'eau. Tu passeras tes journées à étudier, cela te guérira de cette manie de la pêche. Ta grand-mère te donnera tes devoirs, que tu me montreras tous les samedis. Si j'y trouve la moindre faute, si l'écriture n'est pas parfaite, si je n'en suis pas entièrement satisfait, tu auras le fouet le soir même, puis le lendemain. De la sorte, la leçon finira bien par se graver dans ta mémoire comme sur tes fesses. Et il va sans dire que tu ne pourras en aucun cas voir ta précieuse maman.

On n'entendait que les sanglots étranglés de Marc, les gémissements pitoyables de Peggy, aplatie sur le tapis, et le bourdonnement des insectes au-dehors. Mère se leva de son fauteuil, prit la cravache des mains de Paul pour la poser sur une table, le mena par le bras à l'autre bout du salon. Le visage levé vers lui, elle lui parlait à voix basse, un long murmure de supplication, tandis qu'il la regardait fixement, sa respiration se calmant peu à peu.

Enfin, il fit signe à son fils. Marc s'approcha à pas lents, secoué de frissons, les lèvres livides. Quand mère, de son éventail, lui tapa légèrement sur l'épaule, il tomba à genoux. Paul lui jeta un regard de mépris.

— Ta grand-mère, dans sa bonté, me demande de te faire grâce du fouet ce soir. Pour lui être agréable, je repousse ta correction jusqu'à samedi. Pour le reste de ta punition, elle pourra l'adoucir comme elle l'entend d'ici là.

Mère toucha de nouveau l'épaule de son petit-fils de son éventail.

— Allons, Marc, dis merci à ton père.

Il hoqueta sans pouvoir prononcer un mot et saisit en tremblant la main de Paul, qui la retira brusquement avant que l'enfant n'ait le temps de la porter à ses lèvres.

— Assez de ces pleurs ! Tu n'es qu'un lâche, toujours niché dans les jupes de ta mère. Ta conduite me dégoûte. Dorénavant, tu vas m'obéir, tu vas cesser de te faufiler derrière mon dos, tu vas me répondre quand je te parle. Et fais preuve d'un peu de courage, au lieu de compter sur des femmes pour te tirer d'affaire. Debout !

Le regard de Paul se tourna vers Yolande, figée sur sa chaise.

— Quant à toi, non contente d'être une mauvaise épouse, tu es une mère indigne, une égoïste qui n'a songé qu'à t'amuser de ton fils comme d'un jouet, à le gâter sans te soucier du tort que tu lui faisais. Tu as encouragé tous ses vices, sa faiblesse, son entêtement, son insupportable insolence. Je vais y mettre bon ordre, je te le garantis.

Il pointa du doigt la porte.

— Et combien de fois devrai-je te dire d'aller t'habiller ?

Dans l'allée embaumée du parfum des tilleuls en fleurs, Paul, mère à son bras, causait tranquillement avec elle tandis que Peggy amblait derrière lui. Yolande et Marc suivaient dix pas plus loin. Elle, en robe de soie blanche brodée de marguerites, ses boucles soigneusement coiffées sous un chapeau de paille ; Marc, ses larmes séchées, les yeux à terre. Elle n'osait rompre leur silence ni lui prendre la main.

Pendant le souper, Yolande observait par la fenêtre ouverte le ballet vertigineux des hirondelles dans le ciel qui rosissait. Encore sous le coup de la scène de l'après-midi, elle n'avait aucun appétit. Paul, ignorant sa femme et son fils, qui étaient restés muets, discutait avec sa mère de sa rencontre à Jouars avec le procureur-général-syndic de Seine-et-Oise.

— Je lui ai exposé les tracas sans fin que lui causerait une vente par petits lots à de multiples adjudicataires. Et souligné l'avantage pour la Nation d'avoir affaire à un acquéreur unique, d'une solvabilité éprouvée. Il s'est rallié sans peine à ma position.

— Tu vas donc acheter toute l'abbaye ?

— Oui, et je paierai au comptant. En assignats, dont je souhaite me défaire, car ils n'arrêtent pas de perdre de leur valeur. Je ferai arracher les vignes, qui ne donnent qu'une infâme piquette à vin de messe. Cependant, l'ensemble comprend d'excellentes métairies, et des bois prêts à être coupés, ce qui me permettra de rentrer promptement dans mes fonds.

Un sourire froid flottait sur ses lèvres.

— Et puisque la vente de Jouars est en bonne voie, je vais pouvoir m'occuper des d'Aigremont, ces scélérats qui nous ont abreuvés d'affronts. Rappelez-vous, mère, comment la baronne vous donnait du « *mademoiselle* Tournay » à chaque phrase quand elle nous rencontrait au sortir de la messe. Comme si vous n'étiez pas mariée, comme si j'étais quelque bâtard !

— Elle affectait de suivre l'ancien usage selon lequel une bourgeoise n'avait pas le droit de se faire appeler « madame ». Il y a des années qu'elle a renoncé à cette déplaisante habitude, et je lui ai pardonné.

— Eh bien, pas moi. Pas plus qu'au baron, qui me criait « Prends garde, manant, je te ferai mettre au carcan ! » quand j'avais seize ans, parce que j'avais l'audace de tirer des lièvres dans les bois de La Danerie. Le *manant* va lui faire dégorger sa morgue en le réduisant à la gueuserie.

— Paul, c'était avant la Révolution. En tant que roturier, tu n'avais pas le droit de chasser, y compris chez nous. Ces avanies mesquines étaient monnaie courante à l'époque, même si les d'Aigremont se montraient plus odieux que les autres nobles. Mais songe à cette horrible humiliation en juillet, quand la baronne et sa fille ont été fouettées en public, et à la mortification que toute la famille doit éprouver à l'idée de se trouver à ta merci.

— Leur mortification ! Ce n'est que le début, soyez-en assurée. Au moment de la vente, je me rembourserai de leurs traites à la valeur nominale, quatre fois ce que je les ai payées. Soissy ne me coûtera pas bien cher en fin de compte et, une fois les hypothèques purgées, le bonhomme ne verra pas un liard du prix. Il me salue à présent jusqu'à terre, et ne prend jamais congé de moi sans me prier de déposer ses hommages à vos pieds. Un peu tard. Je ne le laisserai même pas s'installer dans une cahute de berger à Soissy avec ses deux laiderons, mais je leur fournirai volontiers une carriole pour les conduire tous trois à l'hospice de Versailles. Le jour où ils empileront leurs dernières hardes là-dedans, j'irai assister à la scène, sans même descendre de cheval.

— Voyons, Paul, je te sais plus généreux que cela.

— Vous êtes trop bonne envers cette engeance, chère mère. Ils récoltent ce qu'ils ont semé. Quant au château, je n'ai que faire de cette lugubre caserne. Je vais le revendre, meublé, portraits de famille compris. Un ramassis de trognes hideuses, mais quelque imbécile pourrait m'offrir un meilleur prix de la bâtisse si j'inclus dans le marché toute une lignée d'ancêtres aristocratiques.

Il se mit à rire, puis redevint grave.

— Je me réserverai cependant les Watteau et les scènes de chasse d'Oudry pour la maison de l'île. Les plus belles tapisseries aussi, et la collection de Meissen. Vous pourrez également choisir ce que vous voudrez pour La Danerie. Nous irons ensemble voir ce qui vaut la peine d'être gardé.

Yolande était soulagée de constater que l'animosité de son mari avait pris une nouvelle direction, mais la mention de la noblesse lui rappelait toujours douloureusement Camille.

Dès le dessert, mère, d'un discret signe de tête, invita Marc à quitter la table. Il se leva promptement pour l'embrasser, passa à Yolande, puis hésita un instant avant d'aller s'agenouiller près de la chaise de son père, cette fois sans trembler ni larmoyer.

— Mon papa, je vous demande humblement pardon d'avoir été lâche et désobéissant. Je vous promets que ça n'arrivera plus.

Paul baissa les yeux vers son fils.

— Tiens donc ! Tu as retrouvé ta langue, mon prince ?

— Je n'osais vous répondre tout à l'heure. Je ne voulais pas être insolent, mais j'avais honte de moi, et très peur de vous offenser encore plus. Je sais que j'ai mérité le fouet. Vous êtes bien bon de me l'épargner ce soir, je vous en remercie de tout cœur.

— Tu auras toute la semaine pour réfléchir à ta conduite. Ta grand-mère te donnera le reste de ta punition demain matin. Et je t'accorderai mon pardon quand tu t'en seras montré digne. File au lit !

Après une nuit tourmentée, Yolande se réveilla dès l'aube. Marc devait attendre, déjà habillé dans sa chambre, de découvrir le sort qui lui serait réservé. Dès que le brouhaha du départ de Paul fut passé, elle jeta un déshabillé sur ses épaules et descendit rejoindre sa belle-mère à la salle à manger. Celle-ci envoya chercher l'enfant, qui baisa la main et la joue de ces dames. Sa grand-mère lui fit signe de s'asseoir.

— Tu vois, Marc, grâce à la clémence de ton père, je peux alléger ta punition : au lieu d'être enfermé au pain sec et à l'eau, tu prendras tes repas avec nous, et je te laisserai libre de tes mouvements. Et surtout, je ne te priverai pas de la compagnie de ta chère maman. Je veillerai néanmoins à ce que tu étudies sérieusement. As-tu lu les *Vies des hommes illustres* de Plutarque ?

— Pas encore, bonne-maman. Je n'ai pas commencé le grec au collège.

— J'en ai une traduction complète à la bibliothèque. Ton père ne voudrait pas, j'en suis sûre, que tu découvres Plutarque dans une édition expurgée. Tu emporteras le premier volume dans ta chambre. Tu l'étudieras tous les matins, et, à la fin de chaque biographie, tu rédigeras un essai pour la résumer et expliquer les leçons que tu en as tirées. Ainsi, au retour de ton père samedi, il verra que tu as à cœur de retrouver sa bonne opinion. Le reste du temps, je te laisserai libre de t'amuser.

Elle sourit gentiment.

— Tu pourras repartir à la pêche avec ton ami Boyer cet après-midi.

Marc rougit jusqu'aux oreilles.

— Je vous remercie mille fois, bonne-maman, mais si ça ne vous ennuie pas, je préfère étudier toute la journée, et aussi le soir après souper. J'aurai plus de temps pour préparer mes essais pour samedi. Et je n'ai pas envie d'aller m'amuser sans la permission de papa, après lui avoir manqué de respect hier. Pensez-vous que je devrais lui écrire une lettre ? Pour lui montrer que j'ai bien réfléchi à ma conduite, comme il l'a dit, et combien je la regrette. Je n'oserais jamais lui parler de ces choses-là de vive voix.

— Je suis heureuse de te voir revenu à de meilleurs sentiments. Écris-lui cette lettre, je suis sûre qu'il sera touché de tes remords.

Après le départ de l'enfant, Yolande pressa la main de sa belle-mère.

— Je ne sais comment vous remercier. La punition imaginée par Paul m'était destinée presque autant qu'à Marc. Être deux mois sous le même toit, lui sous clé dans sa chambre, moi tenue à l'écart... Mais le pauvre enfant va être fouetté samedi, pour une offense si légère. Mon père me battait sans merci, pour des peccadilles, mais j'y étais habituée. Marc n'a jamais été corrigé, ni au collège, ni par son père. Il ne pourra s'empêcher d'y penser toute la semaine.

— Paul a raison de ne pas tolérer que son fils essaie d'esquiver en sous-main une promenade familiale dont il avait décidé. Cependant, sans doute n'aurait-il pas été si furieux, ni la sanction initiale si dure, sans l'éclat auquel vous vous êtes livrée. Jamais je n'userais d'un tel ton avec lui. Comment pensiez-vous qu'il le prendrait, venant de sa femme ?

— Devais-je me tenir tranquille pendant qu'il frappait Marc ?

— Vous êtes si impétueuse, Yolande ! Il eût été plus sage de ne pas attiser le courroux de Paul.

— Mère, pourriez-vous intercéder à nouveau en faveur de Marc ? Paul vous écouterait.

— Il m'a déjà écoutée, ma chérie : il n'a pas châtié son fils sous le coup de la colère. Il le fera, s'il l'estime toujours nécessaire, après mûre réflexion, de manière mesurée. La décision lui revient en dernière instance, et je n'aurai pas la présomption de m'en mêler plus avant.

— Mais il est si dur avec Marc ! Il est de ces hommes qui ne peuvent se résoudre à aimer leur enfant.

— Comment pouvez-vous dire une chose pareille ? Vous n'avez aucune idée de ce que c'est qu'un père qui n'éprouve aucune affection pour son fils.

Yolande avait cependant une idée exacte de ce que c'était qu'un père qui n'éprouvait aucune affection pour sa fille.

— J'en ai eu l'exemple avec feu mon mari, reprit mère. C'est ce qui avait fait de Paul un enfant difficile, rebelle. Les insultes, les mauvais traitements que j'ai endurés sous ses yeux pendant toute son enfance lui ont brisé le cœur. Mon époux m'accusait d'adultère, sans autre raison que le désir de m'humilier, il allait jusqu'à traiter son fils de bâtard. Imaginez la rage d'un garçon trop jeune pour protéger une mère adorée, essuyant une telle insulte. Puis, à l'adolescence, Paul a commencé à s'interposer pour me défendre, à provoquer ouvertement son père, qui menaçait de le faire enfermer à Bicêtre par lettre de cachet.

— À Bicêtre ! Quelle horreur.

— Je voyais déjà Paul croupissant dans quelque cachot infect, attaché au mur par un collier de fer, au milieu de criminels endurcis. Et je vivais dans la hantise d'un autre malheur, pire encore : à quatorze ans, il était remarquablement grand et robuste pour son âge, tandis que son père approchait la soixantaine, toujours aussi méchant, mais de plus en plus frêle. Dieu sait quel accident aurait pu arriver durant l'une de leurs altercations... C'est peut-être une vilaine chose à dire, mais quelle délivrance ce fut de me trouver soudain veuve. Ce portrait dans la chambre de Paul faisait partie d'une paire, mon époux et moi, par van Loo. À la mort de son père, Paul a décroché le sien et lui a défoncé le visage à coups de pied avant de le jeter au feu. Je suis sûre qu'encore aujourd'hui, il ne peut regarder le mien sans penser à ce moment-là.

— Ainsi donc Paul haïssait son père, et son père le haïssait...

Yolande s'arrêta, étonnée de se découvrir ce point commun avec son mari.

— Comparez cela, reprit mère, avec ce qui se passe entre Marc et lui. Il est vrai que Paul se montre souvent distant, mais il est fort attaché à son fils et prête la plus grande attention à son éducation. Il a même fait preuve de douceur et de patience, vous venez de me dire qu'il ne l'a jamais encore corrigé. Combien de pères s'en abstiennent jusqu'à ce que leur fils ait neuf ans ? Feu mon mari n'avait pas fait preuve d'une telle retenue, et ne s'est arrêté que lorsque Paul est devenu assez fort pour lui tenir tête.

— Paul ne pourrait-il s'en souvenir ?

— Son père le battait comme il me battait, par cruauté, par caprice, par plaisir, ce qui n'a fait que le révolter davantage. Vous voyez bien que ce ne n'est pas le cas ici. Paul n'est pas un bourreau, mais il estime que l'heure est venue d'étouffer dans l'œuf tout défi à son autorité. Vous ne pouvez l'en blâmer et, au reste, vous avez entendu Marc : il sait qu'il a mérité son châtiment et s'y soumettra de bonne grâce. Ne vous y trompez pas, ma chère Yolande, l'enfant adore son père, même s'il est trop intimidé pour le lui manifester ouvertement. Il l'admire, il souhaite par-dessus tout gagner son affection. Je suis également certaine qu'il lui est reconnaissant de l'avoir envoyé à Juilly. On voit qu'il s'y est épanoui, et il n'apprécie que mieux les moments qu'il passe en votre compagnie. C'était une excellente décision, j'espère que vous en conviendrez, malgré le chagrin de la séparation. Un garçon, surtout un fils unique, ne devrait pas être élevé à la maison, couvé par des femmes.

Mère soupira.

— La seule chose que je réprouve dans la conduite de Paul *en tant que père* est ce manque d'égards qu'il vous témoigne devant Marc. C'est insultant pour vous, bien sûr, et ce n'est pas bon pour l'enfant.

Marc, absorbé dans son Plutarque, remontait étudier dans sa chambre sitôt après les repas, car il entendait finir les deux premières biographies, Thésée et Romulus, pour la fin de la semaine. Yolande ne le voyait plus qu'à table ou lorsqu'il venait consulter sa grand-mère sur la rédaction de ses essais. Résignée, elle se contentait d'écouter ces doctes conférences.

Le samedi suivant, Marc fut appelé au salon peu après l'arrivée de son père. Quand il fit son entrée, Peggy, qui avait roulé sur le dos, pattes avant repliées, pour offrir sans pudeur son ventre à son maître, se redressa aussitôt. Paul répondit à la déférente salutation de son fils par une brève inclinaison de la tête et lui prit des mains les papiers qu'il lui tendait. Impassible, il les parcourait attentivement. Tout le monde se taisait, et le froissement des pages qu'il retournait, l'une après l'autre, emplissait la pièce. Marc se tenait très droit, les poings serrés, blême comme un accusé face à son juge. Enfin, son père replia les feuillets.

— Les *Vies* de Plutarque sont parfaites pour un garçon de ton âge, elles te donneront une introduction vivante à l'histoire, à la philosophie, aux mœurs de l'Antiquité. Je ne peux que complimenter ta grand-mère sur son choix.

Il jeta un regard à Yolande.

— Mes éloges ne doivent pas s'arrêter là. Je reconnais dans tes écrits certaines expressions de ta mère. Je sais combien elle aime à se rendre utile, et suis sûr qu'elle t'a été d'une grande assistance. La lettre était son idée aussi. Excellente, d'ailleurs.

Les yeux de Marc allaient et venaient désespérément de son père à sa grand-mère.

— Oh non, maman ne m'a pas aidé ! Je ne lui ai même pas montré mes essais. Vous devez me croire, mon papa, je vous en supplie. La lettre était mon idée, et je l'ai rédigée tout seul. J'ai juste demandé à bonne-maman de la relire, pour être sûr qu'il n'y avait rien dedans qui pourrait vous fâcher. S'il vous plaît, bonne-maman, pouvez-vous dire à papa que c'est vrai ?

Paul eut un mince sourire.

— Je te crois, jeune homme, et je prends acte de tes efforts. Pour t'en récompenser, je vais de nouveau repousser ta correction. Ne compte cependant pas y échapper : tu auras le fouet l'un de ces jours. Inutile d'en fixer la date, tu n'es pas pressé, n'est-ce pas ? Pour le reste, la punition que t'a donnée ta grand-mère est d'une extrême clémence, mais, comme elle semble te réussir, je vais la laisser en place une semaine de plus.

Il mit la lettre dans la poche de son habit et rendit le reste de la liasse à son fils.

— Il paraît qu'en mon absence, tu t'es plongé dans tes études, au-delà de ce qui t'avait été imposé. Ta grand-mère me dit aussi que tu n'as pas voulu reprendre tes amusements habituels sans ma permission. Je vais te l'accorder, car je crois déceler une amélioration bienvenue dans ta façon de penser. Je me contenterai donc d'une seule biographie de Plutarque la semaine prochaine, mais je me montrerai moins indulgent sur le style. Je sais que tu peux mieux faire et j'entends que tu poursuives tes progrès. Ne me déçois pas, Marc !

L'enfant poussa un profond soupir, le soulagement et la gratitude peints sur ses traits.

Les manières de Marc envers Yolande se distinguaient désormais par une civilité distante, et il semblait éviter de se trouver seul avec elle. Arguant de son Plutarque, il déclina plusieurs fois de l'accompagner à cheval et elle cessa de le lui proposer. Quand il allait pêcher l'après-midi avec le père Boyer, il revenait désormais de la baignade par les cuisines, et c'étaient les bonnes qui lui séchaient les cheveux et lui changeaient sa chemise.

Il avait tenu les rênes de Lavande pendant que Néron la couvrait et que Cassis folâtrait à leurs côtés ; il avait passé toute une soirée aux écuries, attendant avec les palefreniers que Cannelle, une jument alezane, mît bas. Peu après minuit, il avait assisté à la naissance d'une pouliche noire, également la progéniture de Néron, aussi jolie que Cassis, mais qui ne semblait pas le fasciner autant. Quelles que fussent ses impressions sur l'élevage des chevaux, il ne les partageait pas avec sa mère.

Désormais, seuls comptaient Paul, présent ou absent, redouté même en ses moments de bienveillance, et sa grand-mère, qui pouvait l'aider à gagner la faveur paternelle, une entreprise pour laquelle Yolande était singulièrement peu qualifiée. Jamais plus l'enfant ne l'appellerait *maman jolie*, ne se glisserait dans son lit, ne danserait le menuet avec elle. Elle ne s'était pas attendue à ce que ces choses lui soient arrachées si brutalement.

Le samedi suivant, Marc, vêtu d'un costume gris clair tout neuf, le front appuyé contre une vitre du vestibule, guettait les allées et venues dans la cour, Peggy assise à ses côtés. Il avait insisté pour porter l'habit malgré la chaleur, et changer de chemise, de peur que la moindre tache ne vînt à souiller son linge. Dès que la chienne commença à se tortiller avec des glapissements fébriles, il se précipita au-devant de son père pour lui tenir l'étrier et mener le cheval aux écuries.

Au salon, après avoir salué ces dames comme à l'accoutumée, Paul s'installa dans son fauteuil habituel et, au retour de Marc, demanda à lire ses devoirs. L'enfant se tenait à distance respectueuse pour entendre prononcer son jugement, qui s'avéra le même que la semaine passée. Cependant, la décision rendue, son père se pencha pour l'attirer entre ses cuisses et lui donna une tape amicale dans le dos. Marc se mit à trembler, de crainte ou de joie.

Le lendemain matin, au déjeuner, Paul l'invita pour la première fois à l'accompagner dans sa promenade à cheval. L'enfant eut un éclair de fierté, comme si la vie ne pouvait lui réserver de plus grand honneur. Il ne reparut qu'à midi, les cheveux mouillés, la chemise débraillée, l'habit et le gilet sur le bras, et se précipita vers sa grand-mère, qui causait avec Yolande au salon après ses prières du matin.

— Bonne-maman, devinez ce qui s'est passé ! Papa m'a emmené me baigner.

— Doux Jésus, c'était la première fois, n'est-ce pas ?

— Je ne m'y attendais certes pas. Au début, j'avais un peu honte de me dévêtir devant lui. Avec le père Boyer, ça ne me fait rien, j'ai l'habitude, et lui, il ne se déshabille pas. Mais papa m'a dit de me dépêcher, car entre mâles on ne fait pas de façons. Il s'est mis tout nu, lui aussi, et il m'a poussé par l'épaule jusqu'à la rivière.

— Ton père est un excellent nageur. Je suis sûr qu'il t'a beaucoup appris.

— Oh, oui ! D'abord, à garder les yeux ouverts sous l'eau, comme lui. Il a raison, on voit la rivière autrement comme ça. Une grande couleuvre est passée devant nous, mais il m'a dit que ça ne mange que des mulots et des crapauds, que ça ne mordait pas les garçons peureux. Puis il s'est mis à rire, il a dit qu'il allait m'apprendre à me montrer plus brave. Alors il m'a pris à bras-le-corps et il a nagé jusqu'au milieu de la rivière, là où je n'avais plus pied. Il m'a lâché, et il m'a dit de ne pas barboter comme un chiot, de me laisser porter tranquillement. Puis je l'ai suivi jusqu'à l'écluse du moulin, où c'est encore plus profond. Je n'étais jamais allé si loin, et je me sentais tout petit au beau milieu de la rivière, mais avec lui, je savais que je ne risquais rien. Finalement, on est allés s'asseoir sous les aulnes, sur des pierres plates, et il m'a montré là où les grenouilles pondent leurs œufs au printemps, parmi les iris. On reviendra à Pâques pour chercher des têtards. Il connaît très bien la rivière, vous savez, bonne-maman, encore mieux que le père Boyer.

— À ton âge, il allait s'y baigner tous les jours en été.

— Et quand il a été temps de rentrer, il m'a dit de faire comme lui, de m'essuyer avec ma chemise, parce que je suis trop grand pour laisser les bonnes me sécher. Il m'a même prêté son beau peigne pliant en écaille et en argent, parce que j'avais l'air d'un petit sauvage, et que vous n'alliez pas me reconnaître. Et quand j'ai voulu le lui rendre, il m'en a fait présent !

Marc avait les larmes aux yeux.

— Je l'emporterai à Juilly. Je m'en servirai tous les jours.

— De la sorte, dit mère, tu te rappelleras l'affectueuse sollicitude de ton père. Ce que tu aurais fait de toute manière, j'en suis certaine.

Yolande savait sa défaite consommée : ce nouveau lien se nouait aux dépens de l'ancienne tendresse de l'enfant pour elle. Paul, en emmenant son fils se baigner, avait partagé avec lui des moments de camaraderie dont une femme serait toujours exclue, et son autorité de père, déjà écrasante, en sortait renforcée. Marc, obligé de le voir nu, impressionnant dans sa maturité virile, n'avait pu éviter des comparaisons flagrantes avec son propre corps d'enfant. Et, à son retour de la rivière, il avait ignoré sa mère.

Le lendemain réservait une autre surprise.

— Marc, dit Paul en dégustant de bel appétit une tranche de rôti de bœuf, j'irai voir le père d'Aigremont cet après-midi pour arrêter les derniers détails de la vente. Tu m'accompagneras et je lui dirai de te faire visiter le château. Il en connaît l'histoire comme sa poche et pourra te conter toutes sortes d'anecdotes amusantes.

Sans doute voulait-il affermir son emprise sur l'enfant, mais Yolande soupçonnait un autre motif. Le ci-devant baron n'avait pas de progéniture mâle, et Paul souhaitait lui infliger une humiliation de plus, peut-être la plus raffinée de toutes, en lui amenant son fils, dont les cheveux noirs et les yeux pâles rappelaient tant les siens. Le vieil homme devrait faire les honneurs de sa demeure ancestrale à l'enfant qui allait en devenir l'héritier.

Désormais, tout en continuant d'étudier, d'aider les palefreniers, de pêcher avec Boyer durant le reste de la semaine, Marc passait le plus clair du samedi et du dimanche avec son père. Ils allaient à la rivière le matin, et l'après-midi se rendaient à Jouars, à Soissy, dans les métairies où la présence du maître était requise pour surveiller les travaux des champs, accorder des prêts aux paysans, inspecter des réparations. L'enfant le saluait désormais matin et soir de la manière dont il usait avec sa mère et sa grand-mère, en lui baisant la main et la joue. Une familiarité qu'il n'aurait pas osée sans qu'elle eût été expressément permise. La correction annoncée était reportée de semaine en semaine, toujours avec un avertissement qu'il n'en serait pas fait grâce et qu'il la recevrait avant son départ pour Juilly.

La fin du mois d'août vit le retour de la fête des moissons, avec ses réjouissances bruyantes sous le hangar et son bal aux lampions, que Yolande ouvrit, comme à l'accoutumée, avec son époux. Et, comme à l'accoutumée, ils s'évitèrent par la suite, avant de se retirer à la fin chacun dans leur chambre. Elle ne pouvait s'empêcher de se remémorer les jours heureux de son premier été à La Danerie. Loin de Camille, elle se sentait fort seule.

À la campagne, septembre 1791 suivait son cours habituel, cadencé par les labours aux champs, la fabrication des sirops et des gelées de mûres aux cuisines. Paul enseigna à son fils à charger et manier un fusil et l'emmena pour la première fois, à sa grande joie et celle de Peggy, à la chasse dans les bois de La Danerie.

Mais à Paris, les événements se précipitaient. Le 3, l'Assemblée nationale adopta enfin une constitution écrite, à laquelle elle avait travaillé depuis le début de la Révolution. Le roi l'accepta et jura solennellement d'y être fidèle. Tout le monde se méfiait désormais de Louis XVI et de ses serments, mais la nouvelle Constitution n'en fut pas moins proclamée en grande pompe place du Marché des Innocents, sur le site de l'ancien cimetière, vidé de ses ossements.

Les hommes âgés de vingt-cinq ans accomplis, payant des impôts au moins égaux à trois journées de travail, et qui n'étaient pas employés comme domestiques, étaient déclarés *citoyens actifs* et se voyaient accorder le droit de vote. Les femmes, incapables civiles comme les enfants, en étaient toujours privées.

— Cela va de soi, observa Paul durant le souper du samedi. Les citoyennes ont le droit de suffrage, et c'est par l'intermédiaire du chef de famille qu'elles l'exercent.

— À l'avenir, répliqua Yolande d'un ton acide, je ne doute pas que tu nous consultes, mère et moi, avant d'aller voter pour nous.

— Comme tu le sais, ma femme, je ne te consulte pas sur les sujets qui ne te regardent pas. Quant à notre nouvelle Constitution, je me réjouis de ce qu'elle confirme irrévocablement l'abolition de la noblesse. Ce vestige grotesque de l'Ancien Régime faisait offense à l'égalité des citoyens.

Il haussa les épaules.

— Par contre, la suppression des corporations, déjà en effet depuis mars, est une mesure d'une parfaite stupidité. Chacun pourra en théorie exercer la profession de son choix sans aucune condition d'études ou de diplômes. Cependant, quoiqu'en dise la Constitution, mes malades n'auront aucune envie d'aller se faire opérer par un apprenti boucher. Et il n'est pas question que les hôpitaux admettent de prétendus chirurgiens sans qualifications. Fort heureusement, nul ne parle de supprimer l'Académie royale.

Yolande avait pris soin d'étudier le texte de la Constitution en détail, et l'article 7 en particulier avait retenu son attention : « La loi ne considère le mariage que comme contrat civil. » Il serait dorénavant constaté par des officiers publics. C'était donc officiel : le mariage devenait un simple arrangement entre les époux, et, désormais dépourvu de valeur religieuse, n'aurait plus aucune raison d'être indissoluble. L'étape suivante, qui ne saurait plus tarder, serait l'autorisation du divorce. Elle se voyait enfin libre, dix ans après avoir épousé Paul, libre de le quitter, de rejoindre Camille rue du Bac.

Le dernier dimanche de septembre, la veille du retour à Paris, la chaleur était devenue étouffante. En allant se coucher, Yolande souffla la bougie de peur d'attirer les papillons de nuit et alla ouvrit tout grand fenêtre et volets avant de s'endormir. À l'aube, le gazouillis des oiseaux et la fraîcheur bienvenue de l'air la réveillèrent et l'incitèrent à se lever. Au verger, les pommes, d'un rouge éclatant, vernissé, luisaient dans la lumière blême. Elle se souvint du premier matin de son séjour à La Danerie, deux mois plus tôt, il y avait si longtemps, semblait-il. Les retrouvailles avec Camille étaient maintenant toutes proches.

En entendant le crissement de pas dans l'allée de gravier, elle en fit un pas en arrière pour s'écarter de la fenêtre. Paul, suivi de Peggy, se dirigeait vers les écuries, botté, cravache en main. Sa mère, pendue à son bras, le visage levé vers lui, lui parlait instamment, comme elle l'avait fait le jour où elle l'avait supplié d'épargner Marc. Mais cette fois, il se détournait d'elle, regardant droit devant lui. Conjurait-elle Paul de ne pas installer Nanette dans la maison de l'île ? Ou bien s'agissait-il d'autre chose ?

CHAPITRE 21

Non seulement Paul attendait sa femme et son fils à leur retour de la campagne, mais il semblait d'humeur curieusement amicale pour un homme qui avait renoncé à passer la soirée en compagnie de sa maîtresse. Yolande avait redouté qu'il lui annonçât, malgré les instances de sa mère, l'arrivée d'une nouvelle chambrière, mais il n'en fut rien.

— Jolie redingote, dit-il durant le souper. Ces coupes anglaises, qui cintrent la taille et la poitrine, te siéent à ravir.

Stupéfaite, Yolande leva les yeux et vit qu'il fixait le double rang de perles à son cou.

— Ce sont celles de mère, remarqua-t-il posément.

— Elle me les a mises au cou alors que nous quittions La Danerie ce matin.

— Je ne t'accusais pas de vol. Les perles, au reste, mettent en valeur la blancheur de ta carnation.

— J'en ai été fort émue et, comme tu t'en doutes, je ne voulais pas accepter un bijou d'une telle valeur, mais elle m'a dit que je la fâcherais en refusant. Elle a mis une condition à ce présent : que je le porte tous les soirs à souper. Pour que toi et moi nous souvenions d'elle, a-t-elle précisé.

Il leva le sourcil.

— Je n'ai nul besoin de cela pour la garder dans mes pensées, mais elle a raison, les perles sont faites pour être portées.

Et celles-ci vont parfaitement avec tes boucles d'oreilles de mariage, qu'elle m'avait d'ailleurs aidé à choisir.

Au mot de *mariage*, Yolande se sentit rougir, comme s'il eût prononcé une obscénité.

— Avec une paire de bracelets assortis, poursuivit-il, ce ferait une fort belle parure. Deux rangs chacun, comme le collier. Ou peut-être trois.

Yolande s'empourprait de plus belle. Il ne lui avait pas offert de bijoux ni d'objets personnels depuis la naissance de Marc. Peut-être le vin avait-il obscurci son jugement. Elle jeta un coup d'œil à son verre, mais il y avait à peine touché. Il devait penser aux parures de perles en général.

Son ton inhabituellement agréable laissa espérer à Yolande qu'il avait oublié, ou choisi d'oublier, le châtiment de Marc, auquel il n'adressait pas la parole. Cependant, après la tarte aux pommes, il se tourna vers l'enfant, qui était resté silencieux durant tout le repas.

— Eh bien ! jeune homme, il me semble que tu as passé un été des plus plaisants à La Danerie, en dépit de ta punition, ou peut-être grâce à elle. Il ne reste qu'à la compléter par la correction qui t'attend depuis bientôt deux mois.

Marc blêmit en se redressant sur sa chaise.

— Comme je ne souhaite pas abîmer mon excellente cravache, je me suis procuré un martinet, que tu vas étrenner ce soir et dont je ne me ferai pas faute d'user généreusement à l'avenir.

Il désigna du menton un paquet rectangulaire posé sur la console, à côté de la canne à tête de loup.

— Prends-le, embrasse ta mère et va m'attendre dans ma chambre.

L'enfant obéit en silence. Quelques instants plus tard, alors que son mari se préparait à son tour à quitter la pièce, Yolande se leva pour lui saisir le bras.

— Paul, écoute-moi, au moins cette fois...

Il se dégagea avec un soupir d'exaspération.

— Grands dieux, Yolande ! Faut-il encore que tu t'en mêles ? Va te reposer.

Depuis sa chambre, elle s'efforçait de distinguer ce qui se passait. De l'autre côté de la porte, la voix de Paul résonnait longuement, grave, âpre, vibrante de colère à peine contenue. Puis, après un moment, les tons plus aigus de Marc, enfantins mais déjà sonores, répondaient par intervalles. Elle essayait de se préparer à des cris déchirants, mais elle n'entendit que le bruit de la porte qui se refermait au bout de vingt minutes.

Comme à son habitude, Yolande s'était levée suffisamment tard pour éviter Paul. Marc, lui, avait partagé le déjeuner de son père.

— Vous savez, maman, au moment de partir pour l'Hôtel-Dieu, papa a été si gentil avec moi ! Il m'a serré dans ses bras, il m'a donné un baiser au front; il m'a appelé son fils aimé.

Le regard de Marc se mouillait au souvenir de ces manifestations d'affection, inconcevables deux mois plus tôt.

Tante Sophie vint embrasser tendrement son petit-neveu avant son départ pour Juilly, et il fut temps de monter en voiture. Yolande se contentait de tenir la main de l'enfant, attendant qu'il rompît le silence.

— Hier soir, papa a commencé par me gronder. Oh ! il était redevenu sévère, pas du tout comme lorsqu'on allait nager ou se promener à cheval. Je faisais de mon mieux pour être courageux, mais j'avais très peur de son courroux, encore plus que du fouet. Et aussi de sa chambre. Elle est impressionnante, surtout le lit, avec ces grands rideaux rouges. C'était la première fois que j'y allais.

— Tu es né dans ce lit.

L'énormité de cette révélation laissa l'enfant sans voix. Yolande regretta ces mots, qui ne serviraient qu'à obscurcir davantage les mystères du passé, à soulever des questions sans fin, et qui avaient réveillé en elle les souvenirs déchirants des trop courtes années heureuses de son mariage.

— Papa le sait-il ?

— Bien sûr. Il a assisté à ta naissance.

L'enfant restait bouche bée à l'idée de ce lien insoupçonné.

— Il n'était pas fâché ?

— Marc, tu es son fils. Il voulait que je te mettre au monde dans son lit, et il voulait te voir naître.

La pensée devait effleurer l'enfant que, dans un passé très lointain, plus ancien que lui, d'une antiquité presque biblique, maman avait couché avec papa dans ce lit aux rideaux rouges. Il y avait donc eu un temps où il n'était pas continuellement en colère contre elle, où il l'aimait assez pour la vouloir près de lui la nuit, et c'était de cela que lui, Marc, était né.

— Et j'ai dormi avec vous dans le lit de papa ?

— Seulement quelques jours. Ensuite, tu as couché dans ton berceau, juste à côté. Puis tu as eu ta propre chambre, qui était celle de ton père quand il avait ton âge.

Redoutant de nouvelles questions sur ses propres arrangements nocturnes, présents et passés, elle lui pressa la main.

— Assez parlé de ces choses-là. Raconte-moi plutôt ce qui s'est passé hier soir.

— Il m'a commandé d'ouvrir le paquet et de lui apporter le martinet. Oh, maman ! si vous l'aviez vu, vous en auriez pleuré pour moi : des lanières de cuir d'un pied et demi, divisées au bout en mèches minces, avec trois gros nœuds à chacune. Je me suis mis à trembler de tout mon corps. J'aurais voulu demander à papa de me corriger plutôt avec la cravache, mais je n'ai pas osé. Il m'a pris le martinet des mains, il l'a regardé un moment en fronçant les sourcils, puis il m'a ordonné de baisser ma culotte jusqu'aux talons, de trousser ma chemise, et de me mettre à plat ventre sur le bord du lit, les pieds à terre.

L'enfant s'arrêta un instant, comme s'il ne pouvait s'habituer à l'idée qu'il était né dans ce lit terrifiant.

— Puis il m'a demandé si j'étais prêt. J'ai répondu que oui, mais je l'ai supplié d'épargner les cuisses, pour que je puisse cacher les marques sous ma chemise à Juilly. Je savais bien qu'un fouet comme ça allait laisser des traces horribles, pendant longtemps. Voyez-vous, mes camarades sont jaloux parce que je n'ai jamais été puni, alors ils se seraient moqués... J'ai serré les dents pour ne pas crier, mais il ne s'est rien passé. J'aurais même préféré que la correction commence, parce que c'était pire que tout, d'attendre comme ça. Puis soudain, j'ai senti que papa me prenait par le col. Il m'a dit de me rhabiller, qu'il me faisait grâce, qu'il voulait que je me consacre à mes études au lieu de me tracasser pour des marques sur les fesses. J'en ai été si ému que, pour le coup, j'ai éclaté en sanglots, et je me suis jeté dans ses bras. Figurez-vous que, non seulement il m'a tout pardonné, mais il va m'écrire cette année ! Et, si je continue de bien travailler, peut-être qu'il viendra me chercher un de ces dimanches, pour qu'on aille se promener tout l'après-midi.

Yolande ferma les yeux.

— Je suis sûre que vous passerez un excellent moment ensemble. Essaie aussi de ne pas oublier ta maman, qui ne va pas te revoir avant Noël.

— N'ayez crainte. Je vous écrirai toutes les semaines, à vous deux, comme l'an dernier.

L'enfant resta rêveur un moment.

— Papa est si bon. J'ai beaucoup de chance d'avoir des parents comme vous.

— En effet. Nous t'aimons très fort.

Lorsqu'ils arrivèrent en vue du portail de Juilly, Marc se tourna vers Yolande.

— Est-ce que ça vous ennuie si on se dit au revoir dans la voiture ? Gobert ira avec moi.

C'était le dernier coup, le plus cruel. L'année précédente, Yolande avait accompagné son fils, rencontré le préfet des études et le régent de sa classe. Elle se força à sourire.

— Non, bien sûr, ça ne m'ennuie pas. Disons-nous au revoir tout de suite.

Elle le serra contre son cœur, l'embrassa avec un regret passionné, puis s'arracha à lui et, les poings pressés contre les lèvres, le regarda s'éloigner, accompagné du cocher qui portait sa malle. Soudain, l'enfant s'arrêta net, courut jusqu'à la voiture et, en pleurs, lui tomba dans les bras.

— Oh, maman, vous allez tant me manquer !

Le soir même, Yolande s'attendait à un retour des tirades de son mari, mais il la surprit en lui témoignant une courtoisie froide. La conversation se porta sur Marc.

— Un garçon d'une vive intelligence, observa Paul. Et il a bon fond, ce qui est d'autant plus à son honneur que tu l'as élevé sans lui inculquer la moindre notion de discipline. Tu l'aurais encore outrageusement gâté tout l'été si je n'y avais mis le holà. À ce propos, Yolande, je reconnais ma part de responsabilité dans cette pernicieuse indulgence. J'ai trop longtemps négligé d'affirmer mon autorité.

— Et si Juilly devait fermer cette année ? Comme tu ne veux plus d'un précepteur, n'eût-il pas mieux valu l'envoyer dans un collège parisien ? À Louis-le-Grand, par exemple ?

— Je me suis posé la question, mais Juilly lui réussit manifestement, et j'ai décidé qu'il y resterait le plus longtemps possible. Au reste, ne te fais pas d'illusions, s'il devait poursuivre ses études à Paris, il y serait en pension. Tu ne le verrais pas plus, même si cela aurait l'avantage de rendre mes visites plus commodes.

— Tu iras donc le voir à Juilly.

— Les dimanches où je ne serai pas à La Danerie.

— Et moi, quand le verrai-je ?

— Quand il reviendra pour Noël. Entendons-nous bien, Yolande. Marc gagnera à être tenu éloigné de toi durant les années qui viennent. J'ai donné des instructions à Juilly. Je serai désormais le seul à lui écrire. Inutile de l'inonder d'un flot de lettres comme tu le faisais l'an dernier, elles me seraient renvoyées sans même qu'il en soit informé. Sache aussi que, si par hasard il te venait l'idée de te rendre là-bas à mon insu, tu ne serais pas autorisée à le voir.

Elle se taisait.

— Allons, ne sois pas égoïste. Tu avais sur Marc une emprise dont il était grand temps de le libérer. Il a fait des progrès remarquables cet été, tu ne peux le nier. Il est devenu respectueux, obéissant, ouvert, affectueux même, il n'affiche plus ce mélange de froideur et de lâcheté qui m'irritait tant. Il faut l'encourager dans cette voie.

Elle porta la main à son front.

— Je regrette sincèrement de te faire de la peine, Yolande, mais c'est pour son bien, essaye de le comprendre.

Elle ressentait une tristesse irrépressible. Marc ne recevrait plus de lettres d'elle, tandis que les visites de son père, attendues avec impatience, rompraient la monotonie du collège tous les quinze jours. Paul l'emmènerait se promener à cheval, chasser, dîner dans les auberges des environs. Tout serait fait pour détacher l'enfant d'elle, et, inévitablement, sans même s'en rendre compte, il commencerait à l'oublier. L'image de sa mère s'effacerait peu à peu, comme un souvenir flou, à demi étiolé, de son enfance.

On était mardi et, sans le retour de Marc à Juilly, elle aurait retrouvé Camille rue des Arcis. Il leur faudrait attendre une semaine de plus, mais Yolande se rendit compte qu'elle avait besoin de ce moment de solitude pour s'habituer à la douleur d'avoir quitté Marc.

Madame Georgelin sourit affablement à Yolande, qui monta en hâte l'escalier menant à la petite chambre. Lorsqu'elle poussa la porte, Camille, le dos tourné, semblait considérer la petite cour et fit aussitôt volte-face. Elles tombèrent dans les bras l'une de l'autre et restèrent longuement enlacées en silence, pour rattraper le temps de l'été.

— Je n'en pouvais plus, s'écria Camille. Je t'ai attendue ici la semaine dernière, pendant des heures. J'avais demandé à la Georgelin de te faire livrer un colis, à remettre en mains propres. Je savais que tu étais rentrée à Paris de la veille, mais tu n'étais pas chez toi.

— Et toi qui me reprochais mon imprudence ! J'étais allée accompagner Marc à Juilly, tu devais t'en douter.

— Tu aurais pu avancer ton retour d'un jour.

— Non. Paul avait quitté La Danerie le lundi matin, comme à son habitude, et je ne pouvais partir avant lui. Pourquoi ces reproches alors que nous avons enfin le bonheur de nous revoir ?

— Tu as raison, à quoi pensais-je ? Je suis injuste, pardonne-moi. J'ai cru devenir folle sans toi, sans même pouvoir t'écrire. Je comptais les jours.

Les amantes se dévêtirent l'une l'autre, retrouvèrent leurs caresses, leurs tendres habitudes, leurs voluptés. Allongées sur le lit défait, rassasiées, à demi assoupies, jambes enlacées, elles se reposaient en attendant le retour du désir. La tête de son amie posée sur son épaule, Yolande lui confiait les chagrins de son été, l'éloignement de Marc, la victoire de Paul. Camille semblait pensive.

— Cela devait arriver. Aussi, quelle idée de laisser un garçon de neuf ans coucher avec toi !

Yolande se redressa sur le coude.

— Comment cela, coucher avec moi ? Il est simplement venu me rejoindre au lit le matin du premier jour, c'est tout.

— C'était trop, manifestement. Tu ne peux t'étonner qu'il ait éprouvé le besoin de se détacher de toi. Il accorde davantage d'importance à l'affection de son père parce qu'il ne lui avait prêté aucune attention jusqu'ici. Ta tendresse à toi a toujours été son dû, elle n'a rien que d'ordinaire à ses yeux.

— Pourquoi me dis-tu cela ? Cherches-tu à me faire encore plus de peine ? Et qu'en sais-tu ? Tu n'as jamais eu d'enfant.

— Merci de me le rappeler ! Mais ne nous disputons pas, comme tu l'as dit. Écoute, Yolande, ma chérie, il faut que je te parle d'une chose importante. Moi aussi, j'ai passé un été mouvementé.

— Tu n'as eu d'ennuis avec les autorités ?

— Non, j'ai suivi ton conseil, j'ai remis toutes les armes que j'ai pu trouver au procureur-général-syndic. Il n'a pas caché ses soupçons, j'ai dû signer des rames de papiers et jurer Dieu sait quoi, mais il m'a laissée tranquille par la suite. Il s'agit d'autre chose. Voilà... j'ai pris une grande décision : j'ai vendu Gouvry et les trois métairies qui me restaient.

— Tu t'es séparée de Gouvry ? Mais c'était le château de tes parents ! Il ne va pas te manquer ?

— Je n'avais rien d'autre à vendre. Mon mari ne m'a laissé que l'usufruit de la rue du Bac.

— J'ai eu un mauvais pressentiment tout l'été à ce sujet, soupira Yolande. Avais-tu tant besoin d'argent ?

— Oui, et promptement. Je n'ai aucun regret : de toute façon, je ne serais plus retournée là-bas. Une fois les hypothèques purgées, j'ai quand même pu en retirer cinquante mille livres. Écoute-moi, je t'en prie, il nous faut discuter d'affaires extrêmement sérieuses.

Elle hésitait. Yolande devina qu'un malheur horrible s'annonçait.

— Après Varennes, reprit Camille, après le massacre du Champ-de-Mars, tout est devenu si incertain, tu dois bien le voir... J'espérais que la situation allait se calmer peu à peu après le retour du roi, mais je me trompais, sa popularité ne s'en est jamais remise. J'ai échappé à la prison, mais un peu partout, les nobles sont suspectés, quand ils ne sont pas molestés, le mot d'*aristocrate* est devenu une insulte. Alors... je n'ai pas le choix, il me faut partir sans plus tarder. Ma chérie, j'émigre, je pars en Angleterre.

Yolande la dévisagea, frappée au ventre.

— Tu me quittes ? C'est ainsi que tu me l'annonces ?

— Mais non, je ne te quitte pas ! Tu viendras avec moi, bien sûr. Nous ne pouvons pas nous permettre d'attendre ton divorce pendant des mois, peut-être des années. Avec mes cinquante mille livres et mes diamants, nous aurons largement de quoi vivre, nous prendrons une maison à Londres. On dit qu'il y a de ravissants cottages sur les rives de la Tamise, du côté de Richmond. Avec ou sans divorce, tu verras comme nous serons heureuses, en sûreté, libres, loin de ton mari, loin de Paris, loin de tous ces troubles !

— Loin de ma patrie, loin de la vie que je connais, pour aller dans un pays dont je ne sais rien ? Loin de ma pauvre tante, qui n'a plus que moi au monde ? Et surtout, loin de *mon fils* ? Tu veux que je l'abandonne ? Tu n'y songes pas ? Oh ça, jamais !

— C'est Marc qui t'a abandonnée, ne l'oublie pas.

— Non, il ne m'a pas abandonnée ! Comment peux-tu dire une chose pareille ? Il est tombé sous l'influence de Paul, mais il me reviendra. Je le verrai à la Noël. Que penserait-il, mon pauvre enfant ? Que je l'ai quitté, sans un adieu, sans une explication, pour m'enfuir à l'étranger ? Il en serait brisé de chagrin, il n'y comprendrait rien, ce serait pire que s'il apprenait ma mort. Mon Dieu ! il ne me le pardonnerait pas, et il aurait raison. Et moi, je ne me le pardonnerais jamais. Comment pourrais-je lui faire tant de mal ?

Elle imagina Marc, sidéré en apprenant qu'il n'avait plus de mère, et se sentit envahie d'une tendresse infinie, d'un désir de le protéger à tout prix. Le souvenir de Marianne lui revint, aussi déchirant qu'au jour où elle avait appris sa mort. C'était là le sort des enfants qu'on abandonnait : ils n'y survivaient pas. Elle était secouée de sanglots terribles, sans larmes.

— Jamais ! M'entends-tu ? Jamais ! Laisser Marc ? Comment oses-tu suggérer une abomination pareille ?

Camille, l'air alarmé, la prit dans ses bras.

— Yolande chérie, calme-toi. C'est ma faute, je te l'ai annoncé trop brutalement. Réfléchis-y, et nous en reparlerons la semaine prochaine.

— Quelle semaine prochaine ? Que crois-tu ? Tout est fini, je ne veux plus te revoir. Mauvaise femme !

Un éclair aveugla Yolande, comme lorsqu'elle avait attaqué Bernard. Elle se dégagea brutalement, poussa son amante hors du lit. Les forces décuplées par la colère, elle fermait les poings pour faire tomber une grêle de coups sur le visage et les épaules de Camille, dont la lèvre se mit à saigner.

— Mauvaise femme ! cria Yolande d'une voix stridente.

— Arrête, tu es folle ! hurla Camille, tombée à terre, recroquevillée contre le lit.

On entendit des pas précipités dans l'escalier et madame Georgelin fit irruption dans la chambre. Yolande, frémissante, lâcha Camille, qui se cachait la figure de ses mains. D'ordinaire, ces dames se rhabillaient l'une l'autre avant de se séparer, un dernier échange de tendresses en attendant la rencontre de la semaine suivante, mais cette fois elle courut nue, sans pudeur aucune, à la Georgelin.

— Aidez-moi à me vêtir ! Je ne veux plus que cette femme me touche.

CHAPITRE 22

Yolande tremblait encore dans le fiacre qui la ramenait chez elle. Les mains endolories d'avoir cogné, elle se sentait épuisée, mais sa colère n'était point apaisée. Camille, comble de duplicité, avait attendu jusqu'après leurs étreintes pour lui demander de rejeter Marc, et le souvenir du plaisir qu'elles avaient partagé révoltait Yolande. *Mauvaise femme*, répétait-elle à mi-voix.

De retour chez elle, frissonnante, elle alla s'étendre sur le lit de repos dans le boudoir. Quand Cécile parut pour allumer les bougies, Yolande, plongée dans l'ombre qui gagnait peu à peu la pièce, la pria de n'en rien faire. Elle se laissa envelopper par l'obscurité qui signifiait le deuil de ces sept ans de liaison, de ce bonheur si trompeur. Une chape lui pesait sur la poitrine, l'empêchait de respirer.

Camille devait déjà être en train de préparer ses malles. Un voyage sans retour. Les émigrés pouvaient encore rentrer librement en France, mais pour combien de temps ? Séparées par la Manche, elles ne se reverraient plus. Attendre que le divorce devînt légal, puis vivre ensemble en toute liberté rue du Bac, ne plus se cacher... tous leurs plans patiemment tissés, tous leurs espoirs longuement chéris, se trouvaient anéantis par la décision de Camille.

Le boudoir était baigné dans les ténèbres quand Rosalie frappa pour annoncer que monsieur rentrerait tard. Yolande devrait donc l'attendre, subir l'affront de sa présence, alors qu'elle désirait se coucher tôt, non qu'elle espérât dormir, mais afin de se retrouver seule avec sa peine.

Vers onze heures, le claquement de la porte d'entrée annonça Paul. Depuis leur retour de La Danerie, il avait cessé de crier le nom de sa femme en arrivant, mais elle éprouvait toujours la même répugnance à l'idée de se retrouver en tête-à-tête avec lui. Elle se força à se lever, à le rejoindre dans la salle à manger, où il avait amené une odeur forte, charnelle, nauséabonde. Il la considéra un moment d'un air stupéfait, puis un sourire moqueur lui vint aux lèvres.

— Eh bien ! D'où te vient cette triste figure ? Une dispute avec ton amant, sans doute ?

Elle ferma les yeux, rejetant la tête en arrière. Était-il donc si facile de pénétrer ses sentiments les plus intimes ? La colère de la scène avec Camille l'envahit à nouveau.

— Paul, j'en ai assez de tes insultes. J'en ai assez de tout ! Assez de t'attendre, assez de te servir ton souper comme une servante, assez de flairer la puanteur de ta Nanette. Installe-la donc ici si tu veux. Après tout, elle est davantage ta femme que moi, et je ne m'en soucie plus. Tu me dégoûtes. Je n'en puis plus de tes sarcasmes, je ne veux plus te voir !

Sanglotant bruyamment, elle courut jusqu'à sa chambre et se laissa tomber sur le lit. Il allait s'élancer dans l'escalier à sa poursuite, la porte s'ouvrirait toute grande, il la traînerait par les cheveux à travers la pièce, la battrait comme plâtre, de toute sa force d'homme, à coups de pied, à coups de poing, à coups de canne. Il la romprait comme un fétu de paille, ainsi que l'avait prédit l'homme du pont de la Tournelle. Elle s'en moquait bien, la douleur physique noierait son chagrin, et la vie ne lui importait plus.

En fait, elle entendit seulement, un quart d'heure plus tard, le pas tranquille et assuré de son mari qui regagnait sa chambre.

Le lendemain, elle rendit une longue visite à tante Sophie. Elle s'était calmée, mais redoutait de retrouver Paul, qui lui ferait payer cher l'éclat de la veille. Il rentra tôt ce soir-là et, durant le repas, ne proféra que quelques mots devant les servantes. Elle espérait qu'il se retirerait dans son cabinet de travail, mais il la suivit au salon, où il s'accouda à la cheminée. Elle s'assit en silence tandis qu'il lui jetait un regard sévère.

— Tu vas m'écouter, Yolande. La scène d'hier était des plus inconvenantes, et je te conseille vivement de ne pas la répéter. Je n'ai d'autre épouse que toi, et n'ai jamais eu la moindre intention d'installer Nanette ici. J'ignore comment tu as appris son existence, peu importe. Sache que j'ai rompu avec elle début août, peu après ton départ pour La Danerie. Je n'ai plus de maîtresse depuis lors. J'ai dû travailler tard hier soir, un pauvre diable d'ouvrier qui était tombé d'un toit. J'ai tout fait pour lui éviter l'amputation des deux jambes. L'odeur qui t'a tant dégoûtée venait de l'hôpital.

Elle demeurait interdite : la liaison avec Nanette, qui l'avait tant inquiétée, avait pris fin deux mois plus tôt !

— Assez de ces absurdités, poursuivit-il. Il nous faut maintenant discuter d'une affaire extrêmement sérieuse.

Yolande attendait, le cœur battant. La discussion extrêmement sérieuse de la veille avec Camille n'avait rien donné de bon. Encore l'annonce d'un malheur.

— Ce... cette tumeur sur ta pommette. Il est indispensable de s'en occuper.

— Je vais y réfléchir.

— Le temps de la réflexion est passé, Yolande. Puisque tu refuses de te conduire de manière sensée, c'est à moi qu'incombe la décision. L'excision est une procédure encore mineure, mais je t'ai parlé des risques que tu courais si l'on n'y procédait pas. Je sais que tu ne veux pas que je t'opère...

Il s'arrêta, l'air irrité.

— Crois-tu vraiment que je te défigurerais par pure méchanceté ? Est-ce là l'opinion que tu as de moi, comme époux, comme chirurgien ? Mais inutile d'en discuter. J'en ai parlé à Naudier aujourd'hui. Il sera ici demain matin à dix heures, et je l'assisterai.

Pensive, elle fixait le tapis.

— Allons, Yolande, tu sais bien que tu n'as pas le choix.

— Dès demain ?

— Je te demande d'être prête. D'ordinaire, Naudier n'opère pas en dehors de l'hôpital, mais, pour m'être agréable, il se déplacera. Le plus commode sera de procéder dans ta chambre.

Elle frissonna. À sa connaissance, Paul n'y avait pas pénétré depuis le soir où il avait laissé son pistolet sur la table de chevet.

— Vois-tu un inconvénient à ce que je fasse venir ma tante ?

— Aucun. Elle te tiendra compagnie avant et après l'opération.

Yolande éprouvait un sentiment voisin de la reconnaissance. Le cancer lui avait rongé l'esprit autant que la pommette, au point de s'immiscer dans le rêve où figurait Morangiés. Elle se souvint de la conversation qu'elle avait surprise entre son mari et sa belle-mère, à l'aube du dernier jour à La Danerie. Ce devait donc être de cela qu'ils discutaient.

— Paul, je regrette de t'avoir dit ces choses hier...

— Je l'espère bien. Mais ce soir, je te considère comme une patiente, et nous n'en parlerons plus.

Elle se leva.

— Je crois que je vais aller me coucher de bonne heure.

— C'est cela, repose-toi. Je m'en vais donner mes instructions à Rosalie et lui remettre du laudanum pour demain. À prendre dans un verre d'eau une demi-heure avant l'opération.

Elle ne put s'empêcher de frémir à la mention du laudanum.

Le lendemain, à déjeuner, Yolande se força à avaler une tasse de thé. L'arôme du café, trop puissant, lui aurait soulevé le cœur. Elle se tenait coite, tandis que madame Tardieu discourait de tout et de rien, des affaires du quartier : le jeune avocat qu'elle avait consulté, Pierre-André Coffinhal, le Vicois, venait d'être élu commissaire de police de l'île Saint-Louis. Il s'était distingué par ses discours enflammés au club des Jacobins, on le disait fervent admirateur de Robespierre, et même son ami, c'était devenu l'un des hommes les plus en vue de la section. Il habitait toujours la même maison rue Le Regrattier, mais, du fait de ses nouvelles fonctions, il avait dû emménager dans un logement plus vaste, pour y abriter son cabinet. Yolande se demanda si Paul avait voté pour lui, sans se douter que son pistolet favori se trouvait en sa possession.

Elle regardait Rosalie, Cécile et la petite bonne s'affairer. Elles apportèrent dans sa chambre quantité de bandages, de compresses, d'éponges, de charpie, roulèrent le tapis pour installer une toile cirée au milieu du parquet, y placèrent un fauteuil, couvert d'un vieux drap. Yolande but docilement le laudanum, à la fois amer et trop sucré, que lui tendait la cuisinière. À dix heures pile, elle se raidit à l'arrivée de son mari, de Naudier et d'un jeune homme qu'il présenta comme l'un de leurs élèves. Paul poussa tante Sophie et les servantes dehors et ordonna sèchement à son épouse d'enlever son déshabillé. En chemise, elle s'assit dans le fauteuil, où il la couvrit jusqu'au cou d'un autre drap et de plusieurs serviettes. Monsieur Naudier se pencha pour l'examiner de plus près, marmonna, secoua la tête.

— C'est vous qui la tiendrez ? demanda-t-il.

Paul se plaça derrière le fauteuil, saisit la tête de Yolande comme dans un étau, la fit tourner vers la droite.

— N'aie crainte, dit-il, je ne te laisserai pas bouger.

Dès qu'elle aperçut l'éclat bleuté de l'acier, elle ferma les yeux et s'abandonna. Le bistouri plongea dans son visage, incisant la peau, les muscles, les nerfs, lui arrachant un cri qu'elle tenta d'étouffer. L'instrument se retira, laissant la chair à vif exposée à la morsure de l'air, puis monsieur Naudier revint à la charge plusieurs fois. Elle n'émettait plus un son, mais sentait, du côté où l'on opérait, ses larmes couler sans discontinuer de sa paupière close. On les lui essuyait doucement avant qu'elles ne touchent la plaie. L'étudiant, sans doute. Enfin, elle devina que Naudier s'éloignait, tandis que Paul lui lâchait la tête.

— Qu'en pensez-vous, Tournay ?

Les yeux toujours fermés, elle reconnut son mari alors qu'il se penchait sur elle. Au-delà des effluves de son eau de Cologne, il émanait de sa personne quelque chose d'indéfinissable, une aura.

— Non, dit-il, plus profond.

Monsieur Naudier reprit, s'interrompit de nouveau. Paul revint vers elle.

— Je suis d'avis de curer jusqu'à l'os.

Elle sentit dans tout le crâne la vibration du bistouri qui lui raclait la pommette, et enfin Paul se déclara satisfait. Elle ouvrit les yeux.

— Chère madame, demanda Naudier, voulez-vous que votre mari suture la plaie ? Il n'a pas son pareil pour faire une belle cicatrice.

Yolande acquiesça d'un battement des cils. L'étudiant prit place derrière elle pour lui maintenir la tête, tandis que Paul approchait avec l'aiguille, le visage touchant presque le sien. Du coin de l'œil, elle vit le fil blanc pénétrer dans sa chair avant d'en ressortir, rouge vif. La douleur était différente, un picotement aigu, vif, méchant. Elle poussa un soupir de soulagement quand elle vit son époux faire un nœud.

La pendule de la cheminée sonnait onze coups alors que l'étudiant finissait le dernier pansement, qui couvrait l'œil gauche et toute la joue. Après lui avoir fait boire une seconde dose de laudanum, Paul retira les serviettes et le drap tachés de sang, qu'il jeta à terre. Quand il la prit dans ses bras pour la porter au lit, elle eut un sursaut instinctif au souvenir des jours lointains où il l'avait tenue ainsi, amoureusement alors. Mais le geste ne signifiait rien, elle n'était plus que sa patiente. Inerte, vidée de toute énergie, elle s'assoupit bientôt.

Elle s'éveilla à demi, sans ouvrir les yeux, au son de la voix de la cuisinière.

— Vous voulez qu'j'vous aide à nettoyer, Cécile ?

— Je dis pas non. Voyez-moi ça ! Il y a du sang partout. Je vais envoyer les draps et les serviettes à la blanchisseuse. Pour la toile cirée, il suffit de la rincer.

— J'd'manderai à la p'tite bonne de faire ça dans l'évier d'la cuisine.

La voix de Rosalie se rapprocha.

— R'gardez-la donc, avec son pansement ! On verra si elle va continuer d'faire sa maline après ça, quand elle s'ra toute défigurée. Non pas qu'elle ait jamais été ben jolie.

— Moi, je la trouvais jolie, à sa façon. Élégante, du moins.

— Élégante ! ricana Rosalie. Vous auriez dû la voir avant son mariage. Elle était v'nue dîner avec son onc' et sa tante. La pauv' madame en était toute r'tournée. J'l'ai entendue dire à monsieur qu'il avait perdu la tête d'vouloir d'une cruche pareille. Une empotée qu'a gardé l'nez dans son assiette tout l'temps, qui savait pas aligner trois mots.

La voix de Rosalie s'éloigna.

— T'nez, reprit-elle, on va r'plier les coins d'la toile cirée, comme ça l'sang va pas couler sur l'parquet, et après on r'mettra l'tapis. En plus, figurez-vous qu'elle avait pas un liard, la donzelle. Même pas un vrai trousseau ! Juste quat' robes. Et des ch'mises et des jupons tout unis. Et maintenant, Son Altesse a du linge à son chiffre, avec d'la dentelle, et des bas d'soie brodés, et des beaux habits, et des parfums ! Fière comme un pou, en plus. Pour un peu, on croirait qu'on cause à l'Autrichienne au château.

— Mais, avant de l'épouser, Monsieur pouvait pas voir qu'elle était bête ?

— Ça d'vait pas l'gêner beaucoup au lit. Au contraire, p'têt, comme ça y f'sait d'elle tout c'qu'y voulait. Les hommes sont comme ça, Cécile, tous gouvernés par c'qu'y z'ont dans leur culotte. Elle avait seize ans, elle était fraîche, il en était fou, il en r'demandait tout l'temps. Sa femme de chamb', la première qu'elle a eue ici, m'appelait pour m'montrer les taches. Y fallait changer les draps tous les matins, tellement qu'y en avait.

— Moi, j'en vois jamais quand je fais son lit.

— Oh ! ça fait des années qu'y couche plus avec. D'puis la naissance d'monsieur Marc. C'est pour ça qu'y a jamais fait d'aut' enfant. Y continue d'la gâter quand même. Y a pas meilleur mari. Y devrait plus y donner un sou, et attend' qu'ses robes tombent en loques. Ça m'ferait rigoler d'la voir habillée comme une gueuse. Quand j'pense à ce qu'elle y coûte ! Et l'eau pour tous ces bains...

— C'est vrai, ça. Un bain *tous les jours* ! Le travail que ça donne, d'aller chercher l'eau au puits, de la faire chauffer à la cuisine... Elle peut pas s'arranger avec son bidet ? Ou se laver juste les jambes dans une bassine, comme tout le monde ? J'ai jamais vu ça avec mes autres maîtresses.

— C'est pa'ce que vos aut' maîtresses, elles étaient pas tribades, elles. J'm'y connais, moi, j'les sens à dix pas, ces saloperies. Faut qu'elle soit toute propre, voyez-vous, pour qu'sa putain puisse la lécher comme elle aime. Pas seulement les endroits habituels, hein ! tout l'reste aussi.

Rosalie avait mis à nu l'un des secrets de Yolande, ces amours qu'elle avait crus si habilement dissimulés. Et maintenant que Camille l'avait quittée pour toujours, le souvenir encore précieux de leurs tendresses passées était souillé par les propos orduriers de la cuisinière.

— Sainte Vierge, c'est dégoûtant ! s'écria Cécile.

— Ça, vous l'avez dit ! C'est pour ça qu'monsieur veut plus entend' parler d'coucher avec. Pas étonnant qu'y cherche son bonheur ailleurs, l'pauvre homme. Oh ! y la gronde un p'tit peu d'temps en temps, mais il est trop gentil avec elle.

— Alors il la bat pas ?

— Si c'était moi, j't'y trousserais ses jupes et j'te la fouetterais jusqu'au sang. Il a tout c'qu'y faut sous la main, pourtant. Figurez-vous qu'le jour qu'elle r'venait d'La Danerie avec monsieur Marc, y m'a envoyée chez l'sellier acheter un martinet. Ah, ben ça ! que j'me suis dit, c'est pas trop tôt, y va finalement y faire danser l'menuet comme y faut. Alors j'ai d'mandé au sellier c'qu'y avait d'mieux pour une garce qu'avait grand besoin d'se faire corriger par son homme. Y m'a vendu un fouet à lanières d'seize pouces, en cuir, avec plein d'gros nœuds bien durs an bout d'chaque. C'est qu'y z'ont aux galères pour les prisonniers, qu'y m'a dit, ça rent' dans la peau comme dans du beurre, et ça laisse des marques qui s'en vont pas. J'me tordais d'rire à l'idée d'la surprise qu'elle allait avoir. Elle va brailler comme un putois, qu'j'me disais, dommage qu'on entende rien d'où c'est qu'on couche.

Yolande frémissait de colère. La cuisinière aimait bien Marc, mais, aveuglée par la haine, elle avait failli lui faire subir un supplice affreux, dont la cruauté même avait arrêté le bras de Paul.

— Ça alors ! dit Cécile. Je lui ai jamais vu de marques.

— C'est comme j'vous disais, il est trop gentil avec elle, il a dû changer d'avis. Au lieu d'la régaler d'une bonne râclée, v'là-t-y pas qu'y fait v'nir l'meilleur chirurgien d'Paris pour l'opérer d'son cancer. Moi, j'te l'aurais laissée pourrir...

Rosalie s'interrompit au son de la porte qui s'ouvrait.

— Comment va votre maîtresse ? demanda tante Sophie à mi-voix.

— Pas trop mal, qu'on dirait. Voyez, elle s'repose.

Madame Tardieu, aiguilles et tricot en main, prit un fauteuil au chevet de sa nièce.

Le soir, en reconnaissant le pas et la voix de son mari, Yolande se surprit, pour la première fois depuis bien des années, à être contente de le voir. Tante Sophie le salua quand il entra dans la chambre, elle embrassa sa nièce en promettant de revenir le lendemain. Yolande s'efforça de sourire à Paul, mais le pansement lui immobilisait la joue, et elle frissonnait, nauséeuse. Assis sur le lit, il lui prit le pouls, lui posa sur le front sa large main, chaude, lourde, rassurante.

— Pas de fièvre, Dieu merci. Tu grelottes de froid, c'est le sang que tu as perdu.

Il sonna pour ordonner à la femme de chambre d'aller chercher un repas léger, avec un bol de bouillon de viande. Il regarda son épouse manger en silence, puis posa le plateau sur la table de laque rouge. Il se dirigea vers la commode pour revenir avec une paire de bas. Repoussant les draps, il troussa la chemise de Yolande au-dessus des genoux et passa la main sur le fin duvet des jambes, un velours aussi clair que la peau, presque transparent. Après lui avoir enfilé les bas, il lui frictionna les pieds.

— Tu es toujours aussi gracile, Yolande.

Elle ne savait que penser de son expression. Ce n'était pas du mépris, ce ne pouvait être du désir. Une sorte de tristesse, mêlée de pitié, ou même de regret, en reconnaissant la minceur, la pâleur d'un corps qu'il avait jadis étreint avec ardeur et auquel il n'avait pas accordé un regard depuis bientôt neuf ans.

CHAPITRE 23

Paul rentrait vers les sept heures et montait aussitôt à la chambre de Yolande pour l'examiner. Sur son conseil, elle quittait le lit, et il passait un moment à causer de choses et d'autres avec elle. Il était devenu propriétaire de Jouars, et lui parlait de l'avancement de l'achat de Soissy.

Cinq jours après l'opération, après lui avoir enlevé le pansement le plus large, il lui offrit le bras.

— Viens souper avec moi. Quitter la chambre te fera le plus grand bien.

De nouvelles tapisseries, représentant les triomphes de César, étaient suspendues dans l'escalier d'honneur. Elle se tourna vers lui avec un mince sourire.

— Les captifs humiliés, enchaînés derrière le char du vainqueur, représentent les d'Aigremont, je suppose.

Il se mit à rire.

— *Vae victis* ! Le bonhomme, de son propre chef, m'a fait envoyer les œuvres que j'avais choisies, sans attendre le passage de l'acte de vente.

— Une reddition inconditionnelle.

— Je lui sais gré d'avoir anticipé l'inévitable. Aussi vais-je me montrer bon prince et lui consentir à titre viager l'usage d'une chaumière jadis occupée par son garde-chasse. Cela fera plaisir à mère. Et il aura ainsi la satisfaction, en compagnie de ses deux bonnes femmes, de contempler depuis ses fenêtres les grilles de son ancien château.

— Tu vas t'en défaire ?

— Je n'en suis plus si sûr. Depuis Varennes, avec tous ces ci-devant nobles qui émigrent, on trouve des châteaux à vendre un peu partout, ce qui fait baisser les prix.

Yolande ne put s'empêcher de penser à Gouvry, à Camille, sans doute déjà partie, sans regrets peut-être, sans son amante, pour sa nouvelle vie outre-Manche. Cette page était tournée pour toutes deux, et elle essayait de se libérer de la colère qui lui restait.

— J'aime trop La Danerie pour envisager de m'installer à Soissy, reprit Paul, mais il faut reconnaître que la bâtisse n'est pas mal, et le parc a été dessiné par Le Nôtre. Plus tard, Marc pourrait s'en servir comme maison de campagne. J'aviserai, rien ne presse.

Elle tâchait de se figurer Marc à vingt ans, châtelain de Soissy, héritier de la vaste fortune foncière amassée par son père aux environs de Versailles. La vengeance de Paul contre les d'Aigremont, patiente, tenace, longuement mûrie, porterait ses fruits.

Sur le palier, il pointa du doigt divers tableaux de vaste dimension qui, appuyés contre le mur, émergeaient de caisses de bois remplies de paille.

— Regarde, voici les Oudry et les Watteau. Magnifiques, n'est-ce pas ? Je pense que c'est une excellente occasion de rafraîchir le décor de la maison, qui, sauf pour ton boudoir et mon cabinet de travail, date du mariage de mes parents. Tu as le goût très sûr, et j'aimerais que tu t'en charges. Je compte aussi sur toi pour surveiller le déballage des figurines de Meissen et trouver l'emplacement qui les mettra en valeur. Allons souper.

Il se montra courtois à table, et parla de la visite qu'il se proposait de faire à Juilly le dimanche suivant, la deuxième depuis la rentrée. Yolande essayait de cacher sa jalousie.

— Marc sera heureux de te voir.

— Si tu veux lui écrire, je lui remettrai volontiers une lettre de toi.

— Je ne saurais que lui dire.

— Tu ne manquais pourtant pas d'inspiration l'année dernière. Tu pourrais lui parler de l'opération.

— Je craindrais de l'inquiéter.

— Je le rassurerai de vive voix. Il s'alarmait de ton cancer, il me l'a dit.

Ainsi donc, l'enfant se confiait à son père, à présent. Elle écrivit un billet, auquel Marc répondit par une lettre affectueuse que lui remit Paul à son retour.

Une semaine plus tard, il enleva le second pansement de Yolande, mettant cette fois à nu la pommette pour retirer les fils. Assise dans un fauteuil de sa chambre, elle ne sentait qu'un léger picotement, mais retenait son souffle en attendant la sentence. Souriant, il passa les doigts sur la joue intacte.

— Excellent travail, la cicatrice se verra à peine. Tu seras toujours aussi jolie, ma femme.

Rassurée, elle courut se mirer dans la glace au-dessus de la cheminée, et poussa un haut cri. Une figure de cauchemar, le blanc de l'œil gauche complètement injecté de sang, une plaque violacée couvrait un quart du visage. Défigurée ! comme l'avait annoncé Rosalie. Paul la suivit et, debout derrière elle, lui posa la main sur l'épaule.

— Tout cela va se résorber dans les semaines qui viennent. Un peu de patience, voyons. Pourrais-tu me faire confiance, pour une fois ?

Elle se retourna pour lui faire face. Lui faire confiance, à lui ?

Yolande fit venir le mercier, qui jetait des coups d'œil furtifs à sa cicatrice toute fraîche et à sa joue encore bleuie. Bientôt, de nouvelles tentures de damas vert émeraude s'harmonisaient avec les teintes automnales des Oudry dans la salle à manger. Dans le grand salon, pour mettre en valeur les satins chatoyants et les frondaisons vaporeuses des Watteau, elle avait choisi pour les sièges et les rideaux une soie d'un rose poudré, et commandé des consoles en demi-lune pour y disposer les gracieux Meissen. Paul se déclara enchanté des nouveaux aménagements et l'en remercia vivement.

Elle avait repris la lecture de *Justine*, ouvrage qu'elle n'aurait pour rien au monde emporté chez sa belle-mère, et s'étonnait de voir l'histoire s'acheminer vers un heureux dénouement après les retrouvailles inespérées de l'héroïne avec sa sœur. Mais non ! L'infortunée périssait foudroyée *au cours de l'affreux orage du 13 juillet 1788*. L'auteur, qui qu'il fût, se moquait du lecteur, ou de la lectrice.

Ce soir-là, Paul rentra tard. Il continuait d'envoyer un billet à Rosalie quand c'était le cas, mais ne demandait plus à son épouse de l'attendre. Après avoir pris seul son repas froid, il montait se coucher sans la déranger. Revenait-il de l'hôpital ce soir-là, ou sortait-il du lit d'une nouvelle maîtresse ? Yolande s'en souciait moins depuis qu'il la traitait avec respect, même avec un semblant d'affection. Elle venait de reposer le livre lorsqu'elle reconnut son pas dans l'escalier. Il s'arrêta pour frapper à la porte de la chambre.

— Entre donc.

— Je ne voulais pas t'importuner, mais j'ai aperçu de la lumière, je suis venu prendre de tes nouvelles.

— Je me sens bien, merci, je viens de finir mon livre. Reste un moment si tu n'es pas trop fatigué.

Elle s'étonna de la banalité amicale de ces mots, qu'ils n'aurait pas échangés quelques semaines plus tôt.

Il s'assit sur le lit, l'air de ne savoir que dire. Après un moment d'hésitation, il s'empara de *Justine*, qu'il commença à feuilleter distraitement. Soudain il s'arrêta sur l'une des gravures : des amas de corps, masculins, féminins, dénudés, enchevêtrés, pendus, torturés.

— Tu lis des horreurs pareilles ? Quel plaisir peux-tu y trouver ?

— C'est un roman d'aventures d'un genre nouveau, qui dépeint le triomphe du vice sur la vertu, la méchanceté des hommes envers les femmes, les enfants, les pauvres, les faibles.

Elle leva les yeux vers lui.

— Celá t'étonne ? Tu t'es pourtant montré cruel envers moi. Crois-tu que je l'aie mérité ? Que t'ai-je fait ? Tu ne m'as jamais pardonné de t'avoir donné un fils, n'est-ce pas ?

— J'ai été un bien piètre époux.

Elle le dévisagea, stupéfaite de cet aveu. Il cherchait ses mots.

— Yolande... Je sais que je suis malvenu à te poser la question, mais as-tu eu un autre homme ? Plusieurs ?

Elle continuait à fixer Paul, inquiétée par sa question, soulagée que la pensée d'une femme ne l'eût pas effleuré.

— Pourquoi ? Tu ne peux plus me faire enfermer à la Salpêtrière.

— Jamais je n'aurais pu me résoudre à faire une chose pareille, tu dois le savoir. J'aimerais néanmoins que tu me répondes, si tu le veux bien. Tu n'es pas obligée de le faire, bien sûr.

— Eh bien, puisque tu sembles y attacher de l'importance... non, Paul, je n'ai pas connu d'autre homme que toi. Mes règles sont allées et venues, tranquilles, régulières, sans me donner l'ombre d'une inquiétude, et au plus profond de moi, les choses sont restées en l'état où tu les as laissées, il y a si longtemps.

Elle le vit tressaillir

— Je puis même t'en dire plus, reprit-elle. Je n'ai jamais aimé d'autre homme que toi.

— Je n'osais l'espérer. Tu ne peux t'imaginer ce que cela signifie pour moi.

— En effet, j'ai peine à l'imaginer. T'ai-je interrogé sur tes maîtresses ? Les as-tu seulement comptées ? M'étais-tu au moins resté fidèle jusqu'à la naissance de Marc ?

— Oui, je ne désirais que toi, j'étais très amoureux...

Il hésita un moment et lui prit la main.

— D'ailleurs, je suis en train de le redevenir.

— Mon Dieu ! Quand as-tu eu cette révélation ?

— Quelque chose a changé le dimanche de l'orage à La Danerie, quand je t'ai vue en corset et jupon, les cheveux défaits. J'ai été saisi de ta beauté, sans rien y comprendre. À mon retour à Paris le lundi suivant, j'ai retrouvé Nanette, ses caprices puérils, sa sottise, son ignorance. Ton image ne me quittait pas, me rendait sa compagnie intolérable, je lui ai donné congé.

— Tu me désirais donc, ce jour-là ? Tu en étais furieux, tu étais jaloux de Marc, ta colère s'est portée sur lui. Et sur moi aussi. Tu t'es efforcé, semaine après semaine, de le détacher de moi, et tu y es parvenu. Cela ne te suffit pas. Fort de ta victoire, tu veux à présent reconquérir ta femme.

— Je voudrais regagner ton affection. Fin septembre, alors que je m'apprêtais à partir de bon matin, mère m'a fait honte de ma conduite envers une épouse adorable. J'ai réfléchi. Enfin.

— Il est vrai que tu n'es plus le même depuis notre retour. Dois-je en conclure que tes goûts ont changé ? Il ne te répugne plus d'être marié à une guenon ?

— Comment ai-je pu te dire de telles choses ? Serais-tu prête à me pardonner ?

— Paul, je t'ai pardonné depuis longtemps. Ce n'est pas une question de pardon. Ces mots, tu ne pourras jamais les reprendre : sitôt sortis de ta bouche, ils se sont gravés en moi.

— Je t'ai fait de la peine.

— De la peine ! Que m'as-tu fait d'autre que de la peine, pendant toutes ces années ? Quant à redevenir amoureux de moi, tu dois bien voir que cela n'a aucun sens. Tu n'es peut-être pas très différent à trente-huit ans de ce que tu étais à vingt-huit, mais l'ingénue que tu avais épousée n'est plus. Qu'aimais-tu en elle ? Son innocence d'oie blanche ? Envolée, avec sa robe noire et la petite coiffe de couvent ! Si tu crois reconnaître cette pauvre fille en moi, tu te trompes. Tu m'as brisée, j'y ai survécu, mais tu n'as aucune idée de la femme que je suis devenue.

— Je suis certain qu'il reste une part de toi qui n'a pas changé, que je souhaite retrouver. Et toi, qu'en penses-tu ? Voudrais-tu encore de moi ?

— Paul, si tu m'avais dit cela il y a sept ans, j'aurais été folle de bonheur. Maintenant, il est trop tard. Ce flot d'injures dont tu m'as abreuvée, tout ce mépris. Je me suis détachée de toi, c'était la seule manière de survivre à cette misère.

— J'ai tout gâché.

— C'est vrai, je t'aimais. Oh, Paul, je t'aimais tant.

— Peut-être, un jour, pourrions-nous tout recommencer. Je t'ai brusquée ce soir, pardonne-moi. Il y a un moment que je voulais t'en parler, je ne savais comment t'aborder, je n'aurais pas dû te le dire ainsi. Réfléchis, c'est tout ce que je te demande. J'attendrai le temps qu'il faudra.

Il lui baisa la main et se leva.

— Repose-toi, ma chérie.

Troublée, elle posa le livre sur la table de chevet et souffla les bougies. La rupture brutale avec Camille, l'opération, le changement de sentiments de Paul, en trois semaines à peine... Tout cela se succédait à une cadence effarante, incompréhensible.

C'était la première sortie de Yolande depuis l'opération, début novembre 1791. L'amie qui l'avait invitée sept ans durant aux Italiens venait d'émigrer, avait-elle raconté à sa tante. Du reste, l'Assemblée nationale avait aboli la censure, ainsi que le privilège des trois théâtres sous protection royale. Il s'en était suivi une prolifération de toutes sortes de spectacles, de qualité fort variable. Yolande avait donc invité madame Tardieu à l'accompagner au théâtre de Molière, récemment ouvert, pour une matinée de *La France régénérée*, pièce en musique.

L'œuvre dégoulinait de bons sentiments : un brave curé se liait d'amitié avec un protestant et un juif sous l'œil ému de paysans et de gardes nationaux d'un patriotisme exemplaire. Durant le dénouement était dévoilé un buste de Louis XVI, auquel le prêtre adressait une fervente exhortation : « Premier roi citoyen, sois juste... sois toi-même ! » Des huées, relevées de quelques sifflets, se firent entendre à ces mots. Six mois ne s'étaient pas écoulés depuis Varennes, et il en faudrait plus pour rendre à Louis sa popularité.

Dans la voiture qui ramenait ces dames chez elles sous une pluie battante de novembre, morose et glacée, Yolande sourit tristement à sa tante.

— Je suis désolée de vous avoir infligé de pareilles inepties. Je souhaitais vous parler librement, loin des servantes.

Elle butait sur les mots.

— Ma tante... Paul m'a parlé de réconciliation.

— Ma chérie ! Ne l'avais-je pas dit ?

— Si. Il y a des années, je l'avais oublié.

— Que lui as-tu répondu ?

— Qu'il était trop tard. Il m'a demandé d'y réfléchir.

— Ne tarde pas, Yolande, ne lui laisse pas le temps de changer d'avis.

— Vous pensez donc que je devrais accepter ?

— Qu'en est-il de cette maîtresse dont tu m'avais parlé, cette Nanette qui t'inquiétait tant ?

— Il m'a affirmé qu'il avait rompu avec elle depuis trois mois, qu'il ne l'avait pas remplacée.

— Le crois-tu ?

— Oui, mais je doute qu'il me reste longtemps fidèle. Il se lasse vite, il a besoin d'aventures, de nouveauté.

— Il s'est habitué à ces liaisons faciles, tu devras sans doute en prendre ton parti.

— Pourquoi cela ? L'idée de ses catins me glace de dégoût, celle de reprendre des relations intimes avec lui ne me tente nullement. Alors, les deux à la fois...

— Ma chérie, je te comprends, mais ne sois pas égoïste. Pense à Marc, qui vous adore, Paul et toi, qui ne vous a jamais connus unis. Quel bonheur ce serait pour lui de ne plus être déchiré entre ses parents ! Pense aussi aux autres enfants que tu pourrais avoir. Tu es une maman si tendre, si dévouée, si attentive.

Madame Tardieu pressa le bras de Yolande.

— Sois égoïste aussi, pense à ta propre situation. Et s'il arrivait malheur à ton époux ? Tu sais que ton contrat de mariage t'a enlevé tous tes droits. A-t-il fait un testament en ta faveur ?

— Il ne m'en a jamais parlé.

— Tu as tout à gagner à te raccommoder avec lui, Yolande. Souviens-toi que, malgré tes réticences, il a su conquérir ton cœur autrefois. Et il faut admettre que, ces derniers temps, sa conduite s'est nettement améliorée. Il s'est occupé de te faire opérer de ton cancer, qui me souciait beaucoup plus que je le laissais paraître. Il te traite avec le respect dû à une épouse, il reconnaît enfin le prix de ce qu'il a dédaigné durant toutes ces années. Si tu acceptes de revenir à lui, même sans beaucoup d'affection au début, je crois qu'il saura reconstruire un peu de ce qu'il a détruit.

Paul avait repris l'habitude de passer ses soirées avec son épouse au salon, comme au temps de leurs jeunes amours. Yolande relisait *Paméla, ou la vertu récompensée*, roman anglais qu'elle avait jadis apprécié, mais qui lui semblait bien étrange après la découverte de *Justine*.

Ayant tenté sans succès d'engager la conversation, Paul était allé chercher un encrier et une liasse de papiers dans son cabinet de travail, il écrivait à une petite table près de la cheminée. Tous deux au coin du feu, ils offraient un modèle de paisible félicité conjugale. Finalement, exaspérée, elle se leva.

— Paul, pourrais-tu me rejoindre dans ma chambre dans une demi-heure ? Je voudrais te parler.

Elle voulait s'assurer que tous les domestiques fussent couchés de l'autre côté de la cour. Assise en déshabillé de cachemire blanc dans un fauteuil, elle attendait Paul. À l'heure dite, il frappa à la porte, vint s'agenouiller devant elle et lui prit les mains.

— Je tremble à l'idée de ce que tu vas m'annoncer, ma Yolande.

— Il n'y a pas de quoi. Quand je t'ai dit l'autre jour qu'il était trop tard, j'étais sous l'effet de la surprise. J'ai réfléchi, ainsi que tu me l'as demandé. Je te suis reconnaissante de ce que tu m'as proposé. Et d'ailleurs, de bien d'autres choses : de m'avoir épousée, de m'avoir fait un enfant, de t'être occupé de mon opération en respectant mes souhaits.

— Tu es donc prête à envisager une réconciliation ?

— À certaines conditions. La première est que tu me laisses correspondre librement avec Marc. Il est vrai que j'ai dû lui écrire trop souvent l'année dernière, au risque de le lasser, mais il était cruel de me l'interdire.

— C'est entendu, j'enverrai de nouvelles instructions à Juilly.

— La seconde chose est que tu te défasses de Rosalie au plus vite. Je l'ai entendue quand elle me croyait endormie, après l'opération. Je croyais qu'elle ne m'aimait pas, j'avais tort : elle me hait. Ce fouet à galériens qu'elle est allée acheter, elle croyait que tu me le destinais. Quand je pense que tu as failli t'en servir pour torturer Marc !

— Je n'ai pu m'y résoudre, il a dû te le dire.

— Eh bien, elle l'avait choisi tout exprès pour moi. Et ce n'est pas tout : elle raconte à Cécile les pires horreurs sur mon compte. C'est pour cela que je n'ai jamais pu garder une chambrière plus de six mois. Je donnerai à Cécile une excellente recommandation, et tout le temps qu'il faudra pour retrouver une bonne place, mais je vais devoir la renvoyer, même si je n'ai rien à lui reprocher. Et il faudra en faire de même avec la petite bonne, que Rosalie a dû aussi monter contre moi. Je n'aurai pas un instant de paix tant que cette mégère sera ici.

— Elle me connaît depuis si longtemps. Lorsque j'étais enfant, et que mon père se montrait violent envers mère et moi, je me réfugiais auprès d'elle à la cuisine.

— Accorde-lui une généreuse pension, sa sœur habite Paris, n'est-ce pas ? Elle pourra profiter d'un repos bien mérité après toutes ces années de loyaux services. Si au contraire tu tiens à la garder, fais comme tu l'entends, mais il n'y aura pas de réconciliation. C'est elle ou moi.

Il soupira profondément.

— Très bien, Yolande, il en sera fait selon tes désirs.

— Ce ne sont pas mes désirs, c'est une nécessité absolue.

— Y a-t-il autre chose ?

— Il y a tant d'autres choses, Paul, mais ce sont des questions, des doutes. D'abord, ce pistolet, l'horrible nuit du massacre au Champ-de-Mars. Pourquoi l'avais-tu posé sur ma table de chevet ?

— J'avais reçu la veille une lettre de Saint-Flour, de ton frère. Elle contenait des accusations à ton égard... des horreurs que je ne te répéterai pas. Ne me demande pas de la montrer, je l'ai brûlée.

Yolande tressaillit. Évidemment, la vengeance de Bernard ne s'était pas fait attendre. C'était bien là son frère : trop lâche pour aller voir Paul, mais assez vil pour lui écrire.

— Et tu as cru ce scélérat ?

— Je ne savais que penser, j'étais atterré. Après les images qu'évoquait la lettre, ta vue me faisait horreur, je ne voulais même pas coucher sous le même toit. Je t'ai dit que je partais à La Danerie, mais j'ai passé la nuit avec Nanette.

— Je l'avais deviné.

— J'étais encore chez elle quand, le lendemain, j'ai appris ce qui se tramait au Champ-de-Mars. Avant de me rendre à l'Hôtel-Dieu, je suis rentré ici.

— Pour verser du laudanum dans le bocal aux abricots. J'ai eu la malencontreuse idée d'en prendre deux ce soir-là. Et plus tard, tu es revenu avec ton pistolet, pour me tuer cette fois. J'ai entendu tes pas à travers mon cauchemar.

— Je te regardais te débattre dans ton sommeil, la chemise collée à la peau, la tête renversée au bord du lit, tes cheveux blonds retombant jusqu'à terre. Et au milieu de tes gémissements, ma pauvre Yolande, tu criais mon nom ! C'était moi que tu appelais à l'aide, moi qui t'avais droguée, moi qui venais te tuer. Mes yeux se sont dessillés, j'ai compris que la lettre de ton frère était une immonde diablerie. J'étais épouvanté de ce que j'avais failli te faire, je me suis enfui.

— En laissant le pistolet, et sans même fermer à clé la porte d'entrée.

— Je ne m'en suis pas aperçu. J'étais affolé.

— Moi aussi, j'étais affolée, désorientée, quand je me suis réveillée en pleine nuit. J'ai couru jeter le pistolet à la Seine. Et toi, tu m'avais de nouveau abandonnée pour retourner coucher auprès de ta Nanette... Paul, il faut que tu saches une chose : si je devais de nouveau m'attacher à toi, je ne pourrais plus supporter tes infidélités.

— Je ne veux que toi désormais. Si je te supplie de me revenir, ce n'est pas pour risquer de te perdre à nouveau.

— Souhaiterais-tu d'autres enfants ? Je suis peut-être trop vieille.

— Tu n'as pas vingt-sept ans ! Oui, je voudrais d'autres enfants. Une petite fille, peut-être, cette fois... Mais cela dépendra entièrement de toi. Nous prendrons des précautions si tu le préfères. Laissons-nous un peu de temps, ces choses-là se décideront d'elles-mêmes.

— Et puis, l'autre jour, quand tu m'as enfilé mes bas, tu as vu que je suis toujours aussi maigre. Toutes ces femmes que tu as eues... comment pourrais-tu t'empêcher de me comparer à elles ? J'aurais honte de me montrer à toi. Je n'en aurais pas le courage.

Au mot de *courage*, les souvenirs défilèrent devant ses yeux : la dureté de son enfance, son voyage solitaire de Saint-Flour à Paris, à seize ans, les nuits sans sommeil dans les auberges crasseuses, pleines de vermine, d'ivrognes, de gaieté obscène, les journées interminables dans la diligence cahotante, en compagnie d'hommes qui la dévisageaient sans vergogne ; puis la décision d'épouser Paul après la lettre de père, la mort de Marianne, les longues années misérables de son mariage, le départ déchirant de son fils pour le collège.

À présent qu'elle devait à nouveau puiser dans ce fond de courage sur lequel elle avait cru compter, elle s'apercevait, épouvantée, qu'il ne lui en restait rien. Le dénuement, la désolation, la viduité de son existence lui donnaient le vertige. Dans les ténèbres qui l'étouffaient, même la pensée de Marc n'était pas assez pour l'attacher à la vie. L'homme du pont de la Tournelle avait deviné ce qu'elle n'avait pas compris alors : quand elle s'était penchée par-dessus le parapet, elle désirait s'abandonner à l'étreinte glacée de la rivière. En la serrant dans ses bras, il l'avait sauvée. Pour combien de temps ?

Elle contempla Paul agenouillé à ses pieds, l'époux qui avait jadis promis devant Dieu de la chérir comme une part de lui-même, de lui garder une tendre amitié. À l'idée de ces mots dérisoires, les larmes lui coulaient sur les joues, les sanglots la suffoquaient, entrecoupés d'amers éclats de rire. Elle s'efforça de reprendre haleine.

— Je sais que tu détestes les pleurs, qu'ils te rendent furieux. Eh bien, mets-toi donc en colère ! Je m'en moque à un point dont tu n'as pas idée.

— Yolande, ma bien-aimée, je ne suis pas en colère, je suis bouleversé de t'avoir fait tant de mal.

Elle se mit à trembler de tout son corps quand il lui prit la taille à deux mains.

— Non ! Pas ce soir. Ne me force pas.

— Bien sûr que non. Comment pourrais-je songer à te prendre alors que tu es dans cet état ?

Il se releva, la porta au lit et la borda.

— Veux-tu que je reste avec toi ? Je ne te toucherai pas, je dormirai dans un fauteuil.

De la tête, elle fit signe que non.

CHAPITRE 24

Yolande avait de nouveau écrit à Marc, et Paul lui avait remis la réponse que l'enfant leur avait faite à tous deux. Rosalie, dotée d'une confortable pension, était partie vivre chez sa sœur après avoir lancé à son ancienne maîtresse un dernier regard meurtrier.

Paul continuait de se montrer prévenant envers son épouse, sans aborder le sujet qui la préoccupait. Peu à peu, il s'approchait d'elle, lui touchait légèrement le coude, la main ou le poignet, lui frôlait la joue de ses lèvres lorsque l'occasion se présentait de se pencher sur elle. Quand il revenait tard de l'Hôtel-Dieu, et qu'il apercevait de la lumière sous la porte de sa chambre, il s'arrêtait pour lui poser un baiser sur le front et lui souhaiter la bonne nuit, mais souvent elle soufflait les bougies dès qu'elle l'entendait barrer la porte d'entrée.

Elle lui savait gré de ne pas précipiter ces avances, qu'elle accueillait posément, sans répulsion ni plaisir. Le souvenir de leurs dernières étreintes, neuf ans plus tôt, si brutales, si douloureuses, éteignait tout désir. Cependant, elle voulait cette réconciliation, pour Marc, pour elle-même, et faisait de son mieux pour s'y préparer.

Avant l'inéluctable rapprochement avec son mari, elle se devait de rendre une dernière visite à Morangiés. Il l'accueillit avec le sourire.

— Ah, chère madame Tardieu ! Après une si longue absence, j'avais abandonné tout espoir de vous revoir. Plus de deux mois...

— J'ai été opérée de mon cancer.

Il chaussa ses lunettes et, comme il l'avait fait durant leur première rencontre, lui examina la joue.

— De manière fort habile. Il ne vous en reste qu'un trait presque invisible sur la pommette.

Elle sortit de sa poche la lettre qu'elle avait reçue de père.

— Je suis venue vous montrer ceci. Lisez à haute voix, je vous prie.

Les lunettes toujours perchées sur le nez, il commença :

Saint-Flour, ce 29 mai 1791

Je n'ai pas eu l'occasion, madame, ni du reste le désir, de vous écrire durant les dix années écoulées, mais je crois de mon devoir de vous faire part du décès de votre mère, emportée par la consomption qui la minait depuis longtemps.

En rangeant ses papiers, j'ai découvert la lettre que vous trouverez enclose et dont j'ignorais l'existence. J'ai hésité à vous l'envoyer, la malheureuse femme ayant manifestement renoncé à vous la remettre avant votre départ pour Paris. Cependant, après mûre réflexion, il me semble souhaitable que vous mesuriez les souffrances qu'elle a endurées par votre faute.

Veuillez agréer, madame, l'expression de mon exacte considération.

Jean-Bernard Raynal

Morangiés leva les yeux.

— Raynal ?

— Lisez l'autre lettre.

L'homme déplia les feuillets.

L'échappée

Saint-Flour, cette nuit de la
Nativité de Notre-Seigneur 1780

Avant de consigner ces pensées sur le papier, Yolande, j'ai été retenue par la peur de commettre un nouveau péché. Cependant, l'aveu que je vais te faire, le dégoût que tu ne manqueras pas d'éprouver pour moi feront partie de la pénitence que j'endurerai jusqu'à la fin de mes jours.

À la fin de l'année 1763, je fus prise d'une toux dont les médecins ne parvenaient pas à me guérir, et qui amena mon cher père, notaire royal à Saint-Flour, à désespérer de ma vie. C'est alors que ma tante Eulalie, qui vivait avec nous depuis la mort de ma vénérée mère, eut la funeste idée de nous emmener, Sophie et moi, prendre les eaux à Bagnols, en Gévaudan. Elles étaient réputées jusqu'en Auvergne et au-delà pour les maladies de poitrine, et associées au souvenir de sainte Énimie, pieuse princesse mérovingienne qui avait fondé une abbaye tout auprès pour y finir ses jours.

C'était l'époque où le comte de Morangiés, seigneur du lieu, revenu assez mal en point de la guerre de Sept Ans, avait entrepris de restaurer les thermes romains, dont il nous fit visiter les ruines. Comme nous, il résidait à La Grande Auberge, *la seule hôtellerie de l'endroit. Si tôt dans la saison, en cette fin d'hiver 1764, il n'y avait pas foule. Nous prenions les eaux avec lui le matin, et l'après-midi il nous emmenait à cheval ou en voiture découvrir les beautés du pays, dont il connaissait parfaitement l'histoire. Nous prenions nos repas à sa table, et le soir Sophie et moi chantions des duos pour lui. Il nous contait ses souvenirs des pays qu'il avait traversés durant sa carrière militaire, l'Allemagne en particulier, ses séjours à la cour avec feue son épouse, fille d'un duc et pair, les splendeurs de Versailles. Il vantait les gloires antiques de sa famille, la beauté de son château de Saint-Alban. Il parlait bien, et j'avais quinze ans.*

Sophie voyait tout, comprenait tout, me mit en garde, mais je ne l'écoutai pas. Notre tante Eulalie, pour sa part, était flattée par les attentions du comte, trop fascinée par ses récits pour se soucier de l'effet qu'ils avaient sur moi. Tu devineras sans peine la suite : une nuit où il avait, je suppose, soudoyé l'aubergiste pour obtenir un double de la clé de ma chambre, je me réveillai en sursaut dans mon premier sommeil, sa main plaquée sur ma bouche. Non seulement il sut me persuader de ne pas appeler à l'aide, de ne pas me défendre, de céder à ses ardeurs, mais j'eus la faiblesse de lui permettre de revenir les soirs qui suivirent, sans en souffler mot à notre tante.

Au bout d'une semaine de ce bonheur si illusoire, il nous annonça durant le souper, avec son aisance de grand seigneur, qu'il devait rentrer le lendemain chez lui à Saint-Alban, à douze lieues de là. Il s'étendait, tout en souriant de son sourire habituel, sur ses amers regrets à l'idée de nous quitter, mais n'exprimait aucune intention de revenir à Bagnols avant notre départ. J'étais écrasée de chagrin et de honte à l'idée de m'être donnée à lui, qui ne songeait qu'à me narguer. Bientôt, j'appris avec horreur qu'on le surnommait dans le pays langue d'or, *tant il était habile à tromper son monde. Je m'efforçai néanmoins de cacher ma détresse à notre tante. Nous dûmes rester un mois de plus en ce funeste Bagnols, où tout me rappelait mon vil séducteur. Mais il y avait pire : à mon retour à Saint-Flour, guérie de ma toux, je m'aperçus que je souffrais d'une autre affliction, qui allait bientôt devenir évidente aux yeux du monde. Je suppliais le ciel de ne pas me laisser survivre à cette infamie, de nous arracher, toi et moi, à une vie qui m'était devenue odieuse.*

Morangiés, bouche bée, posa la lettre sur ses genoux, fixant les flammes.

— Je savais que vous n'étiez pas qui vous prétendiez être. Moi aussi, je peux prendre des renseignements. J'ai appris qu'il avait bien existé un chirurgien du nom de Simon Tardieu rue des Lombards. Cependant, sa veuve n'y habitait plus, elle avait déménagé dans l'île Saint-Louis.

Il la dévisagea.

— N'était votre blondeur, je dirais que vous ne me ressemblez guère.

— Ce dont je n'éprouve aucun regret. Et vous, n'éprouvez-vous aucun regret, aucun remords, à l'idée d'avoir séduit, engrossé, abandonné une pauvre fille de quinze ans ? Vous vous ennuyiez à Bagnols ? Mais vous commenciez à retrouver la santé grâce aux bienfaits des eaux ? Une manière de vous distraire durant votre séjour, n'est-ce pas ?

— Votre mère... Adélaïde. Vous ne lui ressemblez pas non plus. Quelle beauté c'était ! des yeux sombres, pétillants, des cheveux noirs, une peau veloutée, un teint éclatant de fraîcheur. Que lui est-il arrivé après mon départ ?

— C'est maintenant que vous vous en souciez ?

— Je ne savais pas qu'Adélaïde était grosse. Si elle me l'avait dit...

— Que cela aurait-il changé ?

Il reprit, la lettre tremblant légèrement dans sa main :

> *Sophie, mon aînée d'un an, était promise à Jean-Bernard Raynal, le premier clerc de notre père, auquel il devait succéder dans sa charge de notaire royal. Désormais, c'était moi qu'on le pressait d'épouser. Il se fit prier avant de prendre une fille déshonorée, grosse des œuvres d'un autre homme, mais il finit par accepter en y mettant les conditions que justifiait ma triste condition : une dot de cent mille livres, outre la belle maison à côté de la cathédrale, et la renonciation de Sophie, contre une*

modeste compensation, à sa part de la succession de notre père. Celui-ci dut consentir à tout pour éviter la disgrâce, mais il ne s'en consola pas et mourut de chagrin peu après mes noces.

Mon mari ne cachait pas son mépris pour moi, se refusait à me traiter en épouse. Il m'annonça que, pour éviter les commérages sur la prématurité de mes couches, j'irais les faire chez des cousins, les Gineste, à Vic, à quinze lieues de là. Sophie m'accompagnerait, mon enfant y serait placé en nourrice à sa naissance, et il me serait strictement interdit de lui rendre visite. Tu naquis à la Noël, et, au printemps suivant, ton père vint enfin me chercher. Par ton père, j'entends le seul père que tu aies jamais eu, l'homme qui t'a donné son nom.

Il refusa d'emmener Sophie, qu'il blâmait, en sa qualité d'aînée, de ne pas m'avoir mieux surveillée à Bagnols. Désormais sans foyer, elle saisit l'occasion de suivre les cousins Gineste à Paris, où lui devait se rendre pour ses affaires. Là, elle trouva à se marier avec un chirurgien qui se contenta du peu de dot qu'elle apportait.

À mon retour à Saint-Flour, ton père m'accorda le pardon que je me suis efforcée de mériter par une obéissance absolue et un dévouement sans faille. Pendant deux ans, je connus auprès de lui un bonheur dont je n'étais pas digne, et lui donnai de beaux enfants, garçon et fille.

Il entendait te laisser chez ta nourrice jusqu'à ce que tu sois d'âge à entrer au couvent des bénédictines de Vic, d'abord comme pensionnaire, pour ensuite y prendre le voile. Rassurée sur ton avenir, je m'étais faite à l'idée de ne jamais te revoir.

Pour notre malheur, ta nourrice mourut quand tu avais deux ans, et les cousins Gineste, en dépit des instances et des offres de ton père, refusèrent de se charger de toi.

Il n'avait d'autre choix que de te faire venir à Saint-Flour. Depuis le jour de ton arrivée, Yolande, ni lui ni moi n'avons plus connu un moment de paix. C'en fut fait de notre félicité conjugale, nous n'eûmes pas d'autres enfants. Ta vue, ta présence ont été pour lui un perpétuel irritant, une croix de tous les instants, pour moi, un rappel vivant du péché atroce que j'avais commis, une pénitence à laquelle seule la mort mettra un terme.

Morangiés poussa un long soupir.
— Des mots bien durs.

Combien je regrette que tes vœux monastiques n'aient point été hâtés, sans attendre le mariage de Marianne. Ton sort aurait été irrévocablement scellé à ce jour, tu serais cloîtrée à la Visitation, expiant par une vie de pénitence et de mortification les inclinations maléfiques que tu as héritées de ton abject parent.

— Ainsi donc, votre mère tenait à ce que vous preniez le voile.
— Oh ! je le voulais aussi.
— Mais que seriez-vous devenue lorsque les congrégations religieuses ont été dissoutes l'an dernier ? Sans l'appui de votre famille, vous vous seriez trouvée dans une situation difficile, comme beaucoup de nonnes.
— Il y a longtemps que j'ai cessé de regretter le couvent. Revenons à cette lettre, je vous prie, il y est encore question de vous.

Et voici que tu as remercié ton père de ses bontés par la plus vicieuse des inconduites. Ce que tu as fait hier à Bernard justifie amplement sa sévérité, si l'on peut donner ce nom aux efforts méritoires qu'il a faits pour te corriger de ta méchanceté. Mais à présent qu'il t'a chassée, que va-t-il advenir de toi ?

— Chassée ? Qu'aviez-vous fait à ce Bernard ? Votre frère, je suppose ?

— Oui, mon frère.

— Avez-vous revu votre mère ?

— Jamais. Je n'ai pas reçu une ligne d'elle en dix ans, même à l'occasion de mon mariage. S'inquiétait-elle parfois de moi ? Ses sentiments à mon égard se sont-ils teintés d'un peu de tendresse avant sa mort ? Pour ma part, je m'étais efforcée de l'effacer de mes pensées. Jusqu'à ce que cette lettre me parvienne.

— C'est alors que vous avez inventé cette histoire de rêve.

Elle eut un petit rire amer.

— Mon rêve était aussi réel que peuvent l'être les songes, et votre double m'a menacée ainsi que je vous l'ai rapporté. Continuez votre lecture.

Il essuya ses lunettes et poursuivit.

Il n'est que trop aisé de discerner d'où te viennent ces instincts criminels : tu as hérité l'âme abominable de l'homme auquel tu dois ta malheureuse existence. Dès qu'il m'a abandonnée à mon sort, j'ai compris que j'avais été la proie d'un dévoyé, d'un libertin, d'un roué sans principes, sans religion, sans conscience. Cependant, j'ai depuis appris bien pire sur son compte. Cette Bête, ce monstre assoiffé de sang qui a dévasté l'Auvergne et le Gévaudan, c'était son œuvre à lui, sa chose. C'était lui qui l'avait créée, à son retour de la guerre de Sept Ans, en élevant des louveteaux qu'il avait ensuite croisés avec d'énormes chiennes mâtines, c'était lui qui l'avait dressée à tuer des innocents, qui la faisait cacher au fond de ses bois par ses complices, des misérables du nom de Chastel, c'était lui qui entravait les battues, qui désarmait les paysans. Pour ensuite se glisser auprès des victimes encore chaudes, les dévêtir, se repaître de leur jeune corps. Chose plus horrible encore, pour les rhabiller une fois dévorées. C'est ce sang maudit que j'ai perpétué, qui, par ma faute, coule dans tes veines, ma pauvre Yolande.

Que Dieu me pardonne mes péchés et te garde malgré eux sous Sa sainte protection.

Ton infortunée mère,
Adélaïde Raynal

Morangiés, l'air furieux, avait rougi.

— Infâme tissu de calomnies ! Où votre mère est-elle allée chercher ces sinistres élucubrations ?

— Elle avait ses raisons d'avoir une piètre opinion de vous. Et sans doute les accusations du fils d'Enneval sont-elles parvenues jusqu'à elle.

— Sottises ! Même ce scélérat n'a jamais osé aller si loin.

— Il a pu insinuer bien des choses. Vous niez donc tout ?

— Évidemment ! Avec indignation. Et n'oubliez pas que je suis reparti à Paris au printemps 1766, plus d'un an avant la chasse finale de Chastel et la mort de la Bête.

— Mais lui et ses fils auraient pu continuer leurs méfaits en votre absence, pour votre compte. Pour vous permettre de venger votre père bien-aimé, de laver l'honneur de votre famille, les affronts que vous aviez reçus. En discréditant Louis XV et la monarchie.

— Louis XV n'avait nul besoin de moi pour se discréditer. Il est mort honni du peuple, sa dépouille emportée nuitamment à Saint-Denis, sous les quolibets. Dois-je vous le rappeler ?

Il se leva.

— Toutes vos visites ne tendaient donc qu'à me lancer à la figure ces ragots diffamatoires ? Peut-être, après tout, aurais-je dû vous mettre dehors dès que j'ai posé le regard sur vous.

— Calmez-vous ! Je suis votre fille, souvenez-vous, même si vous ne vous êtes jamais soucié d'être mon père. Vous ne m'avez jamais rien donné, vous pouvez bien m'accorder un peu de votre temps.

Les flammes dansaient dans la cheminée, Yolande jeta un coup d'œil au tisonnier.

— D'ailleurs, vous vous trompez, je ne suis pas venue ici seulement pour vous accuser de ces atrocités. Je voulais faire la connaissance de l'homme de la lettre, de l'homme de mon rêve, de mon père. Aussi me suis-je renseignée sur vous avant de venir vous voir. Il se trouve que vos démêlés avec la justice ont fait couler beaucoup d'encre. Le scandale Verron en 1773, mais aussi une autre histoire, plus récente, qui vous a valu un nouveau séjour à la Conciergerie, deux ans avant la Révolution.

— Ces poursuites pour bigamie ? J'avais quitté la France, désespéré, après l'affaire Verron, durant laquelle mon nom avait été traîné dans la boue.

— C'est donc pour rétablir votre honneur que vous avez épousé à Francfort votre gouvernante, Louise Fontaine ? Une femme déjà mariée à votre valet de chambre, un dénommé Frémain. Votre mariage avec elle était nul pour bigamie, ce qui ne l'empêchait pas de se faire appeler la *comtesse de Morangiés*. Par contre, il ne semble pas que vous ayez jamais été tenté d'épouser ma mère.

— Les mariages entre nobles et roturiers me répugnent.

— Cela se comprend. Une vulgaire bourgeoise comme ma mère, toute fraîche et jolie qu'elle était, n'aurait pas fait l'affaire, mais un mariage avec une servante, une ancienne prostituée, fort laide de surcroît, à ce que j'ai cru comprendre, et déjà l'épouse de votre valet, ne heurtait pas vos sentiments aristocratiques.

— Louise m'a révélé que son vrai nom était Marie-Louise-Josèphe de Lespinière, qu'elle est de petite noblesse ruinée, qu'elle n'était pas vraiment mariée avec Frémain.

— Voilà qui sonne déjà mieux. Sur la force de ces affirmations, vous ne vous êtes pas arrêté en si bon chemin, vous avez reconnu l'une des filles Frémain, la favorite de sa mère. De deux ans plus jeune que moi, je crois. Vous lui avez même conféré, en la légitimant, le joli nom de *Marie de Noblair de Molette de Morangiés*. Elle roulait carrosse tandis que l'autre enfant des Frémain, Élisabeth, travaillait dans vos cuisines en qualité de souillon. Votre fils aîné séduisit cette Marie, ignorant sans doute qu'il s'agissait de sa prétendue demi-sœur.

— Il avait honteusement abusé de l'innocence de la petite Mimi.

— Comme vous aviez abusé de celle de ma mère. Votre supposée épouse et vous-même avez porté plainte contre votre fils pour inceste, crime passible de la peine de mort. C'est alors que votre famille en eut assez de vos vilenies, que vos frères, votre sœur et votre fils engagèrent un procès contre vous et les deux femmes Frémain.

Morangiés baissa la tête.

— Ce fut en effet la cause de ma rupture avec ma famille. Si vous avez lu l'arrêt du parlement de Paris, vous savez ce qu'il est advenu de ma pauvre Louise.

— Votre pauvre Louise ! Mariage annulé, et surtout exposition au carcan en place de Grève, et, au même lieu, flétrissure au fer rouge en forme de fleur de lys à l'épaule, puis réclusion à perpétuité à l'horrible quartier de force de la Salpêtrière. Pour vous, qui étiez déjà à la Conciergerie, six mois de prison supplémentaires, car vos protestations d'ignorance n'avaient pas convaincu les juges.

— C'est malheureusement exact. Mais depuis l'an dernier, la bigamie n'est plus un crime, et j'ai pu faire casser l'arrêt de condamnation de Louise. J'ai bon espoir de la faire libérer sous peu.

— De mieux en mieux ! Je vous présente mes félicitations et vous souhaite tout le bonheur que vous méritez auprès d'elle. Les quatre années passées à la Salpêtrière n'ont pu qu'améliorer son caractère et ses attraits. Et qu'en est-il de sa fille, votre supposée fille, la jeune Marie Frémain ? Elle avait été mise hors de cause à l'issue du procès.

— J'ai tout essayé pour retrouver sa trace à ma libération, en vain. Je crains le pire.

— Ne vous laissez pas aller au désespoir. Peut-être Mimi s'est-elle découvert un nouveau père. Ou, à tout le moins, un nouveau nom. Et vous avez trouvé en moi une autre fille, sur laquelle vous allez pouvoir reporter votre précieuse affection. N'en êtes-vous pas heureux ?

— Il semblerait que vous me haïssiez.

— Le grand mot ! En vérité, je vous méprise plus que je vous hais. Rendez-moi ces deux lettres, je vous prie.

Elle se leva pour s'en saisir et pour la dernière fois fixa Morangiés.

— J'avais pensé me venger de vous, mais pourquoi me donner cette peine ? Votre mégère fleurdelysée s'en chargera.

Yolande jeta les lettres dans l'âtre, où les pages se séparèrent, virevoltèrent un instant au-dessus des flammes orangées avant de se recroqueviller en fines cendres grises.

— Adieu, misérable.

Chapitre 25

Vers les six heures du soir, Yolande reçut un billet de son mari :

Je rentrerai après minuit. J'aurai déjà soupé. Va te coucher sans m'attendre.

C'était désormais à elle qu'il écrivait pour annoncer son arrivée tardive, mais le ton était plus froid qu'à l'accoutumée. Sans doute était-il pressé.

Après un souper solitaire, Yolande s'assit à son pianoforte pour reprendre sa transcription de Grétry, à laquelle d'ordinaire elle trouvait grand plaisir, et qui lui donnait l'envie de s'essayer à la composition de quelques airs. Cependant, elle n'avançait guère, préoccupée par le souvenir de ses rencontres avec Morangiés. Regrettait-elle d'être allée le voir ? Qu'aurait-elle pu faire d'autre après avoir lu la lettre de maman ? Qu'avait-elle cherché chez cet homme ? Si elle avait espéré trouver en lui un père, ses attentes avaient été amèrement déçues. Elle devrait s'accoutumer à l'idée qu'elle n'en aurait jamais.

L'individu était manifestement un scélérat, mais les accusations relatives à la Bête étaient-elles vraies ? Yolande n'en était pas sûre, pas plus qu'elle n'aurait pu se prononcer sur sa culpabilité dans l'affaire de l'escroquerie. Pour la bigamie, avait-il été aussi naïf qu'il l'affirmait ? Si c'était le cas, pourquoi vouloir sortir la femme Frémain de la Salpêtrière, maintenant qu'il savait à quoi s'en tenir sur elle ? C'était une constante avec cet homme : quelles que fussent les circonstances, il était impossible de tirer son rôle au clair.

Il était mortifiant d'avoir un tel personnage pour géniteur, mais maître Raynal valait-il mieux ? Tyrannique, cupide, dénué de scrupules, méchant, il avait profité de la détresse de maman pour s'enrichir éhontément, il avait dépouillé sa belle-sœur de sa juste part d'héritage, il avait poursuivi de sa hargne une malheureuse enfant tombée à sa merci.

Peut-être, en fin de compte, tante Sophie avait-elle eu de la chance d'échapper à ce brigand, même pour épouser un goujat comme l'oncle Tardieu. Elle avait accueilli avec douceur et tendresse la nièce dont la naissance l'avait ruinée et avait bouleversé son existence. Elle avait toujours soutenu Yolande dans les infortunes de son mariage.

Et que dire de maman ? Rongée de remords, torturée par l'idée du péché commis, au point d'être incapable d'aimer sa fille aînée. Condamnée à une vie d'obéissance absolue. Une âme éteinte. Une lâche !

Yolande resterait à jamais orpheline de l'affection de ses parents. Elle avait Marc, qui avait hérité la générosité de tante Sophie, la bonté de sa grand-mère Tournay, et miraculeusement échappé aux vices de ses ancêtres indignes, au caractère sombre et dur de son père.

Yolande monta se coucher. Il était près d'une heure du matin quand, somnolant dans la pénombre de la flambée qui se mourait dans la cheminée, elle reconnut le claquement de la porte d'entrée qui se refermait, la barre qu'on ajustait, le pas de son mari dans l'escalier. Il pénétra dans la chambre, une bougie à la main, sans frapper. Aussitôt alarmée, elle se redressa dans le lit, et le danger se précisa quand elle vit luire sous son bras le pommeau d'argent de sa canne, qu'il laissait d'ordinaire en bas. Il la posa en travers de ses genoux quand il s'installa tranquillement un fauteuil à côté du lit, laissant la bougie sur la table de chevet.

— Qu'y a-t-il, Yolande ? On dirait que tu n'es pas rassurée. Je ne t'ai pas réveillée, j'espère ?

Elle se préparait à fuir quand le pommeau de la canne se retrouva pressé contre son cou, sous la mâchoire, la maintenant contre les oreillers.

— Reste tranquille. Je souhaite m'entretenir avec toi. Tu pourrais, par exemple, me conter ta journée.

— Je suis allée voir ma tante, j'ai travaillé à ma musique.

— C'est tout ? Tu n'oublierais pas certaine visite rue du Théâtre-Français ? Rosalie, en partant, m'a suggéré de te surveiller de près, ce que j'aurais dû faire depuis longtemps. Tu es allée chez le ci-devant comte de Morangiés. Tu t'es amusée, j'espère, il paraît que c'est un charmant personnage.

La tête de loup du pommeau appuyait douloureusement sur la gorge de Yolande, gênait sa respiration.

— Paul, tu me fais mal. Je vais tout t'expliquer.

— Ce n'est pas la peine. Il avait séduit ta mère quand elle avait quinze ans, tu es sa fille, n'est-ce pas ?

Elle demeurait interdite.

— Voyons, Yolande ! Je t'ai parlé de cette lettre que m'avait écrite ton frère. Pendant des mois, je m'étais efforcé de l'écarter de mes pensées, mais elle disait vrai ! Ton manège avec Morangiés m'a enfin ouvert les yeux. Parle-moi donc de ces visites. Piété filiale ?

— J'ai voulu voir quel homme c'était. Je n'ai trouvé qu'un vieux libertin, un déclassé, le débris pitoyable d'une époque révolue.

— Tu m'as dupé en te faisant passer pour la fille d'une bonne famille bourgeoise, tu m'as caché que tu étais la bâtarde d'un noble. Et pas de n'importe lequel, mais de ce scélérat, cet escroc publiquement disgracié !

— Je ne t'ai pas dupé. Je n'en savais rien moi-même jusqu'à la mort de ma mère.

— *En mai*. Et depuis, tu n'as pas trouvé une seule occasion de me l'avouer ?

— Mon Dieu ! Tu ne m'aurais pas épousée si tu l'avais su ?

— Épouser une bâtarde ?

— Tu ne veux donc plus de réconciliation ?

— Pour qui me prends-tu ?

— Eh bien, chasse-moi, puisque tu ne veux plus de moi.

— Pas si vite, il y a pire. Ton frère m'a aussi révélé la véritable raison pour laquelle tu as été bannie de Saint-Flour.

Yolande retint son souffle. Le tisonnier.

— Il m'a tout raconté, continua Paul, tes avances éhontées envers lui, tes attouchements obscènes quand vos parents avaient le dos tourné, comment tu essayais de t'introduire nuitamment dans sa chambre, au point qu'il devait fermer sa porte à clé. Si jeune, et déjà irrémédiablement dépravée ! Voilà donc pourquoi ton père a dû te jeter dehors. Et moi qui ai refusé de me rendre à l'évidence ! Comment ai-je pu m'aveugler au point de t'épouser ?

— Tu crois donc toutes ces horreurs que mon frère t'a écrites ? C'était lui qui me poursuivait de ses avances répugnantes, qui essayait de me faire venir dans sa chambre ! Il se joue de toi, tu ne le vois donc pas ?

— Non, je vois devant moi une menteuse, une perverse. Comment puis-je t'accorder la moindre confiance, alors que tu reconnais m'avoir sciemment trompé ? Si Morangiés ne t'inspire que mépris, pourquoi ces longues visites, maintes fois répétées ? Inutile de nier, le portier t'a vue. Tu allais coucher avec cette ordure ! L'attrait immonde de l'inceste, comme avec ton frère.

— Tu oses ?

— Je t'ai laissé la vie sauve en juillet, mais cette fois, Yolande, je ne t'épargnerai pas. C'en est fini, tu n'es plus ma femme, tu ne l'as même jamais été. Te chasser ? Certes pas ! Nul autre ne t'aura. Pour toi, ce sera la mort, pour moi, la liberté.

— Et Marc ? Veux-tu qu'il devienne orphelin ? Qu'il apprenne que son père a tué sa mère ?

— Il n'en saura rien. Personne n'en saura rien. L'idée du pistolet était stupide, j'étais fou de colère, tout m'aurait accusé. Ce soir, tu vas passer par la fenêtre. Déjà morte, bien sûr, le cou rompu. Tes fractures s'expliqueront tout naturellement par ta chute. Il est vrai que tu t'étais montrée fort étrange ces derniers temps : des humeurs imprévisibles, des crises de larmes incompréhensibles, des éclats de rire de démente, tout cela commençait à m'inquiéter. J'étais cependant loin de me douter que tu attenterais à tes jours.

Yolande soupesait ses chances, infimes. Il était inutile d'appeler au secours. Les domestiques dormaient dans l'autre bâtiment et, côté quai, les fenêtres et volets clos, les rideaux tirés étouffaient les sons de la maison. Même si par hasard la patrouille venait à passer, elle n'entendrait rien. Il lui restait le pouvoir des mots.

— Tu m'as pourtant aimée jadis !

— *Jadis !* Une femme de ton intelligence, proférer pareille sottise ! Pour mon malheur, je n'ai jamais cessé de t'aimer. Tu ne le savais pas ? Mais je te hais bien plus encore.

— Pourquoi ? J'ai porté tes enfants. Par deux fois. Ce n'est donc rien ?

— *Mes enfants*, la belle raison ! Tu as pu prendre, dans la lie du ruisseau, le premier misérable venu, quelque apprenti boucher, pour t'engrosser.

Le pommeau de la canne, l'instrument de sa mort, s'enfonçait plus avant dans le cou de Yolande, la suffoquait peu à peu. Son souffle devenait saccadé.

— Tu vas donc me rouer vive avec cette... chose ?

— N'exagérons pas, je n'ai aucune envie de te martyriser. Si tu te montres docile, tout ira très vite.

Paul ne se souciait pas de leurs dix années de mariage, de ces moments où ils avaient été aussi proches charnellement que deux êtres peuvent l'être, du fils qu'ils avaient ensemble. Tout était oublié, annihilé, noyé dans sa rage. Elle n'avait pas plus de chance de l'attendrir qu'un condamné à mort de fléchir le bourreau sur l'échafaud. Il lui restait cependant quelques instants pour lui parler de l'avenir, de son avenir à lui.

— Si tu me tues, Paul, tu le regretteras, dit-elle, s'efforçant de reprendre son souffle. Tu ne le sais pas encore, mais ma mort te hantera pour le restant de tes jours. Quand tu me verras dans mon cercueil, tu cesseras de me haïr. Tu n'en auras peut-être pas de chagrin, mais tu ne pourras jamais te libérer de cette image : moi, raide, froide, cireuse, les lèvres blanches. Tu te souviendras de moi vivante, tu te souviendras que j'étais ta femme, qu'autrefois tu avais promis de me chérir, tu te rendras compte je ne reviendrai pas. Personne ne revient de la mort, tu le vois tous les jours à l'hôpital. Tu te demanderas pourquoi m'avoir tant détestée. Tu auras enfin pitié de moi, mais il sera trop tard. Je serai *morte*.

Les yeux de Paul se troublèrent, le visage dur sembla un instant se voiler d'un doute. Elle en profita pour saisir à deux mains le pommeau de la canne, le repoussa, renversa la table de chevet d'un coup de genou. La bougie s'éteignit, une odeur de cire chaude, de mèche brûlée flotta dans la pièce assombrie. Elle se sauva, dévala l'escalier de pierre, les bottes de son mari résonnant derrière elle. Il avait ajusté la barre en arrivant, elle n'aurait jamais le temps de la défaire avant qu'il ne lui fracasse les os. Arrivée au rez-de-chaussée, elle bifurqua vers la cuisine, se précipita vers la fenêtre la plus proche, ouvrit les volets. Elle enjambait le rebord, saisie de froid, à l'instant où Paul la rattrapa. Le choc la secoua tout entière, un craquement retentit, une douleur intense irradia de son épaule dans sa poitrine. Elle s'effondra dans la rue.

CHAPITRE 26

Yolande, au prix d'un effort surhumain, parvint à se relever en s'appuyant sur son bras valide et se dirigea d'instinct vers l'ouest. Il lui fallait fuir, loin de son mari, se rapprocher de la rue Le Regrattier. Elle cheminait, pliée en avant, aussi vite qu'elle le pouvait sans trébucher, chaque pas ravivant la douleur de son épaule, qui lui semblait de plomb. La bise secouait sa chemise comme un drapeau, lui brûlait la peau, la pénétrait jusqu'à la moelle. Paul n'aurait eu aucun mal à la rattraper, estropiée comme elle était, mais elle n'entendait aucun son derrière elle.

Si la maison de tante Sophie était fermée à cette heure-là, celle du commissaire, du fait de ses fonctions, resterait ouverte toute la nuit. Elle grimpa les escaliers, courbée en deux, s'agrippant de la main droite à la rampe. Enfin, elle aperçut un bec de gaz allumé sur le palier, un panonceau tricolore. Elle rassembla ses dernières forces pour crier à l'aide. De l'intérieur parvint une voix d'homme résonnante, entrecoupée de pépiements aigus. Une toute jeune femme en chemise, le visage rond entouré d'un halo de frisottis d'un roux rosé, ouvrit la porte ; derrière elle, le commissaire, torse gigantesque dénudé, boutonnait en hâte son caleçon. Yolande se laissa glisser à terre.

Quand elle revint à elle, elle était couchée dans un lit étroit, dans une petite chambre, et l'homme se penchait sur elle, armé d'une paire de ciseaux. De la main droite, elle tenta de l'arrêter. Il la repoussa doucement.

— Allons, ma payse, il faut que je découpe votre chemise, c'est la seule manière de vous examiner. Au reste, je suis en caleçon, nous sommes quittes.

Il lui tâta l'épaule et la poitrine avec précaution, hochant la tête d'un air sombre.

— Je vous avais pourtant mise en garde. Vous avez la clavicule gauche brisée et déplacée, avec un énorme hématome qui s'étend jusqu'au sein. Sans parler de cette vilaine abrasion sous la mâchoire. Je vais envoyer la garde nationale arrêter Tournay. Un séjour à La Force, en attendant la décision de l'accusateur public, ne manquera pas de lui inspirer de salutaires réflexions.

— Non, je vous en supplie ! Je ne veux pas porter plainte. Mon fils...

Il soupira.

— Cessez de vous agiter, nous aviserons demain. Susanne ne verra pas d'inconvénient à vous laisser sa chambre, et vous resterez ici tant que je n'aurai pas tiré les choses au clair avec votre mari. Il n'y a pas grand-chose à faire dans votre état, sauf à immobiliser votre bras pendant un mois. Vous n'avez sans doute guère envie de bouger, de toute façon. Voulez-vous du laudanum ?

— Surtout pas !

Il lui ramena les couvertures jusqu'au menton.

— Voilà, je vais laisser la porte ouverte, appelez-moi en cas de besoin.

Il se tourna vers la petite bonne.

— C'est bon, poulette, allons nous recoucher.

Trois semaines plus tard, le commissaire, ses formes impressionnantes bien prises dans son uniforme noir à épaulette tricolore, écoutait en son cabinet le notaire de Paul qui lisait l'acte de séparation :

Sont ici présents Paul Alexandre Marc Tournay et Yolande Noëlle Raynal, son épouse, lesquels, d'une mutuelle volonté, ont convenu de rompre leur société et communauté de corps et biens, et de vivre comme s'ils n'avaient jamais été mariés.

Il est convenu que ladite dame Raynal restera séparée d'habitation dudit sieur Tournay, qui la déclare libre et maîtresse de demeurer où bon lui semblera, ayant ledit sieur Tournay consenti à ce que ladite dame reprenne entièrement ce qu'elle avait apporté en dot, ainsi que ses habits, bijoux et autres effets servant à son usage personnel.

Ledit sieur Tournay ayant de plus remis à ladite dame la somme de trente mille livres, dont il est donné quittance par les présentes, pour l'aider à vivre.

Trente mille livres, et une séparation de corps ! C'était ce que le commissaire avait arraché de haute lutte, mettant à ce prix la renonciation de Yolande à déposer plainte. Bien plus qu'elle avait escompté. À la demande de Paul, elle lui avait rendu le collier de perles de sa belle-mère. Elle eût été en droit de le garder, mais ne souhaitait pas envenimer l'inéluctable rupture avec celle-ci, qui la peinait beaucoup.

Paul, en contrepartie, avait accepté de faire transporter le pianoforte d'Érard chez tante Sophie, avec laquelle Yolande demeurait désormais. Dès que son épaule serait guérie, elle entendait donner des leçons de musique pour ajouter à la modeste aisance que lui assureraient les trente mille livres.

Le notaire continuait :

Il est de plus convenu que Marc Alexandre Paul Tournay, fils mineur des parties, âgé de neuf ans, restera à son père, qui se chargera de tous ses frais de nourriture, d'entretien et d'éducation.

C'était déchirant, mais inévitable : en cas de séparation, un enfant mâle, à compter de ses cinq ans, appartenait à son père. Paul avait décidé que Marc poursuivrait ses études à Paris, à Louis-le-Grand, car Juilly allait fermer. Yolande pourrait voir son fils à la Noël, et par la suite pendant les vacances, à la maison de l'île ou à La Danerie, mais seulement en présence de sa belle-mère. Ces brèves visites, elles aussi, étaient une victoire remportée par le commissaire.

Envers Camille, qu'elle imaginait confortablement installée dans son ravissant cottage sur les rives de la Tamise, la colère de Yolande s'était éteinte ; elle regrettait de l'avoir frappée. La ci-devant marquise, consciente de la précarité de sa position, avait simplement cherché son salut dans la fuite, et elle avait tenté d'emmener son amante. En toute justice, la seule chose qu'on pût lui reprocher était de n'avoir pas compris que son émigration entraînerait une rupture irréversible.

Le bras en écharpe sous son mantelet, l'épaule encore endolorie, Yolande ne levait pas les yeux de l'anneau de mariage à son doigt. Elle le porterait jusqu'à son divorce, quand celui-ci deviendrait possible. Paul signa l'acte et s'en fut.

Quand ils furent seuls, le commissaire lui sourit tristement.

— Eh bien, ma payse ?

— Dix ans de mariage, pour en arriver là. Et Marc...

— Votre fils vous reviendra. Soyez patiente, il lui faudra quelques années.

Avant de rentrer chez sa tante, Yolande se dirigea vers le quai d'Orléans et, frissonnant dans le vent âpre des derniers jours de l'automne, elle s'attarda à contempler le coucher de soleil. Derrière la silhouette massive et gracieuse de Notre-Dame, Paris lui offrait le somptueux spectacle d'un amoncellement de nuages bleu sombre dans un ciel de feu. Le premier soir de sa liberté.

Note de l'auteure

Comme Yolande, je me suis lancée à la recherche de Jean-François-Charles de Molette, comte de Morangiés (j'ai conservé ici l'orthographe de l'époque). J'ai passé des heures au Service Historique de la Défense à Vincennes, des jours aux Archives départementales de la Lozère à Mende, j'ai plongé dans la correspondance et les écrits de Voltaire. Et bien sûr, je suis allée chez lui, au magnifique château de Saint-Alban, devenu depuis le XIXe siècle un hôpital psychiatrique de grand renom. Ce fut aussi un haut lieu de la Résistance, abritant en particulier Paul Éluard. Je me suis même entretenue avec des patients.

Qu'ai-je découvert ? Un flot de documents, bien plus que j'escomptais, et des informations inédites. Un homme à l'écriture totalement inhabituelle pour son époque, à l'ironie mordante. Un militaire qui, à trente-cinq ans, voit sa carrière brisée par l'arbitraire royal, qui se retrouve animé d'un ressentiment virulent contre Louis XV, un opportuniste qui perçoit dans l'affaire de la Bête l'occasion de revenir en grâce à Versailles, un noble déjà ruiné, déshonoré, enfermé dans les cachots de la Conciergerie quinze ans avant la Révolution, empêtré dans d'amères querelles de famille. Un homme assoiffé de vengeance ? Un escroc ? Une naïve victime ?

Le Morangiés que j'évoque dans ce roman est le personnage insaisissable, parfois déchiré de regrets, de remords, qui a émergé de mes recherches. J'ai simplement pris la liberté de lui attribuer une fille naturelle.

Le plus étonnant est que le ci-devant comte traversa la Révolution, à Paris et en Gévaudan, sans ennuis notables. Morangiés mourut en 1801, à soixante-treize ans, en son château de Saint-Alban, des suites de blessures infligées par sa prétendue épouse, Louise Fontaine, alors connue sous le nom de Marie-Louise-Josèphe de Lespinière : des coups de pelle à feu. La dame fut poursuivie pour homicide et acquittée par le jury, car, curieusement, les témoins bénéficiaient tous de certificats médicaux les dispensant de se présenter à l'audience.

Pour le reste, le comte de Morangiés, quels que fussent ses secrets, les a emportés dans la tombe, que du reste je n'ai pas su retrouver.

Mis en pages par DV Arts Graphiques à Saint-Nazaire,
cet ouvrage a été achevé d'imprimer
par Normandie Roto Impression s.a.s., à Lonrai
pour le compte de S. N. Éditions Anne Carrière
57, rue Gaston-Tessier – 75019 Paris
en avril 2024

Imprimé en France
Dépôt légal : mai 2024
N° d'édition : 1128 – N° d'impression : 2401640